在桑萨尔的《2084》中，没有风，没有天空，也没有猫。什么都没有。啊，有的，有一头不产奶的母牛。有一头母牛，但没有放牛人；有一座山，但爬到山顶需要整整一年。

——让-路易·勒杜哲《解放报》

La fin du

海天译丛

Boualem Sansal

［阿尔及利亚］布阿莱姆·桑萨尔 著

余中先 译

海天出版社（中国·深圳）

monde

图书在版编目（CIP）数据

2084 / （阿尔及）布阿莱姆·桑萨尔
(Boualem Sansal) 著；余中先译． —— 深圳 ：海天出版
社，2017.1
　　（海天译丛）
　　ISBN 978-7-5507-1830-2

　Ⅰ．①2… Ⅱ．①布… ②余… Ⅲ．①长篇小说－阿尔
及利亚－现代 Ⅳ．①I415.45

中国版本图书馆CIP数据核字(2016)第284244号

版权登记号　图字：19-2016-098
2084 - La fin du monde
Boualem Sansal

© Éditions Gallimard, 2015.
Cet ouvrage a bénéficié du soutien
des Programmes d'aide à la publication de l'Institut français.
本书由法国对外文教局出版资助计划资助出版

2084
ER LING BA SI

出　品　人　聂雄前
责 任 编 辑　林凌珠　岑诗楠
责 任 校 对　梁　萍
责 任 技 编　蔡梅琴
封 面 设 计　蒙丹广告

出版发行　海天出版社
地　　址　深圳市彩田南路海天综合大厦　　（518033）
网　　址　www.htph.com.cn
订购电话　0755-83460293（批发）　83460397（邮购）
设计制作　深圳市龙瀚文化传播有限公司 0755-33133493
印　　刷　深圳市新联美术印刷有限公司
开　　本　889mm×1194mm　1/32
印　　张　10
字　　数　172千
版　　次　2017年1月第1版
印　　次　2017年1月第1次
定　　价　38.00元

敬　告

读者诸君，请别以为这是一个真实的故事，或者它当真来自于众人皆知的某个现实事件。不，说真的，此中的一切皆为虚构，人物、故事及其他。其明证是，我们叙述的故事将发生在一个遥远的将来，在一个遥远的世界。它跟我们当下所处的世界与时代没有任何相似之处。

这是一部纯虚构的作品，我在这里描绘的**彼佳眼**的世界实际上并不存在，也没有任何理由会存在于将来，这就跟文学大师奥威尔所想象的并在他那本叫《1984》的白皮书中精彩绝伦地描绘过的**老大哥**的世界一样，它并不存在于他那个时代中，也并不存在于我们的时代中，当然也真的没有任何理由要存在于将来。安安稳稳地睡你们的大觉吧，心地善良的人们！一切都是绝对的假，而其余一切皆在掌控之中。

卷 一

　　在这一卷中，阿提回到了阔扎巴德城，他的故乡，阿比斯坦的首都。他离开那里已经整整两年了，第一年是在乌阿山区的西恩疗养院里度过的，另外一年则是在一条条公路上艰难地一路走过来的，经历了无数险境，一个接着一个。在路途中，他将认识纳斯，此君身为档案圣书及圣记忆部这一强权机关的一个调查者，在一个新的考古景点完成一项使命后，正在返回途中。他所考察的那一文明，年代日期远在伟大的圣车战争之前，而它的发现则在机构局内部，而且，可以相信，还在公正博爱会的中心造成了一阵奇特的震撼。

　　阿提丢失了睡意，总是睡不稳。焦虑越来越早地攫住了他，在灯火熄灭之时，甚至远远在此之前。当黄昏展开它苍白的面纱，当病人们倦于白天里长久地游荡，从病房到走廊，从走廊到平台的一路闲逛，拖着沉重的步子开始返回自己的病床前，彼此投去可怜巴巴的祝福，送上夜间的问候，这时，他的失眠就开始了。有些人明天就不在那里了。尤拉是伟大而公正的，他随心所欲地给予和剥夺。

　　然后，夜幕降临，它在山上降落得如此迅速，令人措手不及。同样迅疾的是，寒冷生成得如此热烈，令哈气腾为白雾。室外，冷风肆无忌惮地施虐，无孔不入。

　　疗养院熟悉的声响让他稍稍趋于平静，尽管它们道出的是人类的痛苦，振聋发聩的警告，或者是机械的羞耻表达，但它们根本无法遮盖高山那魔幻般的叽里咕噜声：一个遥远的回声，与其说是听到的，不如说是想象出来的，来自于大地的深腹，负载着瘴疠之气和隐隐的威胁。而这座位于帝国边境的乌阿山，就曾是这样，惨淡淡十分憋屈，阴沉沉令人压抑，既是由于它的绵长辽阔，蜿蜒曲折，也是由于那些在山谷中久久流传的故事，自然而然地，故事也由每年两次穿越西恩地区的那帮朝圣者带到了疗养院。这些朝圣者总是故意绕个大弯，来到医院，一方面寻找暖暖和和的歇脚地，一方面则为接下来的路程准备食粮。他们来自远方，来自国家的四面八方，一路步行，衣衫褴褛，头痛脑热，且常常处于危险的境地；在他们晦涩难解的故事中，有精彩美妙，有卑劣可鄙，有罪恶渊薮，由于他们讲述时嗓门压得低低的，而且一听到什么风吹草动就马上中断，斜睨着瞥去疑惑的目光，故而他们的叙述更显得诡秘莫测。无论是朝圣者，还是病人，全都一样的聚精会神，还生怕被监护员，兴许是被那些可怕的V发现，被揭发为马库夫①，遭受千倍羞辱的帮派，大异教②的宣传鼓吹者。阿提喜欢接触这些长途跋涉的旅行者，寻找他们，他们一路游历中发现和采集了那么多故事。国家是那么辽阔无疆，几乎完全彻底的陌生，人们真的会迷失在它的无比神秘中。

朝圣者是唯一被允许在那里转悠的人，当然，并非彻底地自由自在，而是按照日历上的确切日子，走预先设置的道路，不能随便离开，中间不知道要在什么鬼地方停下来歇脚：干旱的高原，无边的大草原，深邃的峡谷，总

① 原文为"makoufs"。
② 原文为"Grande Mécréance"。

之，是在一些荒无人烟的旷野。在那里，他们要统计人数，分成小组，如同战斗小分队，露营在千百堆篝火周围，等待着一声令下，马上集合，立刻出发。有时候，休息时间是那么长，忏悔者们几乎都牢牢扎根在了巨大的窝棚中，行为举止如同被人遗忘的逃亡者，忘了前一天是什么滋养了他们的梦境。在持续不断的临时行动中，他们得出了一个深刻的教训：重要的不再是目的，而是歇脚，即便它再怎么不确定，也还是提供了休息地和安全。这表现出了机构局的智慧，以及使团代表对其人民的爱护。麻木不仁的士兵，痛苦而灵敏如沼狸的信念专员，一路上环环相扣地接力而行，出现在一个个神经痛点上，看着他们的经过，监视他们。不知道是否有一天会爆发逃亡，或是残杀。人们会按照别人要求的那样，继续行路，只有等到疲惫缠身之时，才会慢下脚步来，开始把队列拉长，拉得稀稀松松。一切都井然有序，有条不紊，除了机构局的坚强意志，别的全都不被允许。

不知道何以会有这些严厉的制约。它们都很古老。事实真相是，这个问题从来就没有触动过任何一个头脑，长久以来，和谐一直占据着统治地位，人们心中根本就没有丝毫担忧的理由。疾病和死亡，别看它们来势汹汹，令人猝不及防，对人们的精神世界却并没有任何影响。伟哉尤拉，而阿比是其忠诚的使节。

朝圣是在这个国家中周游唯一被认可的理由，当然，那些必要的行政和商业活动除外。在那些活动中，有关人员也得拥有一纸通关度牒，并在其使命所在地的每一阶段都必须加签盖章。为了这些曾无数次反复进行的检查，当年曾雇用了大批的签关人和盖戳人，实际上这样的检查并没有更多的存在理由，只是某个早被遗忘的时代幸存的遗物。国家经历着八方争霸之战，自发而神秘。有一点是确定无疑的：到处都有敌人，不在东部或西部露面，便会在南方或北方冒头。人们忧心忡忡，不知道这个敌人是什么样，也不知道他想要得到什么。人们把他叫做敌者①，说到他时，语调中略带一丝庄严宏大的味道，这便足矣。人们似乎还记得，有那么一天，有人宣称，不应该用别的方式来命名他，于是，"敌者"这一称谓就显得很合法了。而且，显而易见，没有任何理由为一个从来没有看到过的东西专门取一个名字。就这样，敌者获得了一种奇妙无比却又十分可怕的维度。又有那么一天，没有任何蛛丝马迹的预兆，"敌者"这一词便从词汇库中消失了。有敌人存在，成了自身脆弱的一种明证，胜利要不就是彻底的，要

---

① 原文为"l'Ennemi"。

不就是丝毫没有。谈到大异教，谈到马库夫，这个新词意味着看不见的却又无处不在的离经叛道者。内部的敌人代替了外部的敌人，或者正好相反。然后，吸血鬼和梦魇的时代便来临了。在一些重大的典礼仪式中，人们会提到一个集所有恐怖为一身的名称：契坦①。人们也称之为契坦及其帮派。某些人在这个词里头找到了对离经叛道者及其同伙的另一种说法，而这一叫法，一般人认为还比较能接受。这还没有完，谁说出狡猾者②这一名称，就得朝地上啐一口，并连续背诵三遍如下的咒语："愿尤拉驱逐他，并诅咒他！"后来，在克服了其他一些障碍之后，人们最终管他叫见鬼的、狡猾者、契坦、离经叛道者。他的真名是巴里斯③，而他的信徒们，那些离经叛道者。当然就被叫成了巴里斯分子。事情一下子变得非常清楚了，但人们依然继续长时间地在想，在那漫长的往昔，为什么要滥用那么多假名称。

战争拖得很久，可怕得不得了了。说实在的，无论东南西北，四面八方（但是，还有很多灾难无疑也都赶来凑热闹，加到了战争的头上，例如各种各样的地震、台风、海

---

① 原文为 le Chitan。
② 原文为 le Malin。
③ 原文为 "Balis"。

啸），到处都能看到被人们虔诚地保留下来的痕迹，如同一些前卫艺术的装置，安放得异乎寻常，威武雄壮地出现在公众眼前：破洞敞空的楼房残垣，千疮百孔的墙面，被埋在瓦砾堆底下的整整一片街区，被掏空了内脏的钢筋骨架，已变成烟雾腾腾的垃圾场和腐臭难闻的水洼的巨大弹坑，奇形怪状的钢铁桩子，扭曲的、撕裂的、熔化的金属残臂，那里头还能读到一些字母符号。而在某些地方，则是广漠的禁入区域，好几百平方吉洛西卡司或者查比尔①面积的土地，在必经的通道处圈围起一道道粗糙的、有几处已经被拔掉的栅栏，赤裸裸的领土，被刺骨的寒风或酷热的熏风所荡涤。那里似乎发生过一些超出了人们理解力的事件，一块块落在行星上的太阳碎片，一些能激起地狱之火的魔法妖术，还有别的，因为一切，泥土、岩石以及出自人类之手的作品，完全熔化成了玻璃，而这彩虹色的岩浆发出一种烦扰人的噼里啪啦的爆响声，让人毛发悚然，嗡嗡耳鸣，心跳加速。这一现象吸引了好奇者，人们拥挤在这些巨大镜子的周围，饶有兴趣地看到，它的毛发纷纷耸立起来，仿佛在炫耀着什么，它的皮肤眼看着变红并浮肿，鼻子大滴大滴地流着血。这些地区的居住者，人和野兽，全都染上了闻所未闻的疾病，他们的子孙则遭遇

---

① "吉洛西卡司"和"查比尔"的原文是"kilosiccas"和"chabirs"。

了所有可能的畸形变异，而所有这一切全都莫名其妙地毫无来由，但这并不能吓唬住人们，人们继续感谢尤拉的善行，并赞美阿比好心的斡旋调停。

一些信息指示牌插在关键地段，解释说，战后，在那被称为"圣车"①的伟大圣战结束之后，放眼望去，哀鸿遍野，无边无涯的地区毁于战火，死亡人数，新的殉道者，达到了好几亿之巨。连续多年，整整几十年，在战争持续的整个期间，以及战后很长一段时间里，不少健壮的汉子被征调去搬运尸体，他们把尸体收拢到一起，一具具地堆积起来，把它们焚化，用生石灰作处理，埋葬在深深的沟坑中，让它们堆集在被遗弃的矿井腹地，用炸药炸塌洞口后封死在深邃的岩洞中。阿比的一道政令，使得这些行为，这些跟有宗教信仰的人们所遵从的葬礼仪式大相径庭的行为，在一段必要的时间里合法了。捡尸人和焚尸者很长时间里一直都是很时尚的职业。任何一个肌肉发达、腰板挺拔的男人都可以从事该职业，无论是做全职，还是打零工。但是，干到最后，剩下来的就只有真正的健壮者。他们带领自己的徒弟，从一个地区走向另一个地区，还带着自己的劳动工具：手推车、绳索、卷扬机、信号

———————————————

① 原文为"le Char"。

8

灯。而那些装备最齐全的人，还会有一头驮畜，他们在获得一种与其功能相应的特许后，就开始干起活儿来。这些威严而平静的巨人形象始终留在老辈人的记忆中，他们缓缓地行进在远处，走的是羊肠小道和狭窄山口。他们拉着载得满满的大车，厚厚的皮围裙一下接一下地拍打着粗壮的大腿，后面跟着他们的徒弟，有时候还有他们的家人。他们职业的特殊气味始终跟着他们，或尾随在后，或引领在前，层层镶嵌，处处点缀，令人作呕的恶臭，始终混杂交缠在一起，久久挥之不去：腐烂的皮肉，烧焦的油脂，腾腾冒泡的生石灰，污染的泥土，无孔不入的煤气。随着时间的逐渐推移，那些魁梧的大汉慢慢地消失了，国家被荡涤一空，只有一些难得一见的老人幸免于难。他们沉默寡言，行动迟缓，可怜兮兮地租住在医院、收容所和墓地周围。而等待着这些英勇顽强的死亡清道夫的，则是悲惨的结局。

至于敌者，他也消失于无形。他在国家之中的匆匆经过，他在大地之上的悲惨存在，都没有留下任何踪影。按照官方教导的话来说，对他的胜利是"彻底的，最终的，不可撤销的"。尤拉断然决然，对他那些比任何时候都更虔信的人民，他早就赋予了至高无上的霸权，那是一开始就承诺过的。一个日期提了出来，人们根本就不知道其之为何，更不知道其所以然，它就牢牢地镌刻进了人们的脑子里，启示在竖立于遗骨残骸旁的纪念牌上：2084。它跟战争有某种联系吗？兴许吧！不过并没有写明，它是不是确指战争冲突的开始或终结或其中的某一特殊插曲？人们考虑一件事，然后是另一件事，更加微妙，跟他们生活的神圣性有关的事。数字命理学成为一种民族体育，人们做加法，人们做减法，人们做乘法，人们用2、0、8、4这几个数字来做他们所能够做的一切。一段时间里，人们认定这样一个想法，即，2084仅仅只是阿比诞生的那一年，或者是他获得突如其来的神圣光明之启蒙的那一年，那时，他刚刚进入知天命之年。事实上，已经没有任何人怀疑，神主赋予了他人类历史中一个新的和唯一的使命。正是在这一阶段，本来只有"信仰者之国"这样一个名称的国家，被称为**阿比斯坦**，一个非常漂亮的名称，得到官员们，即公正博爱会的那些尊贵者和宗派者，还有机构局成员的使用。下层人民则依然照旧称它为"信仰者之国"，而在日常会话中，他们会忘记危险与威胁，直截了当地称之为"国家""家国""我们这儿"。人民的目光就是这样，无忧无虑，真的是鲜有创新性，他们如同井底之蛙，看不到自家门外。人们兴许会说，这在他们是一种礼貌的形式：别处自有其主人，越权前去偷窥，便是触犯了某种隐私权，违背了一种契约。管自己叫阿比斯坦人，复数称为阿比斯塔尼，这里就有一种官方施压的味道，有厌烦、恢复秩序、甚至是传唤的味道，人们说到自己时都自称"人们"，以为这样就足以承认自身了。

　　而在另一时期，那个日期则被认为是机构局创建的日子，甚至，还要更早，是公正博爱会创建的日子，这个元老会由40位至尊者构成，是阿比从最可靠的信徒当中亲自挑选出来的，而他本人则早就被神主选中，来履行他的巨大使命，管理有信仰的人民，带领他们全体走向另一种新的生活，让他们每个人都能看到，公正的天使将会前来咨询他们的意见。他们被告知，在这一光明中，阴影不会遮掩任何什么，它也是一个揭示者。正是在这些一环扣一环的连续不断的灾难中，人们给了神主一个新的名字：尤拉。时代变了，按照原始的承诺，另一个世界已经诞生，就在一片纯化了的、被奉献给了真理的大地中，而在神主和阿比的目光下，必须重新命名一切，重新书写一切，好让新的生活丝毫不以任何方式受到历史的束缚，因为以往的历史从此将变得陈腐老朽，被彻底抹除，仿佛它根本就没有存在过似的。对阿比，公正博爱会给予了使节这样一个卑微的却又如此明确的头衔，为他构想了一种简洁明了而又激动人心的致敬方式，人们见到他时要说："使节阿比，向您致敬！"人们要亲吻他左手的手背。

　　许许多多的故事在民间流传，而后，一切趋向于灰飞烟灭，并回归于秩序之中。历史已通过阿比之手被重写，被封印。旧时代的那些东西，得以挂靠在经删改的记忆深处，片片碎屑，层层烟雾，在原先那些痴呆者的心中滋养着依稀的妄想。对于新纪元的那几代人，日期也好，日历也好，历史也好，全都不那么重要，并不比风儿留在空中的痕迹更重要。现在是永恒的，今日永远在那里，全部的时间掌控在尤拉手中，他知晓万事万物，决定它们的意义，并教导他愿教导的人。

无论如何，2084对国家而言是一个根本性的日期，即便没有人确切知道它究竟与什么相关联。

事情就是如此，说简单也简单，说复杂也复杂，当然，还不至于荒诞。申请参加朝圣的候选人要预先注册，被列入一份名单中，他们要前往的某一个圣地则由机构局替他们选定，他们等待被召唤，加入一支将要出发的队伍。而等待往往要持续一年，或者整整一生，毫不留情，无可更换。如果申请人死亡，死者的长子可继承注册权，但次子则不行，其他的姐妹就更不在考虑之列了：神圣性是不能被分割的，也不能在不同性别之间改动。随之而来的是一次盛大的节庆。苦行通过儿子来继续，家庭的荣耀也由此得到巩固。他们的人数在全国达到了好几百万，来自全部60个省份。他们年龄不同，社会身份不同，因为，

这要考虑到他们离最终出发之日的天数。那伟大的出发之
日，他们称之为福日①，即被祝福的日子。在某些地区，
人们还形成了一个习惯，一年一次，大批人群聚集在一
起，在欢乐和起哄中，用带铁钉的鞭子狠狠地抽打自己一
顿，为的是表明：痛苦跟期待福日的幸福没有丝毫关系；
在其他一些地区，人们会相聚于著名的促膝相会②，围成
一个圈，盘腿而坐，膝盖顶着膝盖，倾听年老的候选者演
说，他们已等得精疲力竭，却始终没有希望。他们会讲述
自己那长久而又幸福的受难，它叫做盼头③。他们的每一
句话都伴随着一种激励，从一个配备了大功率喇叭筒的中
继器传出："尤拉是公正的"，"尤拉是耐心的"，"伟
哉尤拉"，"阿比在支持你"，"阿比与你同在"等，并
得到千万个激动得有些压抑的喉咙的呼应。然后，人们胳
膊肘顶着胳膊肘地祈祷，尖声尖气地咏唱赞美诗，高唱阿
比亲自写的赞歌。然后，人们又重新开始一遍，直到筋疲
力尽。关键时刻来临时，人们成群地宰杀绵羊和肥牛。当
地身手最为灵巧的庖丁被征调来做一种牺牲燔祭，它自有
它的难点，因为宰杀可不是残杀，而是激奋之击。随后还
得烤熟所有那些肉。人们老远就能看到燔祭的火焰，空气

①　原文为"le Jobé"。
②　原文为"jamborees"。
③　原文为"l' Expectation"。

中弥漫着油脂味，烤肉的香气四下里飘荡，撩拨挑逗着方圆10查比尔以内所有长了鼻子、吻端、长嘴或者角喙的生命。这有点儿像是狂欢的盛宴，没完没了，庸常平凡。乞丐们被香味吸引，蜂拥而来，形成大批带电的云团，他们实在难以抵抗流淌着美味汁水的大块鲜肉的诱惑，一种极度的迷醉带走了他们的心魂，令他们做出一些偏离宗教戒律的行为。但是，总的来说，他们的贪婪还是受到了普遍欢迎，要不然，那么多燔祭的肉食又该怎么办呢？丢弃它们是一种渎圣。

对朝圣的激情由种种连续不断的活动所维系，这不断的活动混杂了广告、布道、博览会、竞赛，以及各种各样的操控，它们均由十分强大的祭祀与朝圣部来促进。阿比十分喜爱的一个古老而又十分神圣的家族垄断了广告宣传的专权，即姆西木①，它通过一种十分适合于宗教的正当性来操作，"既不要太少，也不要不够"，则是它的商业口号，妇孺皆知。其他很多职业也都围绕着祭祀与朝圣，众多高贵家族也都不遗余力地提供最大的努力。在阿比斯坦，只要是经济，就必然跟宗教有关。

上述那些活动在一年四季中悠悠地延伸，夏天有一次

---

① 原文为"moussim"。

高峰，就在大斋①期间，神圣而绝对的斋周，恰逢朝圣者从他们遥远而美妙的逗留地回归，从向朝圣活动开放的国内一千零一个景点之一回归，从圣地，从洁土，从陵园，从荣耀与殉道之地归来，而有信仰的人民就是在那里夺取了对敌者的卓越胜利。一种顽固的巧合让它成了不是机会的机会：圣景全都位于世界的另一端，远离公路和居民点，而这就使朝圣成了一种几乎是不可能的远征，它要耗费数年的光阴。人们穿越整个国家，一路漫行，走的是崎岖不平的荒凉小路，恰如传统所希望的那样，这也就使老弱病残之人的归来越发艰难。但是，申请者真正的梦想也恰恰在于这一点——死在神圣的道路上。仿佛他们认为，在有生之年就达到完美的境界并非一定就是件好事，它要求候选者承担起如此重大的责任，如此繁多的义务，他定然会背叛逆反，由此，一下子就彻底丢掉那么多年苦苦牺牲带来的好处。而且，除非像当权者那样作为，否则，一个小小的圣人又如何能在一个如此不完美的世界中享受至善至美呢？

没有任何人，没有一个合格的信仰者会轻易认为，这些充满危险的朝圣是一种有效的方式，能让人群远离熙熙攘攘的城市，并为他们在走向完美的路上提供一种美丽

---

① 原文为"le Siam"。

的死亡。同样，也从来没有人认为，圣战在追求同样的目的：把无用的和可怜的信仰者改变为光荣的且有用的殉道者。

很显然，诸多圣地中的至圣者，是见证了阿比诞生的那座由不规则的石头建成的小屋。陋室固然是最可怜巴巴的造物，但那里发生的奇迹却是无与伦比的。没有任何一个阿比斯坦人的家中不供有一件那个圣地的复制品；它或是混凝纸浆纸的，或是木雕的，或是玉器的，或是金制的，但无论是什么质地，它们全都表明了对阿比同样的爱。没有人会强调这一点，也都不会注意到，每隔11年，上述那个小屋子就会改变地点，而这得依照公正博爱会的一个秘密安排，它必须考虑到阿比斯坦60个省份之间的平等，为此而组织名胜圣迹的轮流运转。人们对此知晓不多，但这是一个纲领，机构局最秘密的纲领之一，提前很久就准备好了接纳的景地，并培养出居民来作为未来的历史见证者。他们将向朝圣者们讲述，生活在世界上独一无二的一座茅草屋的边上，对他们而言究竟意味着什么。参观者则会礼尚往来，毫不吝惜地给出一阵阵喝彩，伴随着滚滚的热泪和小小的礼物。领颂圣事是彻底完整的。没有证人来讲述它，历史便不存在，只要有人开了个头，便会有其他人来把它讲完。

杂乱无章的限制与禁止体系，宣传，布道，礼拜义务，各种庆典礼仪的迅速连接，在记录中尤其被看重的亟须发挥的个人创造性，以及种种优先权的赐予，这一切加在一起，在阿比斯坦人的心中创造出了特殊的精神，让他们始终围绕着他们连一点皮毛都不懂的一个事业而忙碌。

朝圣者在长久离别后带着一身新鲜的贞洁之气归来了。这时候来接待他们，为他们庆贺，用精美食品填喂他们，拿取他们身上的某个东西，一件物品、一缕头发、某个遗物，真的是一个好时候，一个好机会。对此，众人包括候选人在福日里是绝对不会错过的。这些宝贝在遗物市场上是无价之宝。但远远不止如此，人们还会从这些亲爱的朝圣者嘴里得知种种神妙的事情，他们见识过世界，到达过世上最神圣的地方。

在日常生活与祝圣时刻的互相交织中，期望是一种考验，候选人要带着一种日益增长的幸福感去经历它。耐心是信仰的另一个名字，它是道路，同时是目的，这就是第一重要的教导，具有与听从及臣服同样的名声，造就了一个优秀的信仰者。在这整个期间，每时每刻，无论是黑夜还是白昼，都必须在世人与神主的目光底下，始终做一个获赞者中的获赞者。人们还未见识过，一个期望者能在羞愧中幸存一分钟——当他从无比光荣的朝圣候选人名单中被剔除出去时，真的是羞愧万分啊！这里有一种荒诞，机构局很希望任其发展，大家都做了，从来没有一个人羞愧而死。每个人都知道，有信仰的人民绝不会窝藏伪善者，就如同他们知道，机构局的警觉性是永不会出错的。那些鸠占鹊巢者，还没等头脑中产生任何诱骗人的想法，就会被彻底消灭。洗脑，挑衅，宣传鼓动①，那是疮疤，人民需要光明和鼓励，而不是流言蜚语和朦胧的威胁。机构局在操纵方面有时候走得太远，做得太随意，甚至都为自己虚构出了假想敌，虚构出来后又忙于清剿，到头来，消灭的都是他们自己的朋友。

阿提对那些长途跋涉的历险者简直就痴迷到了家，他装作若无其事的样子倾听他们，生怕惊吓了他们，同时也避免触动探子们的警觉。但是，冲动之下，他不免还是询问得过于贪婪，就像执拗的孩子，一连串的"为何"与"如何"连连问将过去。然而，他始终还是停留在自身的饥饿中，时不时地爆发出焦虑和愤怒。说不上是在什么地方，反正有那么一道墙挡在那儿，妨碍他透过这些游荡者的闲话看得更远。这些可怜的人受到监视，不得自由，迫不得已地在全国范围内宣扬一些奇特的幻象。想到这一点，阿提就觉得万分遗憾，不过他并不怀疑，那些狂妄的话是由别人安到他们嘴里去的，正是那些家伙，躲藏在机

---

① 原文分别为 "l'intox"，"la provoc"，"l'agit-prop"。

18

构局内部，远远地操控了这些可怜的脑瓜。这是多好的办法啊！能实现美妙的希望，把人民紧紧束缚在他们的信仰上，因为谁若相信谁就害怕，而谁若害怕谁也就盲目地相信。但是，正是在这一点上，后来形成了一种反思，就在动荡的中心：对于他，这就意味着要砸碎把信仰与疯狂，把真理与恐怖紧紧锁在一起的锁链，从而逃避被消灭的结局。

在那些人满为患的宽阔病房的黑暗与涡旋中，奇怪而逼人的痛苦入侵他心中，令他不寒而栗，就像厩栏中的马儿感觉到在黑夜中游荡的危险一样。医院似乎接纳了死神。恐慌立刻生成，追着他直到黎明，要等晨曦升起才鸣金收兵。曙光好不容易驱散了蠢蠢欲动的黑夜的阴影，早餐服务在丁零当啷的锅碗瓢盆声中，在嘈杂混乱的争执声中开始了。高山总是让他害怕，他是一个城里人，诞生于杂乱的炎热中，而在这里，在他惨不忍睹的床上，他汗水淋漓，气喘吁吁，感觉无能为力，根本不听内心的使唤，被它的巨大还有它的坚硬所粉碎，被它散发的硫磺味所压垮。

然而，也正是高山让他病愈。他来疗养院时处于一种灾难性的状态，肺结核让他吐血，他大块大块地咳吐血痰，咳嗽和发烧让他抓狂。一年时间过去，他终于恢复了

健康。冷冰冰的空气是一团炽热的火，冷酷无情地碳化了
吞噬他双肺的小小蠕虫——病人们都以这一形象化的方式
谈到它，尽管他们心中都知道，凡恶皆来自于叛逆者巴里
斯，是神圣的意愿最终决定了万物的归宿。护士们、粗暴
行为勉强有些收敛的山野村人，也没有什么别的想法，只
是在规定时间里分发匆匆搓成的药丸以及令人作呕的煎
药，还不能忘记，每当通过精彩绝伦的流言蜚语听闻有新
来者入住时，要更新护身符。至于大夫，他每月来一次，
像风一样，说来就刮来说走就刮走，不对任何人说上一句
话，只是打几下响指，甚至都没有人敢拿目光瞥他一眼。
他不属于平头百姓，他是机构局的人。见他从旁经过，
人们会嘟囔几声道歉话，赶紧就消失掉，恨不能立马找个
地洞钻进去。这庇护所的经理人则舞动着细棍抽打空气，
为他鸣锣开道。阿提对机构局的情况一无所知，只知道它
大权独揽，以公正博爱会和阿比的名义领导着一切，而阿
比的巨幅画像则高高地悬挂在整个国家东南西北所有的墙
上。啊，这画像，有一点必须知道，它是国家的象征。实
际上，它可以简化为一种影子游戏，某一张照相底片上的
脸，中间有一只神奇的尖尖眼，像是一枚钻石，具有一种
能穿透装甲铁板的意识。人们都知道阿比是一个人，而
且是最卑微的人中间的一个，但他不是一个跟别人一样
的人，他是尤拉的使节，是信仰者之父，是世界的最高统

帅，总之，因神主之恩，因人类之爱，他是永生不死的。如果说从未有人见过其真容，那只是因为他的光芒过于炫目。不，说真的，他实在是太珍贵了，把他展示在凡人的眼前实在有些不可想象。在阔扎巴德之中央，在禁城之心脏，在其宫殿周围，聚集着好几百名全副武装的兵士，磨刀霍霍地守候在密不透风的路障后，若是没有机构局的通行证，连一只苍蝇都休想飞过去。那些彪形大汉是一出世就被选拔过来的，得到机构局的精心培养，只服从于它，无论什么都不能涣散他们，动摇他们，撼动他们，任何怜悯都不能减缓他们的残忍。至于他们还是不是人，这就不得而知了。他们一生下来就被挖走了脑子，这一点足以解释他们可怕的顽固还有他们幻觉般的目光。从来就不会忘记给不明白的东西起名字的小老百姓，则把他们叫做阿比的疯子。人们猜想他们来自一个遥远的南方省份，一个与世隔绝但跟阿比有一个神秘契约的部落。对于他们，老百姓还给了一个很能说明问题的名称：阿比团，意思是阿比的兵团。

安全措施是那么超常，以至于没有什么人会想到，这些坚不可摧的铁血之士守卫的竟然是一个空巢，里头几乎什么都没有，仅仅只是一个概念，一个假设。这多少有些像是在跟奥秘开玩笑；对这样的无知，每个人都会加上自己的那份东拉西扯，但是谁都知道，阿比是无所不在的，同时既在此又在彼，既在这一个，又在另一个省的首府，在一个以这一封闭方式守卫着的一模一样的宫殿中。在那里，他放射出光芒和活力，照耀着人民。这是无所不在的力量，中心可能在任何一点上，因此，每一天，都有热情洋溢的人成群结队地围绕在他的60个宫殿周围，为他献上他们最美好的崇拜以及丰盛的礼物，不求别的回报，只求让他们死后能见到尤拉。

以这样的一种方式，以唯一的一只眼来再现他，这一想法足以引起人们的争论，种种的假设提了出来：人们说他是个独眼龙，一些人认为他生来如此，另一些人则认为，那是他童年时代经历的苦难所造成的；人们还说，他真的只有一只眼睛，就长在额头正中央，这是一种先知之命的标志；但人们同样坚定不移地说，这形象是象征性的，它强调了一种精神，一种心灵，一种奥秘。这肖像，每年的发行量数以亿计，假如艺术不能赋予它一种超强的磁力，散发出奇特的震颤来充满整个空间，恰如在爱情的季节鲸鱼那迷人的歌声充盈着大海汪洋，那么，这肖像画很可能就会因消化不良而造成某种疯狂。乍一眼看去，路上的行人不由自主地就会被征服，然后很快就会领悟到一种幸福，深深地感到，面对着这一威严以及由这威严所透出的强大力量，自己被保护着、关爱着、促进着，同时也被粉碎着。在各重要行政部门的门墙上挂得满满的这些巨幅画像面前，人们会聚集成群。世界上没有任何一个艺术家能够实现如此的奇迹，它是由阿比本人在尤拉的启迪之下完成的，这是人们很早就得知的真相。

有一天，某个人在一张阿比肖像上的角落处写下了一些字。无法理解的字词，是用某种陌生语言匆匆涂写的，是第一次神圣大战之前的一种古老涂鸦。人们不仅很惊奇，还等待着一个大事件。然后，流言四起，说是那个词已被机构局的数字办公室破译了出来；那神秘的措辞在阿比朗语①中应该读成这样："彼佳眼②在观察你们！"这并不能说明什么，但这个词音质上是那么悦耳，它马上就被人民采用了。就这样，阿比被亲切地称作了彼佳眼。于是，人们满耳朵听到的都是这彼佳眼了，彼佳眼这，彼佳眼那，彼佳眼亲爱者，彼佳眼公正者，彼佳眼英明者。直到那一天，公正博爱会发了一个通告，禁止使用这个蛮语之词，违者当即处死。不久之后，阵新即阵线新闻处③的第66710号公报胜利地宣布，那臭名昭著的涂鸦者早就被找到，并立即被处死，连他的家人和朋友都全被杀死，

---

①　原文为"abilang"。
②　原文为"Bigaye"。
③　"阵新"和"阵线新闻处"的原文分别为"NoF"和"Nouvelles du Front"。

从第一代起，他们的姓氏便从史籍中被彻底抹除。整个国家陷于一片沉默，但是很多人在自己深深的心底里提出了问题：为什么这个被禁之词在那一纸通告中拼写成了巨眼①？错误从何而来？来自于阵新的书写人？来自于它的主任，尊贵者苏克，还是来自另外的人？应该不会是杜克，伟大的统帅，公正博爱会的头头，更不会是阿比：是他发明了阿比朗语，他是不会犯错误的，任何错误都不会。

事实是，阿提的脸上恢复了一些血色，还增长了小小的几公斤体重。他依然呼吸困难，哆嗦不止，老是咳嗽，痰又浓又浊，但已不再咳血。至于其他，高山也无能为力，生活很艰难。当地什么都紧缺，假如可以用这样一种方式来谈物品的话，则可谓紧缺加紧缺，且天天如此，成了家常便饭。刚跨过生命的门槛，就跌入了深渊，这是天经地义的。山是那么的高，离城市是那么的远，衰退是那样的迅速。对很多人来说，疗养院就是生命的终点站，老人们、孩子们、体弱多病者。穷人们便是这样，一直忍到最终，当生活终于要抛弃他们时，他们才开始照料自己。他们把自己紧紧裹在布尔呢②里，那羊绒宽大氅，满是油

---

① 原文为"Big Eye"。

② 原文为"burni"。

脂，能防水防雨，千疮百孔，补了又补，缀了又缀，带有某种哀伤和崇高的味道，简直可说如同披了一袭国王的尸衣，准备当场跟随死神而行。他们白天黑夜地穿着，从来不脱，就仿佛担心命运之神会随时袭来，担心自己会赤裸裸羞答答地走上不归途。总之，有了这身穿戴，他们就能毫无畏惧地等候死神的来临，以一种从容不迫的甚至是低三下四的态度，迎接死神。死神并不犹豫，它打到东，打到西，打到这里，还有那里，并继续走得更远。那些祈求它的人，则为它打开了胃口，它会加倍地吞噬。他们出发上路往往不为他人觉知，没有人在此为他们哭泣。病人总不会缺少，来的只会比去的更多，人们都不知道该往哪里安顿好了。一张空床不会空上太长时间，那些睡在四面透风的宽敞走廊中的简陋床板上痛苦不已的人会为得到一张床而争个头破血流，你死我活。上游方面的决定性安排并不总能保证和平地接替继承。

物品的短缺问题还不是全部，还有地理方面的种种困难，让人忘记了其他。为保障疗养院的经济运作而必需的食物、药品、物资，都是先要由卡车从城里运过来——那些浑身都是彩绘图案的卡车恰如奇形怪状的乳齿象，岁数都像高山一样大了，却无所畏惧，至少要上到第一重山麓。从那里起，氧气就开始变得稀薄，使它们庞大的活塞难以顺利运转——然后由人背着，骡马驮着，运上山来，人与畜都是那么勇敢且坚韧，善于攀爬，只不过速度慢得实在该咒骂：他们只能到达力所能及的地方，并且还要视气候的变幻、小径的路况、悬崖的状况、人的脾气、部落的兴致而定，而部落里的人喜爱无理取闹，脾气一上来，说不定就会把道路堵得死死的，水泄不通。

在这些位于世界尽头的高山中，每迈一步都是对生命的挑战，而疗养院则离这死亡的绝境最为遥远。在遥远的黑暗时代，某些人兴许会问，为什么要跑到那么高的山上，那么寒冷荒凉的地方，来隔离并不比其他病人更带传染性的结核病人？麻风病人在国家中四处游荡，鼠疫病人也是同样，而那些依然被叫做大热病人的人，没错，自有他们自己的扩散季节和区域。从来就没有人因跟他们接触而遭传染或因看到他们的目光而死亡的。传染的原理始终就没有弄明白，人之所以死去，并不因为其他人是病人，而是因为他本身就是病人。总之，事情就是这样，每个阶段都有每个阶段的惧怕，现在该轮到肺结核来高举起最高级疾病的大旗，在人民中间散布恐惧了。轮子已转动，其他一些可怕的病痛也随之出现，摧毁了若干繁荣昌盛的地区，增添了墓地坟茔。随后，则是回潮，但，疗养院始终在那里，其矿物般的永恒性令人惊讶，人们继续送来结核病人和其他气管炎患者，而不是任由他们死在家中或者附近，或其他病人中间。当然，那些人若不送来，其生命之火会很自然地熄灭，但他们毕竟能得到家人亲情的关怀，而在这里，病人们被堆扔在世界屋脊上，羞耻地走向死亡，被寒冷、饥饿以及糟糕的疗理所困扰。

另外，马帮商队也有干脆消失一空的情况，人、牲畜和商品全都失踪。有时，被派来保护他们的士兵也倒下毙命，有时，则不然；经过几天的寻找，人们会在某一条深深的沟壑中找到他们，断了脖子，残了肢体，尸体被吞噬了一多半。而他们的枪，则全无踪影。没有人说得上来，但有人听说，马帮走的是禁行之路，并穿越了边界。古人就是这么想的，他们的目光是那么雄辩。谁说的？氛围猛地变得咄咄逼人，老人们一边咳嗽着一边散开，仿佛在为自己不慎多嘴而道歉，而年轻人则突然竖起了耳朵。他们的思想遥相呼应，因为它们在头脑中剧烈地跳动。

禁行之路！……边界！……什么样的边界？我们的世界难道不就是世界的全部吗？有尤拉和阿比的保佑，到处不都是自己家吗？还需要有什么疆界吗？谁又能明白其中的意思？

消息让疗养院陷入一片惊慌和沮丧中，人们会按照各自地区的习惯来自我鞭挞，拿脑袋撞墙，束紧胸脯，大声尖叫：这一行为是一种异端，会毁了信仰者。在那所谓的边界之外，又会存在什么样的世界？在那里，人们是不是就只能找到一片光明以及一块土地，而神主的一个造物可以站立于上面？什么样的头脑才会构思出逃离信仰王国而奔向虚无的谋划？唯有离经叛道者才会启迪类似的想法，或者是那些马库夫，大异教的宣传鼓吹者：他们倒是无所不能的。

突然，事件变成了一个国家事务，并从舞台上消失。丢失的货物仿佛在一根魔棒的作用下得到了漂亮的补充，糖果甜食，昂贵的药品，有效的护身符，这故事中什么都没有存活下来，连一声回声都没有，甚至，很快就有一种顽固又催眠的感觉深深扎根于人心，认定没有任何伤心的事发生过。调动、逮捕和失踪会发生，但没有人会看到，人们的注意力将被吸引到别处，炭火并没有在王国中全部熄灭，种种仪式并不缺少。被杀害的卫兵们的尊严将提高到殉道者的高度，人们通过阵新，通过纳迪尔①（安置于地球上所有地方的电子墙报），还通过一天要宣讲9次的摩卡吧②之网得知，他们在荣誉场上倒下了，倒在一场被誉为"一切战役之母"的英勇战役中，就像千百年前所有那些或真实或梦幻的战役，也像千百年后即将来到的所有那些战役。在牺牲者之间是不分什么阶层高低的，圣战本身也绝无终结，当尤拉依照承诺粉碎巴里斯之时，它就将

---

① 原文为"nadirs"。
② 原文为"mockbas"。

28

被宣告。

　　什么样的战争？什么样的战役？什么样的胜利？跟谁而战？如何战？什么时候战？为什么战？这些都是并不存在的问题，并没有被提出，因此也就没什么答案可期待的。"圣战，人们知道这个，它是学说的核心，但那是种种理论中的一个而已！假如思辨也会实现得如此简单，而且是在生前，那么，就不再会有什么信仰，不再会有什么梦想，也不会有真挚的爱，世界也就注定要亡。"当地面在他们的脚下塌陷时，人们就是这样想的。真的，哪里还能依托呢？除了不可信——唯有它是可信的。

　　而怀疑则导致焦虑，不幸也就为期不晚了。阿提就是这样，他失眠，预感到难以名状的恐怖。

　　他刚来到疗养院不久，深冬季节正好过去，就有一个马帮失踪了，它的卫兵们也一样失踪了，后来，他们在一个沟壑的深底被发现，冻在了冰层中。尸体曾一度停放在太平间里，等待动荡平静之后运回城里去。整个医院都是一片咬牙切齿的声音，护士们带着他们的水壶和扫帚来回跑动，四处乱窜，病人们成群结队地在院子里来回打转，斜眼瞥向狭窄又阴暗的栏杆那一边。它螺旋状地盘旋而下，向停尸间延伸而去，后者就处在下方15西卡司①的地方，构成一条隧道的终端。隧道开凿在大块大块的岩石中，在要塞底下蜿蜒曲折地延伸，有些地段已经坍塌，它还是第一次圣战在此边境上打得热火朝天的阶段挖掘的呢！谁都不知道隧道的另一端通向哪里，只看到它消失在了大山的深腹之中。这曾是一条逃逸之路，或者是一个储藏库，一个地牢，一个骷髅场，兴许还是为妇女儿童躲避入侵之敌专用的藏身之地，或者是一个做违禁礼拜的地点。那些时候，在最令人意想不到的地方，都有不少类似这样的礼拜场所。坑道很不干净，满载着往昔世界的愤怒，不可理解，还那么可怕。在某些日子里，深井之底会吐溢出阴沉的潺潺声，里头笼罩着一种速冻箱的温度。

实在是恐怖啊，人们得知，士兵们除了垂直坠落中受到的伤残，还被肮脏地大卸八块。不再有耳朵、舌头、鼻子，性器官塞进嘴里，睾丸砸烂，眼睛挖出。"折磨"一词从一个惊厥不已的老者口中说出，但他并不知道其中的意思。他忘记了，或者他不想说，而这更增强了恐慌。他一边倒退着离去，一边嘟嘟囔囔地说着："……祈求……民主……反对……尤拉保佑我们。"在阿提心中，这一事件启动了一个阴险的过程，会导致它逆反。起来反对什么，反对谁，他无法想象；在一个纹丝不动的世界中，就

---

① 原文为"siccas"。

没有可能的理解，只知道他们是不是进入了反抗，反对自身，反对帝国，反对神主，而对此没有人能够胜任，再说，在一个凝定固封的世界中又如何能动弹？世上最大智慧在尘埃面前折服，思想被微粒卡住。那些在高山中遭遇死神的人，那些进入禁行之路中并穿越边界的人，他们是知道的。

但穿越边界，那是什么？要去哪里？

为什么要屠杀这些身穿制服的可怜鬼，他们本可以带上他们一起走的，或者简单地把他们扔在高山中，丢弃给命运。如何回答呢？因叛变投降而暂时得以免于一死并返回的士兵们，遭受了为懦夫、叛徒、异教徒而保留的惩罚，他们在大祷告的那一天死于竞技场，先是在整个城市中游街示众，然后在一片欢呼声中被处决。要终结一桩国家事务，就得让证人统统消失，无论是以哪一种方式，软的硬的，明的暗的。

对阿提来说，这家处于时间之外的医院是无稳定性可言的，每一天，他都会知晓大量的事情，它们在城市的喧嚷中本来是看不见的，但在这里却充满了空间，并根植于持久不断地被质询、被粉碎、被侮辱的精神中。疗养院所在地的偏僻是一种解释。在空无中，生活就变得奇异，没什么能拉住它，它既不知道该往哪里靠，也不知道该往什么方向走。原地不动地围绕着自己转是一种可悲的感觉，太长时间自在自为地生活是有致命危险的。疾病从它那方面击垮了很多的确信，死亡则绝不姑息任何一个想变得比它更强大的真理，把它们全都引向零。一条边界的存在是震撼人心的。世界会因此而划分，变得可以再分，而人类则将倍增吗？从什么时候起呢？当然，是从开初以来啦，假如一个事物存在于世，那它就是永远存在，没有什么是自发而生的，除非神主——他是万能的——愿意那样。但神主致力于人类的划分，有机会时，他会单个儿单个儿地计件工作吗？

边界是什么？该死的，另一边又有什么？

人们知道，天上居住着天使，地狱中麇集了恶魔，而大地上则遍布着信徒，但为什么在它的边上会有一个边界呢？它分隔了谁跟谁？分隔了什么跟什么？一个星球既没有开始也没有终结。这个看不见的世界会像什么呢？假如它的占据者拥有意识的话，那他们知不知道我们在大地上的存在，他们知不知道这一难以设想的事，即我们并不知道他们的存在，要说知道，也只是如同一种可怕的、不太可信的流言，一个被抹却的时代那不甚可靠的残渣余孽？在伟大圣战中对敌手的胜利因而也并不那么"完全、彻底、具有决定性"！实际上，失败在追随我们，并在我们

32

持续地庆贺胜利期间，用它的灰尘将我们覆盖。

那么，我们所处何在呢？显然是在灾难性的这一点上：我们被打败了，丧失了一切，被赶到边界糟糕的另一侧。我们的世界确实很像是失败者的世界，溃败之后的一堆破烂，美化现实丝毫不比为一个死人化妆来得强，只能让它变得更可笑。而万能的尤拉，以及他的使节阿比，他们拿我们这些在木筏上随流而漂的人做什么呢？谁将拯救我们，救援又将来自何方？

这些问题飘荡在空气中，使它饱和，阿提不敢看到它们，但能听到它们，并为之痛苦不堪。

有时，尽管监视和"清洁卫生"的措施十分强硬，怀疑还是会掠过一些人的头脑，渗入另外一些人的头脑中。想象一旦投射出，就会给自己发明众多的轨道和谜语，让它们涌向远方。只不过，胆子大的人多少会不太谨慎，很快就露出了马脚，被人发现。居于他们心中的内在张力电化了周围的空气，这就够了，V拥有极度敏感的探测天线。因为人所共知而相信未来属于我们，这是一个很平常的错误。在一个完美的世界中，没有未来，只有过去，还有在一种魔幻般开端的故事中所讲述的关于它的传说，没有进化，没有丝毫的科学；里头有的是真理，整一的和永恒的真理。而在它的旁边，永远地，则是万能者在守护着它。学问、怀疑和无知来自于活动的世界所固有的一种腐败，死人与恶棍的世界。在这些世界之间没有任何接触是可能的。这就是法则，一只鸟只要出了笼子，哪怕只有振翅一飞的时间，就该消失，无法再回来，它唱走了调，并且散布不和。尽管如此，一个人看到的，依稀瞥见的，仅仅梦想到的，另一个人会在之后，在别处看到它，依稀瞥见它，想到它，兴许，前者还将成功地把它拉入明光中，以至于每个人都能看到它，并进入反抗，反抗擅自占据其地位的死亡。

对存疑的困惑，对气馁的愤怒，对失望的梦幻，阿提实在有些迷惘，他所确信的只是这一点。在整个国家中，在它的60个省份中，从来都没有发生过什么，什么都看不到，生活清澈透明，命令崇高无比，交融就在阿比的目光下，还有机构局好心好意的监视下，在公正博爱会之内完成。在一种如此的加冕中，生活停止了，它还能想象什么，重做什么，超越什么？步子不变，时间凝固，在纹丝不动的静止中，还能期待什么，空间还有什么用？阿比成功地完成了他的作品，感激涕零的人类可以停止存在了。

我们的信仰是世界的灵魂，而阿比则是它搏动的心。

屈从即信仰，信仰即真理。

机构局与人民合成一体，恰如尤拉与阿比合而为一。

我们属于尤拉，我们服从阿比。

等等。

这样的座右铭一共有99句，人们从孩提时代起就得死记硬背，烂熟于心，并要一生一世反复诵读。

当年，疗养院矗立起来时，那已经是很久很久之前的事了——镌刻在要塞那宏伟大门半圆形拱顶上方的石头上的一条碑铭，显示了一个日期，假如那真的是一个日期的话，*1984*，它位于两个风化得面目全非、神秘难解的符号之间，这个年份兴许是它竣工建成的年份，传说中的简短文本无疑证实了这一点，并指出了该建筑物的使命，但那文本是用一种陌生的语言所写——按照某些此后便神秘失踪了的老疯子的说法，事情进展得还算不错，但没有人能明白他们说的到底是什么。总之，没有人记得，他们曾成功地解释清楚过什么，世界始终以同样令人钦佩和经典规范的方式运转着，昨日如同今天，明日也将如同今天。有时，成年累月地，生存中什么都缺少，没什么能止住涌现于城市与生活中的不幸，除非那便是正常与正义之事，人们必须持续地坚定其信仰，并学习如何蔑视死亡。剩下的就是每天依照节奏有条不紊地按时进行的集体祈祷，它们把教徒们安置在一种非常幸福的迟钝中，而圣歌的咏颂则分散在日常的9次祈祷之间，由悬挂在疗养院中适当地方的不知疲倦的高音喇叭播出，从墙壁反射到隔板，从走廊反射到房间，把它们镇痛的回声无限地交织在一起，来维系几近于意志缺失症的注意力。背景音如此私密地消融在下部的地层中，以至于没有人会注意到它的消失，当电路切断时，或者当老旧的音响设备出现故障时，墙壁中或者住宿者下意识中的某种东西便会接上力，跟着一种与最为真实的现实同样真实的现实一起唱诵。在祈祷像那游离的目光中，闪耀着同一种柔和而耀眼的道义的光芒，它从来都不曾离开它们。道义，在阿比朗语中被称为噶布尔①，此外，它还是阿比斯坦神圣宗教的名称，同时也是那部圣书的书名，在此书中，阿比记载了他至圣的教诲。

在32岁到35岁时，具体多大岁数倒也说不清，他就已经是一个老人了。他保留了一点点他的青春和他的种族的魅力：长得高大，清瘦，浅色的皮肤被山巅的疾风吹得有些发褐，这让他眼睛带黄金斑点的绿颜色更显突出，他天生的那种随意潇洒，赋予了他的动作一种猛兽般的肉欲。当他挺直身子，紧咬牙齿，闭住嘴巴，装出一丝微笑时，他可以算作一个美男子。他也确实曾是个美男子，他记得他当年曾经绝望过，因为身体之美是一种缺陷，它受到离经叛道者的看重，会引来种种的嘲讽和侵犯。女人们

---

① 原文为"Gkabul"。该词如果加书名号，可理解为《道义之书》，不加书名号则可理解为"道义教"。

倒是并不会太痛苦，她们可以躲藏在厚厚的面纱还有布呢挂①后面，压缩在她们的布条束缚中，始终被稳稳地守候在她们自己的区域内，但对受到美貌专宠的男人来说，酷刑则是持恒的。一把野蛮的大胡子会丑化人，一些粗鲁的行为方式，一种可笑的穿戴打扮会吓退人。但是，对阿提来说，很可惜，他那种族的人皮肤通常干干净净，清清爽爽，无须无毛，行为上也很优雅，他这个人尤其如此，在这一切之上，还要加上一种青年人特有的羞涩，这就足以让那些多血质的胖子们分泌出大量的口涎来。阿提回忆起他的童年如同回顾一个噩梦。他不再去想它，羞耻竖起了一道屏障。只是到了疗养院，这里的病人们放松了本来勒得紧紧的缰绳，让他们低下的本能自由发挥，记忆才重新回到了他的心头。他痛苦地看到可怜的小男孩们不断地逃亡和挣扎，但是，骚扰是如此强烈，他们最终都放弃了。他们无法抵抗攻击者的残暴及其狡猾。夜里，能听到他们撕心裂肺的呻吟声。

阿提苦于从来就弄不明白，邪恶是如何迅速增生，竟至于跟世界之完美恰成比例，旗鼓相当。他不敢以一种误解来作为结论，美德跟混乱在一起赢不得胜利，人们无法相信，败坏堕落是在阿比带来光明之前黑暗的一种存活，它保持活动，为的是考验信仰者，在威胁之下把他抓住。

---

① 原文为"burniqab"。

改变，哪怕是奇迹般的改变，都需要时间来实现，善与恶
会长期共存，直到前者赢得最终胜利。如何才能知道一个
开始于何时，另一个结束于何时？到头来，善很可能只是
恶的一种替代，因为后者会很狡猾而巧妙地乔装改扮，并
唱准音调，这就如同，善的本性总是会妥协，直到发展为
懦弱，有时候甚至是背叛。《噶布尔》的第2卷第30章第
618行中已经说道："人并不需要知道何为恶，何为善，
他只需知道，尤拉和阿比保佑着他的幸福。"

阿提都快认不出自己来了，害怕已侵入他心中，表现
得如此冒冒失失，胆子一天比一天更大。他听到另一个声
音在向他假设一些问题，并悄悄提词，给他一些无法理解
的答案……而他就那么竖起耳朵，倾听着，催促对方说得
更明确，做出结论。直面对视让他身心疲竭。一想到人们
会猜疑他，他就怕得要死，怕人们发现他原来是一个……
那什么，他都不敢说出这个词来……一个异教徒。他不明
白这个该死的字眼，人们甚至都不把它说出口，生怕会让
它具体物质化，然而，常识往往就建立在人们反复念叨却
并不深思的熟悉事物之上，异……教……徒……这是一种
显而易见有些虚假的抽象化，无论如何，在阿比斯坦，任
何人都绝不会被逼迫着去相信，人们也从来都不会企图做
什么来赢得他真诚的加入。人们提供给他完美信仰者的

行为，仅此而已。在言谈、举止、衣着中，应该没有什么把他跟完美信仰者的模拟图像区别开来，而那图像则是由阿比所构思，或者由受到负责灌输思想的公正博爱会启发的某个军官所构思。人们会从孩提时代起就培养他，在青春期出现于地平线之前，在它直截了当地启示人类生存境遇的真相之前，他就将成为一个完美的信仰者，根本无法想象生命中还能存在另外一种生存方式。"伟哉神主，他需要彻底驯服的忠诚者，他憎恨自命不凡者和精心算计者。"（《噶布尔》第2卷第30章第619行）

这个词本身对他的骚扰更厉害。异疑，就是拒绝一种人们被迫指定进入其中的信仰，但是，它的弱点也正在于此。人若不依靠另一种信仰，便无法从一种信仰中解脱出来，这就如人们用毒品来治疗某种瘾，早早地就提前选定了它，假如需要的话还会创造出它来。但是，用什么，如何用？既然在阿比的理想世界中，没什么允许这样做，没有任何观点来发起竞争，没有一种对公设的怀疑，来挂上一个反叛概念的小尾巴，来想象一个后续系列，来构建一种与圣书经文作对的历史。所有的蛛丝马迹都被计算到并被抹除，人们的精神思想都被按照正式教规严格地矫正，得到定期的校准。在独一思想的威望下，异疑是不可设想的。但既然如此，体制为什么还要禁止异疑呢，它明明知道此事是绝不可能的，并动用一切使得它始终停留在不可能之中？……突然间，他有了一种直觉，计划是那么清楚：体制不愿意让人们有信仰！私底下的目的就在这里，因为，人们会相信某个想法，当然也可以相信另一个，例如，相信它的反面，并把它变成一匹战马，来战胜最初的幻想。但是，由于禁止人们相信强加给他们的想法这件事本身就是滑稽的、不可能的和危险的，建议也就变成了对异疑的禁止，伟大的组织安排者用另外的措辞说出了这个意思："别去寻求相信，你们说不定会迷途在另一种信仰中。禁止怀疑就行了，只要一再重复地说，我的真理是唯一的和正义的，这样，你们的脑子里就将始终有它。你们还不能忘记，你们的生命以及你们的财产都是属于我的。"

以其对妙法诡计的无限知识，体制早早就明白了一点，是伪善造就了完美的信徒，而不是信念。因为信念会以它压迫性的本质，行进中一路拖拉着怀疑，甚至还有反叛和疯狂。它还明白，真正的宗教不会是别的，只能是中规中矩的过分虔诚，升格为垄断，并由无处不在的恐惧所维系。"在实践中细节才是最基本的"，一切全都程式化了，从诞生直到死亡，从日出直到日落。完美信徒的生活就是一系列不间断的需要重复的动作和话语，不给他留下任何自由度来梦想，来犹豫，来反思，兴许还包括来异疑，兴许还有来相信。阿提很难得出一个结论：相信不是相信，而是欺骗；不相信就是相信相反的思想，因而就是自欺欺人，就是做到把自己的思想变成一种对他人而言的学说。在独一思想中，真的是这样……在自由世界中，也曾当真如此吗？阿提在困难面前后退，他不熟悉自由世界，不能简单地想象，学说与自由之间会存在着什么样的联系。他同样也不知道，它们两者中到底哪一个会更强。

在他的头脑中，有什么东西破碎了，他看不到那是什么。然而他清楚地意识到，他不再想做以前那样的人了，他曾活在其中的那个世界突然显得那么邪恶，那么脏污，简直可怕至极。他渴望那样的一种变形，它就挂靠在痛苦与羞耻中，甚至还会杀死他。曾经的那个他，忠诚的信仰者，如今正在走向死亡，这一点他很明白，另一种生命已在他心中诞生。他觉得它让他很振奋，然而它必定会遭到严厉的制裁。对他，是粉碎与诅咒，而对他的家人，则是破产与驱逐。因为，这一点就如阳光一样显而易见，他根本就没有任何可能摆脱这个世界，他全身心地属于它，向来如此，并将永远如此，直到时间的终结，直到那时候，他身内身外什么都不再留下，不剩一粒尘埃，不留一丝回忆。他甚至都无法在沉默中否定它，无法指责它什么，说到底，甚至都不能对抗它什么。他始终就是他本来的那样，符合他的本性。而谁又能否定他，招惹他某种不愉快，还有，如何让他承担它？什么都不能伤害他，相反，一切都在强化他。他生来就是如此，高傲无比，威严异常，对世界对人类一律冷漠无视，恰如他那些推动者的狂妄和巨大野心所愿的那样。这就是解释，他就如同神主，一切都来自于他，而一切变化也都在于他，善与恶，生与死。实际上，一切都不存在，甚至包括神主，唯有他在。

机构局要撵走他，抹除他，这是显而易见的，而且很快就确定无疑了。而兴许，很长时间以来，一向如此，国家机器就得到了警告，等待适当时机发起打击，就像猫儿假装睡觉来骗老鼠，让老鼠以为逃脱了危险一样。它是器官中的一个细胞，蚁穴中的一只蚂蚁：在某一点上的一种机能障碍会即时就在肌体整体中被感觉到。让他受尽折磨的恶应该会让体制从深底里微微发痒，在某个地方，一些异常的信号被交换了，被本能、被弦线的颤抖或者V的精神流动所携带，在神经中心自动开启种种进程，如骚乱动荡的定位，某种无限复杂性的确认和分析，它们也将轮流发动起其他同样复杂的机械系统，来修正，来调整，适当的时候还会来摧毁。然后，来复位重设，来遗忘，以便驱除有损害的记忆，制止可能随之而来的怀恋重新崛起。而这一切，直到其最微不足道的信息份额，都会被编码，归档于一种虽然迟缓却绝不会出错的记忆中，以便被无限地咀嚼再咀嚼。由此，从思维的反刍中会得出一些最高规则，一些实用的教诲，它们将强化设备配置，以防未来会成为别的样子，而非往昔的严格复制。

阿比之书的第1卷第2章第12行中写道：

"神启是整一，唯一，统一，它既不要求增加，也不要求修改，甚至也不要信仰、热爱或批评。只要道义和臣服。尤拉是万能的，他严厉地惩罚狂妄自大者。"

更后面，在第42卷第36章第351行中，尤拉显得更确切精准了："狂妄自大者将遭受我怒火的雷击，他将被摘除眼球，砍去四肢，被火焚烧。他的骨灰将随风撒扬，他的家人，无论前辈还是子孙，都将经历一个痛苦的终结，死亡本身也无法让他免遭我的制裁。"

精神实际上只是某种机械，一种盲目而冷酷的机器，尤其因为其异乎寻常的复杂性，这就强迫它拘押一切，控制一切，并不断地扩大干涉和恐怖。在生命与机器之间，有自由的整个奥秘，人若不死去便无法达到它，机器若不能触及意识，就不能超越它。阿提不是自由的，也永远不会自由，但是，仅仅凭着他的怀疑和他的害怕这些优点，他就感觉自己比阿比更真实，比公正博爱会及其触手一般延伸的机构局更伟大，比惰性十足且吵吵闹闹的广大虔诚者更活跃。他具有对自身状态的意识，而自由恰恰就在这

里，就在这样的感觉中，感觉我们并不是自由的，但我们
拥有为赢得自由而奋斗到死的能力。对于他，有一点是很
显然的，真正的胜利恰恰就在事先注定要失败但依然要进
行到底的斗争中。根据这一点，他明白了，能把他打倒的
死亡只能是他自己的死亡，而不是机构局的死亡。它来自
于他的意愿，他内心的反叛，而永远都不会是对一种偏
差、对一种体制法令的违背的惩罚。机构局可以毁灭他，
抹除他，可能还会扭转他，重新编排他，并让他崇拜屈
从直至走向疯狂，但无法从他身上夺走他本不了解的，他
从未看到的，从未有过的，从未接受的，也未给予的。而
这，他却尽情地仇视着，并无休止地围捕着：自由。他知
道这一点，恰如人们知道死亡就是生命的终结——这一从
根本上无法抓住的东西，是他的否认和他的终极，但它同
样是他的辩护理由——体制本无别的目的，只是要阻止自
由的出现，束缚住人们，并把他们杀死，它的利益决定了
这一点，但这同样也是它能从那可怜兮兮的存在中汲取的
唯一快乐。知道自己是奴隶的奴隶，永远都将比他的主人
更自由，更伟大，哪怕这主人还是世界之王。

　　阿提会这样死去，心中带着一个自由之梦。他想这
样，这是一种必要。因为他知道，他永远都不可能有更多
的了，生活在如此的体制中就不能叫做生活，而是转向乌
有，空无，不为任何事，也不为任何人。而死亡，就如无

生命的物体分崩瓦解。

他的心跳得如此剧烈，他都感觉有些疼了。奇特的感觉：恐惧越是侵入他的心，越是拧绞他的肚子，他就越是强有力。他感觉自己是那么勇敢。某种东西在他的心底结晶了，真正的勇气是一粒小小的种子，一粒钻石。他发现了一点，却不知道如何表达，只能用一种悖论来说，这一点就是，生活值得人为它而死，因为若是没有它，我们就是死人，除了是死人，就从未曾是别的。在死去之前，他要活它一生。这一从黑暗中浮现出来的生活，哪怕只是短短的一瞬间。

就在并不太远的过去，他还属于这样的人，认为谁若是触犯公正博爱会的规则就应该去死。对犯下严重错误的人，他赞同那些强硬派的做法，要求施行公判处决，认定人民此时有权利举行示威集会，他们会热血沸腾，如浪喷涌，而有净化作用的恐怖，会如火山那样喷发。他的信仰会得到加强、更新。启迪他的并不是残忍，也不是任何的邪恶情感。他只是相信，对尤拉，人应该奉献出最好的东西，在对敌人的仇视中，如同在对自己人的热爱中，在对善的回报中，如同在对恶的惩罚中，在睿智中，恰如在疯狂中。

神主是热情的，为他而生是令人激奋的。

但所有这一切，他凭着眼力来说服自己相信，那都是一些词，得以从他诞生之日起就镌刻在他的记忆中，那都是一些延时启动的自动机械，深深插入他的基因之中，随着年龄增长而得到持续的完善。突然，他看清了生存条件的深刻现实，它把他，把每一个人，都变成了一台迟钝狭隘又高傲自豪的生存机器，一个沾沾自喜于盲目状态的信仰者，一个凝冻在诺诺臣服与阿谀奉承之中的鬼魂，活着什么都不为，只因简单的职责，只因无用的义务而苟活在世，一个平庸偏狭的存在，能在一个响指的命令下，屠杀整个人类。神启①照亮了他，让一个阴险小人显露在他身上，从内心里支配着他，他想挺身而起反抗……却又并不真心想那样。矛盾是不容置辩的，而且是不可或缺的，它是生存条件的中心本身！信仰者应该会被持久地维系在这一点上，在此，臣服与反叛处于一种互爱关系中：当人们认识到有自我解放的可能性时，臣服就变得无限地微妙。但同样是出于这一理由，反叛也成为不可能，一反叛，要失去的东西就太多了，生命与上天，而赢得的则是一无所有，荒野中或坟墓中的自由是另一种牢狱。若是没有这一共谋关系，臣服就是一种模糊的状态，无法唤醒信仰者对

---

①　原文为"Révélation"。

自身绝对无意义的意识，更别说意识到他的君主的慷慨大方、无所不能和无比悲悯了。臣服孕育了反抗，而反抗则化解在了臣服中：必须要有这个，这不可分割的一对，才好让自在的意识存在。这就是道路，人们只有知晓了恶才能认识善，反之亦然。依据这一法则，只有在敌对力量的对抗中并由于这一对抗，生命才存在，才运动。每个人心中，都寄寓了一种奇特而狡诈的精神，它思考生命、善、和平、真理、博爱，温柔又令人欣慰的持恒，并用所有的美德来点缀它们，但只是通过死亡、毁灭、谎言、狡猾、支配、倒错、粗野而非正义的侵犯来寻找它们，而且是带着极大的激情。就这样，矛盾消失在了混杂中，善与恶之间的争执也停止了，成了同一个现实的两种形态，恰如作用与反作用合二为一，互相平等，以保障整体与平衡。消除一个即消除了另一个。在阿比的世界中，善与恶并不对立，它们混杂在一起，既然没有生命承认它们，命名它们，并构建成二元性，那它们便是一个唯一而同样的现实，非-生命或者死-生命的现实①。信仰整个就在于此，道德角度下的善与恶是一个次要的和徒劳的问题，彻底地退出了，善与恶只是毫无稳固性可言的支柱。真正的神圣宗教，道义，《噶布尔》，就在于此，而且只在于此：宣称唯有尤拉才是神主，而阿比是他的使节。其余的皆属于

---

① 原文为"la non-vie"与"la morte-vie"。

法律以及它的法庭，它们将把人变成一个驯服而殷勤的信仰者，把人群变成不知疲倦的团伙，他们将做别人让他们做的事，采用着别人塞到他们手中的方法，而所有人都将欢呼："伟哉尤拉，阿比是您的使节！"

人越是被缩小，他们就越是自视强大有力。只是在垂死之际，他们才迷迷糊糊地发现，生活不应该归功于他们的任何什么，因为他们什么都没有给予它。

不管他们是什么观点，他们都因一个制度而贪婪，而他们自己，则同时是该制度的捍卫者和牺牲品。在荒诞与疯狂中，掠夺者与猎物不可分离。没有人会对他们说，在生活的算式中，善与恶次序被颠倒，而最终，善被一种微小的恶所替代，它不会给他们留下别的道路。既然人类社会只能由恶来统治，那么，有种总是更大的恶，从来都没有任何什么能威胁它，从来都没有，无论来自外部还是内部。由此，与恶相对的恶变成了善，而善成了承担恶并为恶正名的完美计策。

"善与恶皆在我，你们不必区分它们，我派这两者为你们描画出真理与幸福之路。不听我召唤者有祸了。我是万能的尤拉。"《阿比之书》第5卷第36章第97行中这样写道。

他真想跟什么人好好说一说他的困惑。把他的想法付诸词语，并把它们说出来，听取种种嘲讽，种种批评，兴许还有种种鼓励，这在他看来很有必要，毕竟，在这一阶段，沉沦已经相当深。不止一次，他跃跃欲试，想跟一个病人、一个护士、一个朝圣者展开对话，但他忍住了，他怕会被当做疯子，被指控亵渎神圣。抛出一个词，世界就崩坍了。那些V就将跑过来，坏思想对他们就像琼浆玉液一般。他知道告发对人们有多大的诱惑，他本人就曾热情洋溢地投入其中，在他的工作中，在他的街区中，针对他的邻居，以及他最可靠的朋友。这已经被记录了，而且，不止一次地在酬日①，即酬报的日子中，得到表扬，在《英雄》中得到引用，而后者不是别的，正是CJB，即信徒志愿审判者②，著名而且很有威望的报纸。

日月穿梭，时光荏苒，他对一些似曾相识的定义已不知所措，它们有了另外一些共鸣共振。在旨在把种种信仰全都维系在轨道中的社会枷锁和警察机器之外，一切都风化了，善、恶、真、假之间再也没有了边界，没有了人们所熟悉的那类边界——而其他边界则显现在字里行间。一切都很模糊，一切都很遥远和危险。随着人们逐步寻找自我，人们也就逐步迷失自我。

---

① 　原文为"Joré"。
② 　原文为"Croyants justiciers bénévoles"，"CJB"是其缩写形式。

　　疗养院的偏僻境地使一切都变得日益困难，贫困频频添加，思想灌输放松了。总是有一个理由在妨碍着日常流程课的运行。同样的道理，慈善布道会和令人心情放松的祈祷也是如此，甚至还包括神圣无比的星期四大祈会：要不，就是病人们没响应召唤；要不，就是雪崩或者泥石流堵塞了道路，洪水上涨冲毁了一段通道，雷电切断了一根缆索；要不，就是小学教师在从城里返回的路上失足掉进了深沟；要不，就是校长一去而不复返，上调谋得了高位；要不，就是辅导教师嗓子哑了说不出话来，门房找不到他的那串钥匙了；要不，就是饥渴，一次瘟疫，一番短缺，一场大屠杀，千百件这样徒劳无益的和至高无上的事情。远离着一切，什么都运作不顺利，而灾难祸害则通行无阻。人们感觉自身很多余，庸庸碌碌，举目无亲，像一块石头那样无所作为，被莫名的短缺所包围，置身于病人当中，卑贱而羞耻，眼睁睁地走向死亡，讲述着不幸，游荡于一堵堵高墙之间，到夜晚，躺在冷冰冰的床上，迷失于黑暗，恰如木筏漂在汪洋大海中。人们搅动幸福的回忆来取暖，总是同样的含义，纠缠不休，挥之不去。可以说，它们想宣布什么，来来去去，推推搡搡。有时候，在一段很短的时间里——但人们会试图通过重温电影，通过添加蜿蜒曲折的情节和五花八门的颜色来延长它的——人们会觉得，自己大老远地好不容易才绕回来，以某种方式存在着，而某个人在虚无缥缈之中要跟我们说话，要倾听我们说话，要为我们提供帮助，一个富于同情心的灵魂，一个失踪的朋友，一个知心者。因而，在这一生命中有些东西是属于我们的，并非作为一种唯利是图的善，而是作为一种真理，一种安慰。沉浸于信任中是一种幸福。

渐渐地，一个陌生的世界出现了，其中流行着一些奇怪的词语，从未听到过，兴许依稀有所耳闻，恰如影子在喧嚣的流言中掠过。一个词刺激了他，他打开充满了美与无尽之爱的世界的大门。在这世界中，人是一个神，以他的思想创造奇迹。真叫人疯狂，他因此不寒而栗，事情不仅仅只是显得有可能，甚至在说只有它才是真实的。

一天夜里，他躺在被子底下喃喃自语。声音自己发了出来，如同从夹得紧紧的嘴唇之间强行钻出。他抵抗着，受着恐惧的折磨，然后就放松下来，竖起耳朵聆听那些词。一股电流穿过他。他的呼吸急迫起来，听到自己重复着这个令他激动的词，他从来没有用过它，不认识它，他抽抽搭搭地念出了它的音节："自……由……自……由……自——由……自——由……自由……自由……"他是不是有那么一刻高声喊出了它？病人们是不是听到了它？……怎么知道呢？这是一声内心的呐喊……

大山那低沉的呻吟，从他到达疗养院以来一直就让他畏惧不已，可现在，它一下子就停住了。摆脱了恐怖之后，风儿变得柔和多了，高山上的空气很好闻，清冽又令人惬意。一阵欢快爽朗的旋律从深深的峡谷一直飘向峰巅，他愉快地聆听着。

那天夜里，阿提始终就没有合眼。他很欣慰。他能够睡着和做梦，幸福耗尽了他的精力，但他更愿意干醒着，让他的想象自由驰骋。这是一种只有当天没有明天的幸福，他得好好享受它。他也劝慰自己要平心静气，要脚踏实地，要三思而行，要从精神上做好预备，因为他很快就将离开医院回家，他将重返自己的家园——他的国家，阿比斯坦，他会发现，他对它一无所知，他必须快快地认识它，以便给自己创造一个机会逃脱。

又过了压抑得如同一座坟墓的两个月，值班护士终于前来对他说，大夫已经签署了他的出院单，并给他看了他的病历。它包括两张皱巴巴的纸，入院表格，以及出院单，单子上草草地补写了这样几个字：需监视。

阿提感觉很难受。那些Ｖ会不会在他的睡梦中听到了他说的话？

　　阿提是忧心忡忡地离开疗养院的，那是4月的一个早上。晨风依然冷得刺骨，但在它的皱褶中，已经有了一点点悄悄走来的夏天的温热，微微夹杂的一丝怀疑，就足以给人渴望从头开始生活，气喘吁吁地奔跑。

　　夜幕依然浓重，但是小小的旅队已经准备好了。什么都不缺少，兴许只缺一道命令。全部人马都聚集在要塞的脚下，耐心地等候着。毛驴站定了它们最喜欢的队形，两两相配，头对脚脚对头地一顺一倒，啃吃着高山上一种长不高的禾草，无所事事的挑夫们在棚屋的披檐下咀嚼着神奇的魔草，卫兵们啜饮着滚烫的茶，以一种只属于军人的利索劲，快乐地拨弄着枪栓。而在一旁，信念专员和他的仆人们（在他们中，有一个V，看不见，却又令人担忧，其精神能心灵感应似地扫荡周围地带）像模像样地紧裹在暖暖和和的皮袄中，围着一个燃烧得火旺的炭盆烤着火，一边商议着什么，一边还一粒一粒地数着他们的旅行用念珠。在两次低声的论说中间，他们大声地祈求着尤拉，并在内心祈求着高山之精灵亚比尔①。在山区赶路时，下

————————

① 原文为"Jabil"。

山并不容易，它往往要比上山更危险，因为在重力的作用下，人们很容易抵挡不住大步奔跑的诱惑。那些上了年纪的熟路人，用见鬼的晦涩话语，不断地对新手们强调这一点，朝坠落方向奔跑而去，是一种很符合人的天性的自然倾向。

旅队的乘客则站在稍远处，在一个有点儿塌落的挡雨披檐底下，窘迫而尴尬，簌簌发抖，仿佛要被不公正地打发去见死神。只能看到他们翻起的眼白。他们短促地喘气说明，他们颇有些提心吊胆，局促不安。那是一些已经痊愈的病人，要回家去，还有一些行政人员，前来办理某一项不能等到季节转暖后再办的关于证件的事务。在他们当中，阿提身上裹着好几层因厚厚的油脂而防水的布尔呢，撑着一根多瘤多结的手杖，背着一个包袱，里头是他的装备用品，一件衬衫，一个金属杯，一个汤碗，他的那些药片，他的祈祷书以及他的护身符。他们全都等在那里，一边使劲地跺脚，一边拍打着腰身。遥远的天际已经微微发红，巨大的天空中闪烁不已的光亮灼烧着他们的视网膜，他们的眼皮十分沉重，他们已经习惯了疗养院那昏昏蒙蒙又慢慢腾腾的生活。他们身心中的一切，包括动作、呼吸、视觉，都在自我向下调整，绑定在海拔4000西卡司之上的空无之中，以便适应环境，去经历这一不可能的苦行。

他留恋他冷冰冰的地狱，他要感谢它治愈了他，让他面对一个他根本想不到居然还存在的现实，尽管它依然是他那个世界的现实。他也不知道有什么别的现实。有一些音乐，唯有在孤独中才能听到，在社会围墙之外和警察监视圈之外才能听到。

他有些害怕回家，同时又迫不及待地渴望回家。恰恰是在自家人当中，他必须斗争，与他们斗争。正是在那里，在时日的往来中，在未言的杂乱中，生活丧失了深刻事物的意义，而躲藏在肤浅与虚假之中。疗养院还给了他充沛的精力，打开了他的眼界，让他看到了这一想不到的现实，即在他们的世界中还存在着另一个国家；而一条找不到的因而也是不可跨越的和有致命危险的边界，把他们分隔了开来。这一世界会是什么样的？在那里，无知达到了一种如此的程度，人们居然不知道究竟是谁居住在自己的房屋中，在那走廊的尽头。

提出一个令自己抓狂的问题，是一件很有趣的事：假如一个人从真实的世界被投放到一个虚幻的世界中，那么，他是不是还继续存在着？假如是的话，那他还会死去吗？会死于什么？在虚幻世界中没有时间，因此也没有烦恼，没有衰老，没有死亡。他能以什么来自杀呢？他能像他的新世界那样变得虚幻吗？他会保留对另一个世界的回

忆吗？生命、死亡、来来往往的人、消逝的时日？一个能
给人以这些感觉的世界会是虚幻的吗？

　　但是，这一切已足够了，种种假设，种种精神游戏，
他已经在自己的头脑中把它们过了一千遍，但没有任何收
获，除了畏惧和头痛，以及愤怒与失眠。还有羞耻与烦扰
的遗憾。急切需要去做的，是出发，前去寻找这些边界，
并且穿越它们。从另一侧，我们会看到它们通过一种如此
庞大、如此完美的阴谋诡计禁止我们看的东西，我们将会
知道，或是带着恐惧，或是怀着幸福，知道我们到底是什
么人，我们的世界到底是什么样的世界。

　　他对自己说着这些，多少也是为了打发时间，等待是
焦虑和疑问的根源。

　　突然，一个声音升腾起来，来自于四面八方却又不
来自任何地方，它宽广，有力，和谐与协调，从一个遥远
的山谷，一路奔上山来，一直传到疗养院：一首精彩又迷
人的歌，其回声波动起伏，缭绕绵延，以一种奇特的方式
飘向远方，忧伤不已又诗意满满。阿提很喜欢听到它，并
追随它于其倦慵的行程中，在一种恒星般的寂静中走向灭
绝。山中号角之歌可真美啊！

　　先遣队于曙光微亮之际从疗养院出发，到达了山梁
分支处，作第一次休息。那是一个综合服务站，荒漠的旧

货集市，萨满的洞穴，多功能行政办公室，安置在低处，直线距离20查比尔多一点。只有山中的号角才有相当的气息能传得那么远。在这种情况下传来号声，说明道路很通畅，很好走。这是期待中的信号。

旅队可以开始出发了。

每隔一个小时，下一处山梁分支的号角就会吹响，以标志时间，测定道路，而旅队的雾号则会回答它们说，按照尤拉的意愿，时间的安排很合节奏，不会超越乘客们的抵抗力的，那些刚刚康复的人还没有太多的力气，也没有养成山里人的种种习惯，而那些可怜的公务员，则是从头到脚全都生了锈散了架似的。

在疗养院，则是万分激动的时刻。病人们聚集在平台上，带雉堞的凸廊上，城墙的巡道上，远眺着旅队在清晨的雾岚中渐渐离去。他们挥手致意，默默地祈祷，不仅为那些勇敢的旅行者，也为留在原地继续做累人疾病的囚徒的他们自己。他们脸色青灰，裹在补丁加补丁的、磨损得厉害的本坯布尔呢中，身披一道明暗有致的光晕，仿佛一大群幽灵，前来庆贺某种不可理喻的东西的终结。

小路拐弯处，俯临深谷的悬崖边上，阿提转身回头，最后瞧了一眼要塞。从下向上望去，只见它高高地托起一片明光灿灿雾气薄薄的天空，显得庄严雄伟，甚至威严得吓人。它的背后有一段长长的历史，人们并不知道，但能够感觉到。它似乎一向就在那里，见过世面，经过风雨，阅人无数，见证过他们一批接一批地消逝。那些时代，几乎什么都没有留下，一种幽灵般的氛围，负载了幽幽奥秘，喃喃细语，一种深邃隐匿的世事的独特虚荣，以及镌刻在石头上的某些符号，一些十字形，一些星星，一些月牙，或粗略描画，或精细打磨，东一点西一搭，有一些避邪符，胡乱涂写，带哥特艺术的情调，另外还有一些破了相、毁了容的素描像。它们大概意味着某种东西，因为人们是不会无缘无故地雕刻它们的，一番用心必然有某种意义，如若它们没有一种强烈的蕴意，人们是断然不会试图来涂抹的。在伟大的圣战期间，要塞正好处于一条沿乌阿山脉蜿蜒而过的前哨阵线上，因而被征用，它的战略价值使它成为一个无可避免的攻击目标，它先是落在敌方手中，然后又成了信徒民众手中的一个堡垒……或者次序正相反；总之，它不止一次地遭遇易手。反正，到最后，它被阿比的勇敢士兵们彻底地征服，恰如尤拉要求的那样。某一种传说这样叙述：四周哀鸿遍野，尸体多得竟然堵塞了乌阿山的所有峡谷，让溪水断流。这是完全可能的，官方公布的死伤者人数达到了天文数字，使用的武器兵刃恐怕都超过了太阳的威力，而一次次的战役前后持续了数十年之久——人们都不知道确切是多少年了。但神奇的是，

58

要塞经历了普遍性的荡涤之后居然完好无损。假如流传中的故事有半数真实可信的话，那就可以说，在这地方，无论我们的脚踏在哪里，我们都是踩在前人的尸骨上。这真叫人丧气，人们情不自禁地会这样想，下一次，当泥土被翻转过来时，那将是为了埋葬我们。

在那次摧毁了一切并彻底改变了世界历史的战争之后，命运之神在帝国60个省份的条条道路上扔下了好几亿不幸的人，一个个部落惶恐不安，一个个家庭分崩离析，留下来的仅仅是一些寡妇、孤儿、残疾者、疯子、麻风病人、鼠疫病人、中毒气者、受核辐射者。谁能够帮助他们？到处都是地狱。强盗麇集于大道，横行于阡陌，他们结帮成团，四处抢劫，掠夺这可怜世界中仅剩的一点点好东西。长时间里，要塞被流浪者用作庇护所，他们总算还有力量和勇气来对抗乌阿山的高大城墙。这多少就像是神迹大院①，人们大老远地前来寻找庇护和公正，找到的却是罪孽与死亡。可以这么说，从来就没有过比这更糟糕的世界。

---

① 原文为"cour des Miracles"。影射中世纪巴黎城内乞丐、小偷们聚居的圣迹区，法国大文豪雨果在其小说《巴黎圣母院》中对此有过十分精彩的描写。

随着时光的流逝，万物重归于秩序。剪径的强盗被抓获，并依照各地区的惯例被处决，死亡机器夜以继日地运作，人们找到了千万种方式来改善它们，但是，即便一天有36个小时，还是不足以确保日常任务的实施。

孤儿寡母们得到安顿，人们为他们提供小小的职业。病人和残疾者继续到处流浪，四下里乞讨，因为饥寒交迫，缺医少药，数以百万计地倒毙丧命。而正是为了让那些毒害和臭化城市乡村并导致疾病骤发的尸体残骸销声匿迹，人们创立了神秘而又非常有效的收尸人行会。人们制定法律来组织有关活动，而公正博爱会也颁布了一道宗教敕令，为一种公共卫生和行会利益的事务赋予了庄严神圣的价值。当年的要塞被清空、清扫、修复，改造成疗养院，人们把结核病人遣送到这里。不知道通过什么委婉的说法，人们让大家相信，他们就是人类所有不幸的原因。人们动员起来排斥他们，把他们赶出城市，然后又赶出乡村，因为田地必须重新耕种。迷信随着解冻而消失，但这种做法却留了下来，肺病患者总是被遣送来这里。

在病人和朝圣者中间，阿提学到了很多东西。他们来自辽阔帝国的四面八方。从他们口中，他得知了他们城市的名称，还有一点点他们的风俗、他们的历史，他听闻了他们的口音，看到他们一天天地得过且过，这对他来说真是一种惊奇，一种精彩的教育。要塞提供了信徒民众的一种总体视象，无比地多姿多彩，每个团队都有其特别的色彩和方式，那是在别的团队中看不到的。同样，他们还有自己的语言，彼此之间私下里偷偷地说，远远地离开异国的耳朵，带着一种如此的胃口，使人恨不得马上就去了解其中的奥妙。但是秘密交谈很快就停止了，联盟者都很警觉谨慎。当阿提稍稍恢复了体力后，他就一个病房一个病房地乱跑，他开始充分调动起视觉，还竖起耳朵，伸长鼻子，因为那些人身上有气味，而且气味都很特殊，可以凭借嗅觉认定他们每一个。他们同样也可以通过口音、怪相、目光来互相区别，谁知道呢，还没等交换三个符号，他们就彼此扑向对方怀中，因激动而嗓音呜咽。看到他们像是在一个熙熙攘攘的集市中互相找寻，聚集到一个阴暗的角落里，心满意足地叽里咕噜地讲着他们的方言土话，真是叫人好生激动。一天到晚，他们有什么好说的呢？一些话语，再无别的，但这很是提振他们的精神。这很精彩，但这是个过失，还不止是过失呢，法令迫使人们只能用阿比朗语来表达，这是尤拉教给阿比的神圣语言，以便能在一个民族中统一所有的信仰者，而其他所有的语言，则都是偶然性的结果，因而是无益的，它们分裂人们，把他们关闭在特殊性之中，通过虚构和谎言腐蚀他们的灵魂。念诵尤拉之名的嘴是不能被那些杂种语言污染的，它们散发着巴里斯的恶臭口气。

　　他从来都没有想过这个，但假如有人问他，他就会回答说，阿比斯坦人全都彼此相像，他们都像他那样，像在阔扎巴德他那个街区里的人那样，是他所见过的唯一人类。然而，他们又是无限的复数，是那么地不一样，以至于每一个人都是一个自在的世界，唯一的，不可探测的，这就以某种方式对人民的定义提出了异议，质疑了人民本是唯一的和英勇的孪生兄弟姐妹这一说法。由此，人民是一个理论，一个多出来的理论，与人类的原则相对立，整个地结晶于个体之中，在每一个个体中。这令人激奋，令人不安。那么，人民又是什么？

　　要塞消失在迷雾中，在他滚滚热泪的帷幕背后。这是阿提最后一次看到它。他将会对它留下一个神秘的记忆。正是在它的内部，他发现自己生活在一个死去的世界中；正是在那里，在戏剧的中心，在孤独的深处，他有了另外一个世界，一个完全不可触及的世界的惊人景象。

　　归途的旅行持续了整整一年或几乎整整一年。一路上，从大车换到卡车，从卡车换到火车（在铁路经受住了战火和锈蚀的那些地区），再从火车换到大车，因为那里的文明重又消亡了。有时候还得迈开两腿步行，或者骑在骡子背上，穿越崎岖陡峭的山路和荒无人烟的森林。那时候，旅队就把自身的命运全都交给了运气和向导，得抓住能抓住的一切，一步步地向前。

　　最终，队伍走过了不下于6000查比尔的路程，途中还停下来没完没了地歇息，每次在某个地点宿营，都令人忧心忡忡。一些南来北往的旅客聚集的营地，一些道路调度的中心，在那里，大批大批的人群在混乱中相聚又相离，迷失又重逢，形成队伍又消散，然后在麻木不仁中安顿下来，为的是乖乖地直面时间。赶路的人在等待迟迟不下达的命令，卡车在等待怎么也找不到的备用零件，火车则等待着铁轨被修复、机车头重新启动。而当一切准备就绪时，机械人员和向导又出了问题，必须赶紧寻找他们，然后是耐心等待。再后来，在不知多少个寻人启事和奇妙发现之后，人们会得知，他们正在别处谋差呢！人们会听到一切，熟悉的老调，陌生的新曲：他们出发去安葬了某人，拜访了一些痛苦不堪的朋友。他们有问题需要解决，有典礼需要完成，有牺牲需要挽回，但是最为经常的，则是阿比斯坦人的娇小罪孽，见鬼的见风使舵者，他们跑去当志愿者，以便为下一个酬日，即酬报的日子，积攒一些很好的积分。他们给需要帮助者施以援手，在某处，接替一次摩卡吧的班；在另一处，挖掘一些坟墓或者一口井，重画一个米德拉①，确认一番朝圣者的名单，帮助救援人员，参与寻找失踪人员，等等。所做的善事②已被随便写在一张纸上的一份证明所认可，可以有效地提供给他那个街区的酬日办公室，没有弄虚作假，人们起誓提交。到了这一阶段，就只剩下要找到高级负责人，签发走出营地的通行证。这段失去的时间显然难以弥补，崎岖的道路不允许那样做，它是另一种磨难，而且会在雨季达到顶点。

　　所有这一切占据了整整一年时间。而若是有一辆结结实实的卡车，从头到尾良好的路况，有利的天气，认真的向导，外加一种彻底的行动自由，6000查比尔的路程根本就用不了太长时间，短短一个月足矣。

　　跟所有人一样，对国家究竟是什么，阿提没有任何概念，除非朝圣者和旅队人员知道得稍稍更为详细一点。他想象它巨大无比，但假如人们不亲眼看到，假如人们不

---

① 原文为"midra"。
② 原文为"B.A."。

亲手摸到的话，巨大无比又是什么意思呢？假如人们永远
都不触及的话，那疆界又是什么呢？"疆界"一词本身在
召唤：疆界之外又有什么呢？只有那些尊贵者，那些公正
博爱会的大师和机构局的头领才知道这些东西以及其他的
一切，是他们在界定它们，控制它们。对于他们，世界很
小很小，他们把它掌握在手中，他们有飞机和直升机，可
以航行在蓝天碧空；他们有快艇，可以驰骋在汪洋大海。
人们看到它们经过，听到它们咆哮，但是他们，人们却看
不到，他们从来不接近人民，他们通过纳迪尔，通过出现
在国家所有地点的墙上电屏来接触人民，而且总是由那些
被小老百姓们称为"学舌鹦鹉"夸夸其谈的主持人作弊耍
奸，或者由摩卡比①更悦耳的声音，在摩卡吧每天9次地
让信仰者作忏悔，而且，肯定还通过V的渠道（但没有人
知道是如何做到的）。这些神秘的生灵，以前被叫做精
灵②，能心灵感应、隐身和无所不在。人们说，主人们同
样还拥有潜水艇和飞行要塞，它们被一种神秘的能量所推
动，可以无边际地探测海洋的深底和天空的外层，不过并
没有人亲眼看到过这些东西。

后来，阿提得知，从阿比斯坦的一端到另一端，斜线
距离达到了神奇的5万查比尔。他听了直头晕。需要活上

①　宗教学者。
②　原文为"djinns"。

多少条命才能穿越如此漫长的距离啊!

当人们决定把他送往疗养院时,阿提处在半清醒半迷糊的意识状态。在穿越整个国家的旅途中,他什么都没看到,只有片段的景色,显现在两次目眩之间,两次昏迷之间。他记得,旅途显得无比漫长,而疾病发作则变得越来越频繁,越来越痛苦。它们似乎耗尽了他的鲜血,有很多次,他甚至都在呼唤死神的救援。这是一种罪孽,但他心里想,尤拉会原谅痛苦不堪的人的。

那些旅行根本就谈不上什么奢华,游牧人的日常生活就是清除,扫、堵、推、拉、锯、撑、填、拆,装上并卸下货物。他高声嚷嚷以助兴致。两次劳役之间,人们投身于宗教修炼。其余时间,当景色单调地游走而去时,人们计数着时辰。

有一件事让他十分揪心,但久而久之,它在他眼里也就成了一个幻觉般的现实:整个国家一片空荡荡。没有活的生灵,没有运动,没有声响,只有劲风吹荡着道路,雨水洗涤着道路,有时候,风雨还带走一切。车队结结实实地沉陷在虚无中,某种灰黑色的浓雾,被一条又一条明亮的闪电穿透,越来越远。有一天,在两次打呵欠之间,阿提不禁思索，在创造的最初阶段，大概就是如此。世界并不存在，既无外壳，又无内容，空无寄寓于空无。阿提生出一种令人担忧却又激动人心的情绪。他觉得，那些原始时间重又复归了，同时，一切都变得可能了，最好的和最糟的，只要说出"我愿意"，就能让一个世界从虚无中出来，并依照他的意愿有序构建。他真的特别想表达，但他忍住了，并非由于他认为自己的欲望能被人理解，而是因为他觉得他本人就处在这一最初的不确定状态中，而意愿的宣告会首先作用于他的身上，并把他变为……癞蛤蟆。兴许，最初出现在大地上的造物就是这些畜生，黏乎乎的，浑身脓包，诞生于一个毫无经验的神主许下的一个落空的愿望……绝不该试探生活，或者冒犯生活，它是无所不能的。

有那么两三次，他发觉地平线上有军用车队在挺进，那是一种僵硬呆板、无比机械的运动，而且，顽固和坚决得如同那种不可战胜的力量。那样的一种力量，会在热带大草原上引导大批兽群躁动不已地奔腾起来，开始向着生命的希望拼死迁徙，最终是生是死全都无所谓，关键是要一往无前地冲锋，去赴那命定的约会。所有这一切，给人感觉就是来自于另一世界的一次神秘征战。装载了大炮和火箭炮的卡车队列带着一股股尘烟，牵拉着一支无穷无尽的部队，士兵们穿戴笨重，装备可笑。阿提从来都没有见过这番光景，反正在城里头巡逻的卡车不会是这样。他记得，在城里见到过十好几辆这样的卡车，装载着预备队数量不确定的卫兵，他们吵吵闹闹，丝毫不知疲倦，带着大砍刀、棍棒、牛筋鞭子，这一切，是为了在竞技场举行重大典礼期间，前去执行集体处决，或者去履行召唤圣战的宗教仪式。在此期间，群情激昂会达到顶点，而在这里，他们的数目比夏季山峰上的蚂蚁还多。他们是前去打仗吗？还是打完仗刚刚回转来？什么战争呢？一次新的圣战吗？针对谁？在大地上难道只有阿比斯坦吗？

而对战争，他确信它是真的，因为那天他们远远地看到一个军用车队引领了一支长得无头无尾的俘虏纵队，有好几千人，三个人一组地被绑定在一起。那么远的距离，根本就无法辨认种种细节，帮他确定他们的身份。但谁知道他们是什么身份呢？老年人，年轻人，强盗，异教徒？他们中有女人，这是肯定的，这能从某些标志中看出来，那些身影穿着蓝色外衣，女俘的布呢挂的颜色，她们远远地跟在后头，严格遵守圣书所规定的距离，不多不少，40步，好让俘虏队伍中和看押者中的男性既看不到她们，也无法满鼻子地嗅闻到她们野兽般的气味，而她们的恐惧以及汗水，则在这些气味之上增加了一种叫人无法忍受的酸臭。

他们同样也遇到过排成令人印象深刻的队列的朝圣者，步履沉重，一边走一边还抑扬顿挫地念诵阿比之书中的诗行，还有行进者的口号："我本朝圣者，我自朝圣去，嗨嚯，嗨嚯！""我们行走大地，我们翱翔天空，赞美生活！""再来1查比尔，再来1000查比尔，没什么可怕的，让苦行僧羞臊去吧！"等等。始终有腔有调，句句铿锵有力，步步坚定踏实，符合信仰者的生活的一举一动："伟哉尤拉，阿比是您的使节！"他们嘹亮的歌唱回荡在远方，给世间的一片寂静添加了震撼人心的回声。

他们差点儿碰上的村庄茅舍，也渐渐地远去，越来越远，最终看不见了。一眼望去便可知晓，生活从来就没有真正眷顾过它们，连空气中都存在着某种欠缺，像是一种人为的精打细算。谨慎到了这个份上，就没有什么能把一个村庄跟一个墓地区分开了。有牛儿在周围吃草，但看不到一个牧人的身影；它们到底有没有主人呢？在它们天真懵懂的目光中，有那么一种阴郁乏味的恐惧，来自于空无、孤独、厌烦、极端的贫困。看到旅队后，它们的眼睛滴溜溜地四下乱转。这天晚上，它们流出的乳汁会发酸。

没有一次旅行是不会完结的。但是，这一次的完结却迟迟没有来临。阔扎巴德已经不很远了，直线距离只需要走3天。随着目的地越来越近，旅队开始原地踏步：这一习惯来自古代，人们派出探子，去打探各个地点，还派出一名使者，去商谈一种友好的接待。人们利用这一等待的时间进行休整，从旅途的疲劳中恢复一下，因为友好之城的盛大入城仪式会出现非常折腾人的热情场面，一系列的节庆，持久的熬夜。重要的是，必须亮出神采奕奕的面貌，时时保持高度的警惕。当人们回家的时候，问题也确实提了出来：那么长时间之后，我们还认得出自己的家人吗？他们还认得出我们吗？

空气中有某种东西在说，一个大城市快到了，景色眼看着就失去了它荒野而崇高的面貌，披带上了废弃、枯竭的色彩，太阳底下腐烂物的气味，仿佛有一种糟糕又盲目的力量在起作用，腐蚀着周围的一切，生命，大地，人们，把它们糟蹋丢弃。没有什么解释，衰退因自身而存在，靠它的残羹剩饭而得到滋养，吃下后又把它们吐出，以便再次吃个大饱，郊区的第一条环道依然还很遥远，好几十查比尔，那里的贫困极为广泛，触目惊心。阿提记不太清楚了，但在阔扎巴德他生活的街区里，空气也并不更好，不过总算还能呼吸，因为，人们在自己家里总比在邻居家里要好得多。

阿提在最后一个调度中心上车加入的那个旅队，有一些出完公差之后返回的公务员，各色各样的总管，一些弓背弯腰的大学生，穿着布尔呢校服，长长的黑袍子，一直拖到离脚踝六指高的地方。他们返回首都，为的是在某些很细腻的宗教分支方面得到进修完善。另外，旅队中还有一连串神学家和摩卡比，总是稍稍躲在一旁，从不向前凑，这倒是比较符合他们自己高贵的身份。他们结束了在阿比拉山上的一种隐修，想当年，阿比年幼时就喜欢孤独地藏身在这座圣山上，并在那里见证了他最初的神秘幻象。

他们中就有纳斯，一个公务员，岁数并不比阿提大，但身体很健康，脸晒得黑黝黝的，刚刚从一个依然保密的考古挖掘点回来。据说，那个古迹有朝一日将成为一个著名的朝圣地。剩下的就是要精心打磨这一历史了：纳斯负责汇总种种技术因素，这些因素有助于档案圣书及圣记忆部的理论家们对历史做出调整，使它更为剧情化，并把它连接到阿比斯坦通史中。这件事确实够神奇的，人们发现了一个完好无损的古村庄。它是如何躲过伟大圣战的浩劫以及随之而来的大动荡的呢？人们又怎么没能在之前发现它呢？实在是不可思议，这说明，机构局早已经有所失误，更糟糕的是，它是会失误犯错的。这说明，在噶布尔的神圣大地上，有的地方和有的人可以躲开尤拉的光芒和统辖。另一个神奇的现象是，在那里的大街上和房屋中，根本就没有什么尸骨。它的居民们到底是怎么死的？是谁夺走了他们的尸体？它们被安放到了哪里？对这些问题，纳斯必须找到答案。一天晚上，在火堆旁的争论中，他听人说到，有传言在部里的那些神职人员中悄悄流传，说的是，某个叫迪亚的公正博爱会的伟大尊贵者，同时还是强大的奇迹调查司的头头，慧眼独具地看上了这个村庄，想把它用来服务于他的个人传奇，从而拥有一个作为私人财产的头等重要的朝圣地。纳斯怀着满腔激情，以及一种日益增加的畏惧，投身于自己的使命，因为他看得很清楚，他就处在错综微妙的利害冲突中，要面对公正博爱会中各派各帮无限复杂的敌对关系。然而有一天，他忘记了谨慎小心的原则，竟对阿提透露说，那村子的考古发掘挖出了一些可疑的物件，足以革命性地震撼阿比斯坦的象征基础本身。

正是他的目光吸引了阿提的目光，这是那样一个男人的目光，他也像阿提一样，令人困惑地发现，某些宗教竟然可以建立在与真理相反的基础上，并因此成为原始谎言的坚定守护者。

卷 二

　　在这一卷里，阿提回到了阔扎巴德，找回了他的街区、他的朋友、他的工作，而日复一日的平常生活让他迅速地忘却了疗养院，忘却了他的悲惨生活，以及曾经侵占了他病态头脑的阴郁反思。但是，做下的都已做了，事情并不会因为人的离去而就此消失，在至高无上的表象后头，是看不见的世界，带有它的神秘，它阴暗的威胁。有偶运在安排一切，恰如一位建筑师，用艺术和方法实现着他的作品。

　　阿提从他的病中还有他神奇的旅行中慢慢地恢复过来。如果说有什么后遗症，它们也不怎么看得出来，他一脸蜡黄，两颊突凸，显得很消瘦，这里长出一道皱纹，那里一个小小的神经官能障碍，关节嘎吱嘎吱地响，喉咙中不合时宜的吸溜吸溜声，全都没什么凶险的，在周围的一片苍白中丝毫无损于什么。邻居和朋友热烈地迎接他，陪同他出席各种各样体面的集会。重新融入社会，无非就是一些走动，一些等待，一些资料证件要提交和取走，一些事情要安排，有时候真的会忙得焦头烂额。但是，到后来，线索都一一重新连接上了，阿提终于回家了，生活重续了正常的流程。实际上，他在交换中占得了便宜，成了某个市政管理单位的临时雇佣人员，重又回到市政厅里来上班，坐到了一个敏感的职位上，这便是执照证书办公室，该办公室负责给商人们颁发一些重要的证件；至于他，则应该在头头的准许下，给那些执照证书制作副本并且归档。到了这一责任程度上，他就有权利，同时有义务，戴上基础市政官员那个带白道道的绿色袖章，而且，在他那摩卡吧的祈祷中，第8排会有一个位子专为他保留。当年，他曾经住在潮湿的地下室中的一间房内，房间

里散发出老鼠和臭虫的气味，这也正是他患上了肺结核的
原因。现在，人们分配给他一个小小的很温馨的单套间，
在一个颇有些破烂却依然很结实的住宅楼里，面朝阳光灿
烂的平台。想当年，当水流在管道中流动，令一个个家庭
十分开心的时候，这里本来是一个向四面清风和成群鸽子
开放的水房，女人们上来洗衣服，等待衣服在太阳下晒干
的当儿，她们一边大说特说笑话故事，一边悠闲地看着男
人们无所事事地在大楼底下，在街道的尘土中乱攒乱动。
一个公民委员会终于发现这里实在太喧闹，于是这水房被
强行夺下，由大法官的一纸法令而被征用，驱了魔，祛了
魅，分给了一个正直的小学教师，而这位教师则靠着一通
敲敲打打、缝缝补补、堵漏填孔，把它变成了一个温暖舒
适的巢穴。他不久前刚刚去世，身后什么都没留下，既没
有家庭，也没有回忆，只遗留下一些谁都看不懂的天书，
真的让人感觉这是一个被彻底抹除的人。团结一致是信仰
者之间的一种义务，尤其体现在每月的操行评语中，但同
样也有友爱和赞赏：在街区中，阿提是个英雄人物，战胜
了可怕的肺结核，死里逃生，并历尽艰险地从大老远的地
方回来，确实称得上是一个无愧于尤拉恩惠的有信仰者，
他创造了英勇业绩，给他奖赏是没得说的。尽管他对疗养
院，对那里的气候，对旅行都讲述得不多，但这足以让同
事和邻居望尘莫及，甘拜下风。对一些从来就摆脱不了

恐惧的人来说，别处就是一个深渊。后来，很晚很晚的后来，他才知道，他卓绝的提升既不是由于人们的同情，也不是因为他自己的功绩，当然也不是出于尤拉的好心，而仅仅在于机构局的某个成员以强大无比的道德健康部的名义做出的推荐。

然后，遗忘便悄悄来到，一切都消散在含糊不清与沉默无语中。宗教规定的责任义务，各种泛宗教类的活动，相关的典礼仪式，这一切只留下很少的时间给梦想和空谈，更何况，所有人都简单地拒绝它们。人们也不是那么害怕受到V粗暴的对待，或被诓骗，或被截获，或者遭到自愿伸张正义的信仰者或志愿民兵的责备，甚至被送交警方和司法机构。但是，真的，他们的深层心态便是如此，他们很快就厌倦了让他们从宗教和泛宗教的义务中分心的东西，到最后，这会让他们失去一些得分，让他们直接面对尤拉的制裁。这正合阿提的意，他并不奢望更多，只愿能重新彻底回归他作为一个好信徒的生活，关注普遍的和谐，他觉得自己根本就没有力量和勇气做一个介入型的无信仰者。

他在市政厅的工作中，如同在街区摩卡吧的工作中一样，全都那么认真努力，那么充满激情地投入，而在义务劳动中，他更是胜人一筹，活蹦乱跳地从一个工地干到另一个工地，甚至都顾不上擦一擦脑门上的汗。在劳动中流汗，再没有什么比这个更能使人忘却其他和忘却自我的了，因为总是有什么东西在他头脑中蠢蠢欲动，对他纠缠不休。但即便累得个贼死，睡眠依然还是迟迟不来，因此，他总是尽可能地延长晚上在摩卡吧的学习，这极大地讨好了摩卡比，他的教师和念咒者。阿提解释说，在疗养院休养治疗期间，他的学习和祈祷有所落后，医院的指导神师，还有他的替代者们，工作起来倒是全都不遗余力，但毋庸置疑的是，他们都缺乏广博的知识和深奥的学问，一遇到什么困难，他们不是求助于故事传说和奇异魔法，便是托付于艰涩词语和异端邪说。同样，疾病及其痛苦，如同在战争中大施淫威的死神，饥馑与寒冷，还有思乡之痛，它们都麻痹着人们的精神，妨碍人们好好地理解一切。

至于其他，阿提全都竭其所能地躲避和逃脱。以往他所津津乐道的——他所得意洋洋的——如今都让他感到恶心：刺探邻居的隐私，责骂消遣的行人，打孩子，骂女人，凝聚成密集的群体，游走在街区中，以求鼓动起大众的热忱，确保在竞技场举行的重大仪式的秩序，必要时还打一打棍子，在行刑时给志愿者刽子手施一施援手。他无法忘记，在疗养院他曾越过了一条红线：他因高度异教化而有罪，一种思想罪。他梦想过反抗、自由，以及一种在边界之外的新生活；这种疯狂有那么一天会上升到表面，并导致很多的不幸，他已经预感到了。实际上，一味地犹豫不决是危险的，必须一往直前，并持续地站在阴影的一边，决不唤醒怀疑，因为那样一来，就没有什么能阻止裁判所的机器，虚弱者将不知道他会如何重又来到竞技场，身边围绕着人们能为他找到的所有同伙。

以前他曾如此轻而易举地完成的东西，现在却让他付出沉重的代价，而且是恶获得了胜利。他再也不会说"尤拉是公正的"，或者"赞美尤拉及其使节阿比"，并说得情真意切，然而他的信仰却没有动摇。他善于权衡利弊得失，善于依照正统的信仰来分辨善恶。但是，他厌倦了。他缺少某些东西，难以做到公正，兴许是激情、惊慌、夸张或者假仁假义。是的，确实，这一虔诚过分得颇有些异乎寻常，而若是没有了它，信仰便不能生存。

被他的精神所抛弃的，并不只是宗教本身，更是被宗教所压垮粉碎的人性。他已经想不起来是通过什么样的思想轨迹才坚信，人只是在反抗中并通过反抗，才能真正存在并发现自己，而反抗只有在它首先转而反对宗教及其团伙时，才是真实的。或许，他甚至还想到，真理，无论是神性的或者人性的，神圣的或者世俗的，并不是真正萦绕在人们脑际挥之不去的顽念，相反，人的梦想实在是过于巨大，以至于无法理解它整个的疯狂。这梦想就是，发明出人类，并且寄寓其中，就像君王寄寓其宫殿一样。

　　随着时光的消逝，平静复归，阿提通过它真正进入了梦想中的常规惯例。他终于成了跟别人一样的信仰者，不再面临危险。他又找到了得过且过地生活的乐趣，不用为明天担心；找到了一味相信的幸福，根本就不必对自己提种种问题。在一个封闭的、不存在任何出口的世界中，是不可能有什么反抗的。真正的信仰存在于放弃与臣服中。尤拉是无所不能的，而阿比则是众信徒永不犯错的守护者。

一天早上，阿提怀着既轻松又严肃的心情得知，道健会，即道德健康委员会，第二天要来市政府作每月一次的人员检查，他跟其他人一起都被召集了去。他真正地感觉到，这一下，自己算是重返了信仰者群体。在那之前，人们对他总是拒于千里之外，免除了他的忏悔和虔诚的示范：人们认为，在他的健康恢复期中，他并不能完全彻底地掌控自己的行为方式，可能仍是谵妄所捕猎的对象，会情不自禁地冒犯神明及其代表。从疗养院归来后，他决定，在等待自己彻底康复的这段时间里，他将前去他那街区的摩卡吧作试讲，由后者向道健会的地方委员会做出报告。在阿比的书中，有好几行诗都强调了这种必要性，即信仰者必须成为他自己话语的主人，以便得到有价值的评判。

由此说来，定期的视察检查就相当于一种圣事仪式，它在信仰者的生命中占据着一个相当显著的地位。这是一种重大的教礼行为，其重要性不下于男孩的割裂①和女孩

———————————

① 原文为"la Césure"。

的切除①，还有每日的9次祈祷、星期四的大祈会，还有大斋，八天神圣的绝对斋戒，或者是酬日，褒奖优秀信仰者的酬报的日子，甚至可以比肩长期过程的期望，或者是福日，令人难以相信的祝福的日子。因为，到了那一日，人们会看到朝圣的幸运入选者踏上前往圣地的路程。并不是由道健会来"打分"的，人们并不是如此理解的，人们就是跟它一起，在尤拉的光芒中和《噶布尔》的完美知识中，参与对普遍和谐的巩固，而尤拉知道什么才是公正的和必要的。人们等待视察检查，等得好不耐烦。结果，一个60分制的分数按照相关的观察而打出，记录在一个带浅紫色条纹的绿皮本子上，它被叫做价值手册，简称"值册"，每个人都把它终身携带在身上。这是一个道德身份证，人们会骄傲地展示它，它建立起一个个等级，并打开一条条道路。

在行政机关中，视察检查定在每月的15日。很多东西都得取决于它，首先是劳动者的薪酬（打分的结果能使它增加一半或减少一半），还有职业生涯中的晋升，社会声誉的赢得，一个住宅、一笔给孩子的奖学金、一份出生奖金、凭票供货的优惠票的分配，朝圣名单上的注册，酬

---

① 原文为"la Résection"。

日上的提名，以及跟人的身份有关的各种各样的优先权。

60分满分是每个人梦寐以求的一种奇迹。桂冠者会成为一个活生生的神话，但是——天真的有抱负者对此总是想得不够——如此的认可会让他成为一种赶庙会现象，人们会让他不断地从其中的一处走向另一处，直到累垮。但是在此之前，嫉妒者会把他拉下来，拉得比地面还低，指称他为离经叛道者。视察检查会提升信仰者的信念和道德，同时间接地为机构局的不同部门提供一些有用的信息。它的"自我批评"门阀，如果运作得好，有时候会导致感情失控，并引起人们的自发愿望，发动对反对派的大清洗。总之，分数是一把万能钥匙，能打开和关上生命中的所有门。假如一个死者在其生命的长河中有过一些极佳的分数，其家人就有权利请求为他封圣。从来没有人被封圣，然而此法确实存在着。人们被鼓励通过一种积极的广告形式来求助于它，这一广告得到了殡仪总会的全力支持，而这总会，作为彻底垄断的组织，由公正博爱会一个卓有影响力的成员——德高望重的多尔来掌控，多尔还是民族历史古迹和国家不动产部门的主任。惊人的证据就是，得到官方认可的圣人，对一个家庭的每个成员来说，就相当于获得了保障的天堂，使他们有朝一日有可能亲眼一睹阿比本人的风采，至少也能在一道帷幕后面瞥见他的身影。奉献给封圣提名者的一次头等的葬礼，要比一个大名人的入葬费用贵上一千倍，人们就不知道要在一个普通工人的埋葬费后面增添多少个零了，就是说，假如封圣列位对承保人以及其他掘墓人有所回报的话。

当分数连续6个月不够标准，而且相关者的健康状态并不是这一退步的明显原因，这时候，事情就要移交给另一个机构来审定处理，那就是矫管，即矫正托管会。而退步者在一次符合规定的传唤之后，则会自然消失。对这个托管会的具体实情，人们一无所知，但人们常常会想到它，它就像是死神，活人们都不熟悉它，什么都说不上来，而那些熟悉它的人，则已经不在世上了，当然也就无法说什么了。对马上就从名单上和记忆中被画掉的消失者，人们会仁慈地说，"矫管带走了他，尤拉是悲悯的"，或者残忍地说，"矫管画掉了他，尤拉是公正的"，然后转而投入自己的祈祷。完全不知道其中的隐情，也就阻止了恐怖，简化了生活。

尽管制度是极权主义的，或许正由于它是极权主义的，它才得到人们完全的接受，因为它是由尤拉所启迪，阿比所孕育，公正博爱会所运作，得到了机构局的监视，并最终得到信仰者民众的支持，对他们来说，它就是照耀着最终实现之前进道路的一道光。

矫管由两位摩卡比以及机构局派遣的一位成员构成，由从属于公正博爱会那位德高望重者的一个人来领导。它负责监察有关的活动范围，或者相关的区域。一个由最重要人士构成的委员会，即评价行政部门人员的委员会。在首都，它享受着一圈特殊的光环，有一个坚固的组织，主持一系列的分委员会，那些分委员会则分担减轻了它在城市不同部门和不同街区中的任务。人们可以通过编号来了解它们。阿提的那个街区编号为S21，位于阔扎巴德的南边，在那里活动的分委员会，就被叫做S21委员会。必须知道，它以能屈能伸但无比公正而闻名遐迩。它的主席是胡阿老人，名望极高。早在年轻时，他就已是一个著名的信仰斗士了。

　　阿提十分激动地重温了神圣审查的气氛，那是一个由诸多方面构成的很简单的调查表（只回答一些无足轻重的问题，作一些无伤大雅的忏悔），但它可能会保留一些惊奇，因此，人们既平静而自豪，又紧张而不安。委员会成员乘坐一辆小轿车大摇大摆地来到，车子很老派，质量却绝对上乘。开车的是机构局的一个职员，车子周围跟随着一大帮膀大腰圆的卫兵，前呼后拥地步行而来，受到了市政府高层领导的迎接，还有聚集在广场上的人群以及政府工作人员的欢呼。阿提一个人也不认识，这很正常，他们每两年就轮换一次，以避免视察的质量因评判者与被审者之间过长时间的接触而受影响，而阿提本人正好有整整两年时间不在当地呢！

评判者们在被改成了盘问中心的典礼大厅中正儿八经地办公时，政府工作人员已开始忙着准备了。东一处，有人在复习《噶布尔》的选段；西一处，有人在交换有关国家情况的信息，那都是由纳迪尔和公报所提供的，尤其是由阵新。别处，有人在锤炼论据，有人在重复口号，有人在仔细琢磨，思考问题，有人在打磨句子，有人在背诵祷词，有人在一边来回踱步一边闲聊，有人裹着布尔呢躺在角落里打瞌睡。正所谓临阵磨枪，不快也光，人们等着轮到自己，但又不怎么担心，因为谁都知道，10个球中有9个是空白球。

阿提从一堆人那里游走到另一堆人那里，试图从人缝中，从乱哄哄的走廊中看到并抓住什么。

轮到他了。作为市政府中的新人，他被安排在最后。他由屈尊降为门童的市长亲自引领，但市长本人在另一种生活中曾是一个摩卡比，他知道事情的重要性。审查的评委们坐在一张摆在高台上的桌子后。在一张铺着绸布的斜面桌子上，放着一本《噶布尔》，打开第333页，正是其中的"最终实现之路"这一章，尤其是第12行："我设立委员会，由你们中最有智慧的人组成，来评判你们的行为，探测你们的心灵，以便把你们维系在噶布尔之道中。请对他们保持真实和诚恳，他们皆为我所派遣。谁若狡诈油滑，必将后悔。我是尤拉，我知晓一切，我无所不能。"

一张桌子上，堆放着市政府雇员的档案卷宗，按从老到新的顺序分类。

评判者自有评判者的目光，也有评判者的嗓音，让人们从心底里害怕他们，但同时，有某一种人体的热气从他们身上散发出来，这感觉无疑来自于主席的老迈年高，还有陪审者们小小的温和神态。在细羊绒的布尔呢外面，他们还佩戴了道德健康法官专有的镶饰朱红色纹道的绿色长条襟带。尊者胡阿还戴着一顶煤玉般乌黑的绒头帽，衬托出他的一小绺头发越发的洁白无瑕。在匆匆翻阅了一下面前关于阿提的卷宗之后，他说：

"首先是这样，请听我的祝词和祈祷，请见证我卑贱的敬意。

"向你致敬，公正而强大的尤拉，还有你美妙的使节阿比。愿你得到赞美，直到时间的终结，直到宇宙的最远处，而你们公正博爱会中的使臣也得到祝福，并因他们的忠诚而赢得公正的奖赏。我请求你，尤拉，赐予我们力量和智慧吧！让我们完成你赋予我们的使命。按照你的法则，唯愿如此。"

稍稍停顿了一会儿之后，他对阿提说了如下的话：

"阿提，愿尤拉在这番真相之证实中与你同在。他看到你并倾听你。你有两分钟时间来向他证明你是信仰者中最忠诚者，是劳动者中最正直者，是同伴中最有博爱之心者。我们知道，你曾长期患病，远离家园，你的学业和你的修炼都曾被耽误。如同尤拉号令的那样，如同其使节阿比每日实践的那样，这一次，我们将宽容地待你。请讲吧，不要在大话中昏了头脑，尤拉憎恶自吹自擂的人。你的自辩之后，我们将更为细致地询问你，而你只需简单地回答是或不是。"

陪审者们点头表示赞同。

一瞬间，阿提的头脑中闪过一个疯狂的念头，他没有什么要去向谁证明，围绕着他的现实是那般巨大，让他无法忘记。至于如何对抗他作为被迫臣服的信仰者的教育，没有一个忠诚者知道该怎么做。他屏住气息，娓娓道来：

"首先这样：我与你们共同分享我对万能的尤拉以及对其美妙的使节阿比卑贱的敬意，还有对你们，我仁慈的评判者们，我要向你们致以崇敬的感激之情。

"伟大的主席，尊敬的大师们，尤拉是睿智和公正的，把你们置于如此高的职位上，他显出他对你们的爱。把我带到你们面前来，他显出我是如此渺小和无知。你们用短短几句话，就让我学到了很多很多：尤拉是一个仁慈的主——他对你们施以恩惠，恰如你们的慷慨大方向我证实的那样——而阿比是一个活生生的榜样，只要模仿他，就能成为一个完美的信仰者，一个正直的劳动者，成为团体中每个成员的一个好兄弟。我之所以能在这里，能在一次历尽艰险的旅行之后，从西恩的疗养院活着回来，应归功于尤拉。我每一天、每一步都在向他祈祷，他听到了我的声音，他支撑着我，从头到尾。在阔扎巴德，也同样，我被当作一个真正的信仰者，一个真诚的兄弟，一个正直的劳动者受到迎接。因此，我想我就是你们要我证实的那样，但我还知道，在通向完善的道路上，我还有很多路要走。我对我自己这个小小个人的评价还不算数，还得由你们来评判我，让我在公正博爱会照耀的秩序中成为尤拉和阿比的完美仆人。"

委员会深有感触，但阿提并不太知道他是不是真的很有说服力，还是仅仅只是雄辩而已。

主席胡阿接着说：

"你那街区的摩卡比，还有你在市政府中的头儿，在他们的报告中都说，你显示出一种很用功的积极态度。那是出于野心、伪善呢，还是别的什么？"

"出于职责，尊敬的大师们，为了在我的修炼中能迎头赶上，并能跟我的兄弟们和谐一致。疾病耽误了我太长时间，让我远远落后于我的职责和我的朋友们。"

代表机构局的那个陪审者显出怀疑的神态，坚持说道：

"学习能加强信念。你是否认为，人们同样可以通过学习，为自己提供理由来诋毁信念？一个人接近他的偶像，究竟是为了更好地爱它，还是为了抚摸它，并叛逆地打击它？"

"大师，我无法相信存在着这样的人，《噶布尔》是一道光芒，它能遮掩住最强烈的阳光，在它的照耀下，任何谎言都无法隐藏，任何作假都无法熄灭它。"

"你的朋友们和同事们也是这样想的吗？"

"我敢肯定，大师们，我每天都看到，他们是真正的信仰者，很幸福地生活在道路上，并按照神圣《噶布尔》的原则来养育他们的孩子。我为有他们作为同伴而骄傲。"

"请用是或不是来回答，"主席提醒道。

"是的。"

"假如他们中有人没有尽职尽责，你是不是会告知我们？"

"会。"

"请稍稍解释一下……假如他被一个法官所挫败，你会不会给他一个正义的惩罚？"

"您是说……杀死……他？"

"我理解的就是这个，惩罚他。"

"嗯……是的。"

"你犹豫了……为什么？"

"我在心里问我自己是不是会那样做。惩罚当然应该神圣地得到执行，然而我的手却不那么灵巧。"

尊者胡阿接着说：

"现在，你有一分钟时间来做自我批评，我们洗耳恭听……好好记着，我们都在瞧着你呢。"

"我不知道该说什么好了，尊敬的评委们。我是个无关紧要的人，我的错都是小人物的错。我胆小，并不如我希望的那样仁慈，有时候，我还任由贪婪之心泛滥。长期折磨我身体的疾病加重了我的软弱，食物的匮乏刺激了我的胃口。我为之奉献出全部时间的学习和义务劳动帮助我克制自己……"

"好了，好了，你可以退下了。我们将给你一个好分数，以鼓励你继续走在忠诚和努力的道路上。希望你常常去竞技场，去学习如何惩罚叛徒和坏女人，他们当中肯定有离经叛道者巴里斯的门徒。从惩罚他们中赢得乐趣吧！要记住，仅仅有信仰还不够，还得行动。如此，只有强大和勇敢的信仰者才是一个真正的信仰者。"

他一边站起来一边说：

"去做，就是加倍相信，而什么都不做，就是十倍地不信。要记住，这在《噶布尔》中写得很明白。"

"谢谢，尊敬的大师们，我是尤拉和阿比的奴仆，是你们忠诚的侍者。"

阿提整夜都没有闭上眼睛，审查考核的情景如电影一样在脑海中浮动翻卷。电影讲的是一种被迫顺从的强暴，他整整一生中每年每月都要忍受。同样的问题，同样的回答，同样的疯狂在作祟。出路在哪里？除非从屋顶上跳下去，脑袋朝下，什么都看不到。

阿提怎么也转不过这个弯来。第二天，在市政府的生活复又继续，仿佛前一天根本就没有存在过。是习惯的力量，还是别的什么？不断重复的东西进入杂乱无章又看不见的日常琐事之中，并被人遗忘。谁又看到过自己在呼吸，在眨眼睛，在思考？一种被迫顺从的强暴，日复一日，月复一月，整整一生，会变成情爱关系吗？自然而然地上瘾？或者，始终是无知之原则在扮演着角色？的确，假如人们连知道都不知道，假如什么都不属于我们，那还有什么可抱怨的呢？阿提真想跟什么人好好谈一谈，比如跟他的上司，那是一个老油子中的老油子。但这一位的头脑中有别的计划，命令他别忘了完成上个月的那些材料的副本，并将它们装入漂亮的硬纸框中，井然有序地归档。

　　阿提终于想到，视察检查本没有别的目的，只是要
把人们维持在恐惧中，但他刚刚有这个设想，便马上把它
丢弃了。没有人显出恐惧样，既不像是被强暴，也不像是
想到自己会被矫管带走，而且，也没有人在寻求让他们害
怕，各委员会也好，各民兵组织也好，谁都没有。所有人
也即每个人心里所想的，就是取悦于尤拉。根本无须去理
解什么，前往屠宰场的绵羊也不会比前往道德检查的人对
自己的命运更无动于衷。尤拉当然是最强者。

　　阿提突然很想知道，他被再度接纳已走到哪一步了。
它到底是已经完成了，还是刚刚开始，或者，它根本就是
不可能的？

阿提跟办公室的一个同事关系处得很好，那是一个很细致的男人，对阿提来说，称得上是一个在市政府这一莽莽丛林中的真正向导。他叫做柯阿，知晓一切，什么都会，懂得说话艺术，对人说的话恰好就是人家希望听到的，因此所有人都喜欢和他相处。人们对他是有求必应。由于市政府里腐败成风，腐败几乎成了另一种呼吸方式，柯阿行得正坐得端的表现也就显得很是另类。他几乎学会了呼吸暂停地生存，却并不显得缺乏空气，也不抱怨看到他周围的人像狗一样地抓挠和喘息。他把他的艺术传授给阿提，使得阿提当即就摆脱了胃泛酸水。"一切均在呼吸之中"，柯阿对他说，看到他轻松地微笑了。当你不是独自一个人，而是好几个人时，不给自己招引敌人就变得容易多了，人们彼此保障了背后的安全。他说："跟狼群在一起，你就得大声号叫或者假装号叫，细声细气地咩咩叫是断然不可以的。"但实际上，柯阿心灵中有一大缺陷，他待人太和蔼，那是一种无法医治的和蔼病。他还有一种治不好的天真病，并且以为，用不怀好意的犬儒主义外衣一披，就可以把这种天真掩盖住。有人在他面前一哭，往他的夹克上抹一把眼泪，马上就能得到从别人那里需付出重大代价并长期等待才能得到的东西。这样做打破了市场规则，也损害了同事们的利益，但是当他向他们说出他们尤其想听到的话时，别人倒也不太会抱怨他。人们再一次地求他，这真是最后一次了，把请求者们再次送往正确之门，这一切，要做在他们流下第一滴眼泪之前。

随着日子一天天地过去，讨论一天天深化，阿提和柯阿彼此都从对方身上发现了一种共同的激情：阿比朗语的奥秘。这神圣的语言，随着阿比的圣书的诞生而诞生，并成了绝对万能的民族语言。这个奥秘，他们梦寐以求地想破解它，坚信它就是对生活的一种革命性理解的钥匙。他们分别通过各自的道路走向了这样一种认识：阿比朗语并不像其他语言那样是一种交流的语言，因为把人们连接到一起的词语要经过宗教的模块，而宗教则会掏空这些词本来的意义，并让它们负载一种无限震撼人心的讯息，即尤拉的话语。在这一点上，它就是一个巨大的能源库，能发射出宇宙范围的离子流，既作用于宏观的宇宙和世界，也作用于个体的细胞、基因和分子结构，并按照原本的模式改变它们，使它们磁化极化。人们也不知道具体是怎么一回事，有可能是通过咒语、重复以及对人与机构之间自由交往的剥夺。这种语言会在信仰者周围创造出一个动力场，从而把他与世界隔离开，让他变得聋聩。从原则上说，他会对一切声音充耳不闻，只要它不是阿比朗语的迷人的天体星星之歌。到最后，它会把他变成一个完全不一样的生命体，跟诞生自偶然和机缘的自然的人毫无共同之处。他对自然的人只会蔑视，甚至希望用脚跟把他们踩死，假如他无法按照他自己的形象来塑造他们。阿提和柯阿都相信这样一点，即通过把宗教传给人，神圣的语言就会从本质上改变人，不仅仅是他的思想、气味、小小习惯，还有他的整个身体，他的目光，他的呼吸方式，使得自身之中本来之人消失，使得从废墟中诞生的信仰者能在新的群体中重建新的身心。即便是死去，化为齑粉，也永远都不会有另一种本体，而只有这个：信仰尤拉及其使节阿比。他的后代亦将如此，直到时间的终结，都将携带这一身份本体，甚至在出生之前就已确定。尤拉的人民不会仅仅止于活人和逝者，他们将由在未来实际中来临的亿万信仰者，形成一支宇宙范围的大军。另外一个问题牵动着阿提和柯阿的心：假如存在着别的身份，那又是什么呢？在这之外，还有两个问题，补充性的：一个没有身份的人，一个还不知道必须信仰尤拉才能存在的人，那到底是什么？而人类，究竟是什么？

在疗养院时，阿提就已经直接面对这些问题。那时候，疑问开始在他心中冲开一条道路。他看到，他的同类信徒在一种彻底的晕厥中，勉强经历着剩给他们的不多的生活。究竟是什么把一个充满了神圣本质的人，变成了一个简单又盲目的鬼魂，这确实是一个问题。是词语的力量吗？不过，在那边，那个中世纪的军事要塞中，在一条条不可想象的边界所经过的世界的那一尽头中，生命与万物的声响具有一种奇特的基质，由悬而未决的古老奥秘那陈旧稳重的暴力所构成，它渐渐地把病人变成了游荡的幽灵，真正地浮动在地面上，飘荡在迷宫中，呻吟，喘息，在两度照亮之间，或在一个明显的阴影的拐角中，如同中魔一般地消失。正是在如此频繁的断电期间，阿提觉察到，扩音设备还在继续滔滔不绝地播出声音，只不过，那不是从一种磁性记忆和一种天命之磁中提取出来的，而是来自人们的头脑，负载着无限重复的祷告和絮语魔力的话语深深地铭刻在头脑的染色体中，并改动了它们的组合排列。存储在基因中的声音从他们的身体中发出来，传到地面，再从地面传到墙上，墙壁就开始震颤，并根据祷告和咒语的频率形成转调，而石头的厚度则为这一安魂曲增添了一种彼世的回音。空气本身也变成了某种甜丝丝、酸溜溜的迷雾，在要塞的通道中回旋，并影响到住院者和忏悔者，其效果远远胜过一剂强有力的致幻药。这就仿佛，所有这些不太牢靠的黑暗世界的人，都生活在一种对死者的祈祷之中。这就是无限小的运动的力量，什么都抵挡不住它，人们什么都没感觉到，而此时，它却一波接着一波，一埃①接着一埃，它在我们的脚下悄悄移动着大陆，还在深处描画出魔幻的远景。阿提正是通过观察这些超越常理的现象，才得出启示，认定神圣语言有一种电子化学的本质，可能携带着一种原子核成分。它不对精神说话，它分解精神，从残留的精神（一种黏稠的沉淀）中，制造出一些萎靡不振的信仰者，或者一些荒诞的小精灵。阿比之书以它密封晦涩的方式说到过这一点，在它的第1卷第1章第7行："当尤拉开言时，他不说词语，他创造世界，而那些世界就是挂在他脖子上闪闪发光的光芒之珠。听他的话语，即是看到他的光，即是在同一时刻改变面貌。怀疑论者将遭到永恒的惩罚，而实际上，对于他们以及他们的后代，惩罚已经开始。"

柯阿经历了另一条道路。他先是在神圣话语学校深入研习了阿比朗语。这所著名学校对所有的合格者开放，而柯阿则是其中的佼佼者，因为他已故的祖父叫珂霍，是阔扎巴德大摩卡吧的著名摩卡比，其布道始终闻名遐迩，其精彩绝伦的惊人格言（就如这一句赫赫有名的战争呐喊："让我们去死吧，为了更好地活着。"后来阿比斯坦的军

---

① 埃（angström），物理学上的长度计量单位，极其细微，一埃等于7～10毫米。

队还真的把它当成了训词，镌刻在军徽上）教育和培养了无数优秀、英勇的民兵，他们全都在上一次伟大的圣战中壮烈牺牲。柯阿当年醉心于一种依然稚嫩的反抗情绪，愤然反抗其祖父的压迫性形象，随后便毅然决然地前往一个荒芜的郊区，在一所学校中当阿比朗语教师。而那里，以及在一个归他所用的乡村实验室里，他得以在活体内①证实神圣语言在年轻学生的精神上和身体上产生的力量，而那些学生此前诞生并成长于他们街区的某一种或另一种平庸的和地下流传的语言中。他们周围环境中一切的一切，都在引导着他们走向纠纷失和中的失语、衰退以及游荡，但他们却在短短一个学期的阿比朗语学习之后，就脱颖而出，变成热情的信仰者，跟方言土语决裂，毫无例外地成了社会的审判者。而这吵吵闹闹的和爱报复的孵化蜕变，宣告了他们已准备好要拿起武器，去闯荡世界。而且，他们在体质上也与以往大不相同，像是经历过两三次可怖的圣战，敦实健壮，弯腰驼背，伤痕累累。很多人认定，他们的相关知识已经足够，再也不需要上更多的课了。然而，关于宗教，关于它在行星和天体方面的目的，柯阿并没有对他们说过一个反叛的字，也没有教过哪怕一行《噶布尔》，除了通常的赞美词"伟哉尤拉，阿比是他的使

---

① 原文为拉丁语"in vivo"。

节"。要知道，在幸福的人中间，这只不过是一种稍稍有些浮夸的见面招呼方式。奥秘从何而来？柯阿对自己还提出了另一个问题，更私人的问题：为什么奥秘不来青睐他，他这个在阿比朗语和《噶布尔》中诞生的人，对它们烂熟于心的人，而且其祖先还是一个操控大众精神世界的大师。为什么？这两个问题中，到底哪一个更加危险，这一点倒是亟须首先弄清楚的。最终，他明白到，当他点燃了一捻灯芯时，他得等待一些什么事发生。即便人们看不到，在思想的轨迹中和事物的组织结构中还是存在一种显然的连续性，从他窗户中射出的一颗枪弹，就是大街对面一个人的死去，而消逝的时间并不是空无，它是因与果之间的连接。在学年的最后一天，可怜的柯阿就归还了他的教师罩衣，就仿佛他害怕一生都会跟他的学生在一起，他重新回归城市，开始寻找一份稳定的报酬合理的职业。他不了解语言的秘密，也将永远都不会了解，但是他知道它的巨大能力。

这些学生后来怎样了？一些正直善良的摩卡比，一些受人称赞的牺牲者，一些令人赞赏的民兵，一些职业乞讨者，一些游荡者，一些其历程最后终止于竞技场行刑台的亵渎神圣者？柯阿对此无从所知，在那些荒芜的郊区发生的事始终就是很不确定的。那是一个被隔开的世界，四面有围墙，有悬崖峭壁，它们的居民一生中会更换好几次住地。每个人提取自己的那一份，疾病、悲惨、战争、灾难、厄运，甚至连成功都会把小小的机灵鬼带走，安置到敌人的阵营中，没有人能幸免，所有人到最后都要死掉。但由于从另一边会过来同样多的人，移民、迁居者、流亡者、流放犯、难民、投敌者，还有失败者，人们便什么都意识不到。那些外星人彼此都那么相像，无论是在这里还是在那里。其实到处都一样，在人类中，如同在变色龙中，人们会借用围墙的颜色，而墙壁，有的满脸是麻子，有的则被虫蛀蚀，这就有好戏看了——柯阿心中愤世嫉俗的一面在这样说。

这两位同行在多个方面展开着他们小小的工作。他们勤奋地光顾摩卡吧，刻苦研究《噶布尔》，聆听摩卡比阐释阿比斯坦那夸大了一千倍的传说，观察信民们全身发僵地进入礼拜场所，在宣唱者的邀请下，通过念诵"赞美尤拉及其使节阿比"来开始祈祷，然后辅导者和参拜的众人齐声重复，一切都沉浸在一种强烈冥想和隐约可疑的气氛中。在这一切中，仿佛有一种极其精彩的花招，人们越是想瞧个究竟，就越是弄不明白。一种不确信的原则管辖着信仰者们，人们有时候还真不知道他们到底是活着还是死了，也不知道在这时刻他们究竟还有什么区别。

　　有可能骗过简称公民会的街区公民委员会的警惕心时，他们也会在自己家和对方家里开展研究。而那些公民会拥有至高无上的权势，凡是他们怀疑有新的活动发生的地方，他们便会出面插手干涉。工作之后朋友间的聊天实在是太过分了，只有契坦能叫人来参加如此悠闲的活动。他们带黄色荧光条纹的绿色布尔呢老远就能醒目地揭示他们的存在，但他们随意采用狡猾的手段，来突袭窥伺者，恐惧的感觉就产生于此，居民们即便紧紧地锁上家门，还是会因此而苦恼。"请以尤拉和阿比的名义开门，这里是某某地方的公民会！"这类呼喊，他们是永远都不愿意听到的。没有人知道如何停住这机器：一旦被叫走，就得受讯问，最后说不定哪一天就去了竞技场，遭受牛筋的鞭打和乱石的投掷。

　　要知道，公民会是由公民所组成的警戒委员会，得到有关当局的赞同（在此情况下，所谓的有关当局就是道德与神圣司法部公共道德司，以及公共力量部公民自卫协会办公室），其目的就是在各自街区中制裁偏离行为，确保街道的小小警力以及大致上的司法公正；其中一些得到了尊重，例如风俗公民会，另一些则遭到仇视，首当其冲的当数反闲散公民会。它们的数量是那么多，但好些都是昙花一现，时过便境迁，并无真正的目的。它们有一个聚集的地点，公民会营地，平时他们就在那里休息、训练，而他们的街区行动也是从那里开始发起。

综合考虑之下，阿提和柯阿还是更喜欢在荒凉的郊区工作，那里总算还有可怜的少许自由，只不过少得几乎没有效果，而实际上，必须要有很多自由，才能跟种种秘密作斗争，而不可动摇的帝国的基础就建立在那些秘密之上。而这个，确实属于纯粹状态上的反抗，他们已经达到了那样的一点，切实考虑过有朝一日要去死亡隔离区生活。那些遥远的飞地上残存着古老的民众，他们跟即便在档案馆里也已经消失得干干净净的古旧异端派有着千丝万缕的关系。"我给了他们生命，他们却朝我背过身去，去找我的敌人，契坦，可怜的巴里斯。我愤怒至极。我们将把他们推到高耸的围墙之外，我们将竭尽全力，让他们死于非命，不得好死。"《阿比之书》中关于他们就是这样写的。

要深入这些疆域中似乎是不可能的，军人会沿着那密不透风、高耸入云的围墙不停地巡逻，一发现目标就会开枪。更何况，你还必须先通过隔开城市和隔离居住区的一片片地雷阵和布满拒马刺的一道道障栏，避开雷达、监视器、瞭望哨、军犬，以及难以设想的V。这并不只是要严密隔离一个不健康的地域，就如某一瘟疫流行期间采取隔离措施那样，它还想保护信仰者免遭契坦那致命的瘴疠之气。因此，在重武器之外，人们还增加了祈祷和诅咒的强大力量。

然而，帮人悄悄进入隔离居住区的地下团伙还当真不少。它们都是吉尔德①的作品，那帮子商人非法地，因而也是高价地，通过多种被严禁的地下渠道，真正的地底下的通廊网，为隔离居住区提供基本生活用品，人们都说，那是一些极其残忍的甲壳质穴居人。最终，这两个朋友越过了那一步：开弓没有回头箭，已经到了这一关，还能做别的吗？他们用完了自己的储蓄，直到最后的一个迪迪②。阿提经过两年不得已的伤残，早已是囊中空空，没有了积蓄，不得不卖掉了从西恩山区认识的朝圣者那里得到的好几件珍贵的宝物。

在市政府的办公室里，他们用一个假名办下来一纸特许证书，因此得以前往吉尔德的当地分会，自我介绍是商人，希望能跟隔离区的人做一笔生意。一天晚上，就在夜间巡逻之后，他们上了路，很快就来到一口相当大的深井跟前。这口井得到了巧妙的伪装，位于一栋半坍半立的房屋的后院中，紧邻一片古老的墓地，那墓地因其糟糕的流言蜚语而声名狼藉。一个彻底昼盲夜视的小个子男人等着他们，马上就把他们安置到一个小吊篮里，并启动了一个

---

① 原文为"la Guilde"。
② 原文为"didi"。

铃铛和两条杠杆，于是，这交通工具就开始在大地的深腹中令人眩晕地下降。经过在一个巨大无比的蚁穴中的千百次回转，从围墙和地雷区的底下穿过，十来个钟头之后，他们就出现在所谓离经叛道者的隔离居住区，国家中最大的隔离区，单是它的名称就足以令敏感的信仰者头晕眼花，让当局歇斯底里发作。这时已经是早晨时分，阳光照耀在隔离区上。这飞地延伸在阔扎巴德南边好几百平方查比尔的土地上，就在所谓的"悲伤七姐妹"之外。那"七姐妹"本不是别的，只是一条有7个奶头般鼓包的山脉，沟沟坎坎的，显得无精打采，萎靡不振，一直延伸到阿提居住的街区。那些离经叛道者，被人们叫做离叛者①，把他们的世界命名为霍尔②，并把他们自己叫做胡尔③（它要读成Hour）。柯阿认为，这些叫法都是hu的种种变格，而后者则指方言哈比雷④，是一种古老的流行语，阔扎巴德北面的某个地方依然剩有几个人还勉强能说，而柯阿本人也研究过一点点。Hu或者hi指的是某种东西，类似于"房屋""风"，甚至是"运动"。因而，霍尔就应该是敞开的房屋，或是自由的领土；而胡尔则是自由之居民，

---

① 原文为"Regs"。
② 原文为"Hor"。
③ 原文为"Hors"。
④ 原文为"habilé"。

自由的人，如同风儿，或者被风带走的人。柯阿记得从一
个哈比雷土著老人那里听说过，他远古的祖先曾崇尚敬仰
一个叫霍罗斯或霍路斯①的神，把他再现为一只鸟，一只
王家之鹰隼，这正是在风中翱翔的自由生命的形象。随着
时光流逝，万物死生，霍罗斯变成了胡尔，后者则给予后
人霍尔和 *hu*。但人们却不知道，为什么在这些被抹除的
时间里，词语能始终保持有两个音节，或者是3个音节，
如哈—比—雷，甚至是4个或4个以上的音节，直至10个音
节。而到了今天，在阿比斯坦流行的所有语言（地下流行
的，有必要在此再强调一下）一般只剩下仅有一个音节，
最多两个音节的词，这种情况也包括尤拉用来在地球上创
建阿比斯坦的神圣语言阿比朗语。假如某些人认为，随着
时光的流逝，随着文明走向成熟，词语会变得越来越长，
有着越来越多的含义和越来越多的音节，可事实却正好相
反：它们缩短了，变小了，减少了，变成了象声词和感叹
词的采集。总之，不那么有内涵，其读音更像是原始的呐
喊和喘息，这根本无助于阐述复杂的思想，这条路也无法
通向更高级的世界。而到了最终之终，占统治地位的将是
沉默，它将沉甸甸地压上重量，负载自创世以来所有消失
的事物的整个重量，以及因没有合理的词为之命名而不出

---

① 原文为"Horos"和"Horus"。

现的事物的更重分量。这是一个顺便产生的想法，是由隔
离区混乱的氛围所启迪的。

　　这虽然不是主题，但为了历史，还是应该在此提上
一句：关于隔离区及其黑市生意，有很多故事大可一讲。
人们真希望把一切都搞乱，免得它们以另一种面貌出现。
有人说，在吉尔德后面，高耸着公正博爱会的尊贵者霍克
的影子，他是协议和典仪并纪念活动司的长官，一个了
不起的大人物，维持着整个国家的生活节奏。此外，还
有他儿子吉尔的影子，这位吉尔则以阿比斯坦最敢闯敢为
的商人之名而闻名遐迩。在某些范围内，人们会不由自主
地想到，隔离居住区就是机构局的一大发明。其证明是，
一个绝对主义的制度只有控制住国家直至国人最私密的思
想，才能存在并维持下去。但这是不可能实现的事，因为
无论发明出什么控制和压迫手段，梦一朝变成现实，然后
逃逸，人们就会看到一种对抗力量的诞生，它就在意料不
到的地方，在地下斗争中得到加强。而自然倾向于同情那
些反专制者的人民大众，只要胜利的曙光显示出一丝可能
的色调，就会转而支持它。对于当局，维持其绝对主义专
制制度的办法，就是先行一步，自己先创建出那个对抗力
量，然后让真正的反对派将它承当起来，就是说，必要
时，它自己要创建并培养反对派。而且，它还要警惕他们

的反对派，一些极端派，一些异见人士，一些野心勃勃的下级军官，一些急于抢班夺权的既定继承者，他们会雨后春笋般的到处出现。某些零零散散的无名罪行将有助于维系战争机器。成为自己的敌人，这是确保万无一失、百战百胜的绝佳办法。事情当然很难做得到位，但一旦开好了头，它就会自动运作，所有人都会相信别人让他们看到的，没有人会逃脱得了猜疑和恐惧。事实上，很多人会死于他们看不到的暗枪暗箭。要让人们相信，并死心塌地地抱定其信仰，就得有战争，一场真正的战争，一场造成很多人死伤却永远不会停止的战争；就得有一个敌人，一个看不见的或者到处都看得见却又无一处能看见的敌人。

绝对的敌者让阿比斯坦自神启以来发动了一次又一次圣战，可以说，他具有一个极为重要的使命，他实际上帮助尤拉的宗教占据了整个的天和整个的地。从来没有人看到过他，但他确确实实地存在着，无论在事实上还是在原则上。假如说他有一张脸，一个名字，一个国家，有跟阿比斯坦接壤的边界，那还是在神启之前的黑暗时代。谁知道他是用什么材料做成的？阵新每天都在令人喘不过气的公报中报告这一战争的回声，人们会贪得无厌地阅读和阐释它。但是，由于阿比斯坦人从不走出他们居住的街区，而国家又没有地图能让人一目了然地看清楚战斗的区域，某些人就因此以为，这场战争除了在阵新的公报之中，并无真正的现实。这真是令人沮丧啊！但果树会从果子中认出自己，人们在到处高高耸立的纪念碑上看到了战争的现实，那些石碑记录了重大战役，记载了英勇牺牲的战士的英名。失踪者的尸体有时候还能找回来，东一处，西一处，沟壑中，河流中，壕沟中，他们的名字出现在市政厅中和摩卡吧中。表格是可怕的，清楚地说明了人民对宗教的依附。战俘们还有另一种悲惨的命运，据说，军队把他们集中到营地中，他们很快就在那里死去了。一些商人讲述说，他们在公路上看到过那些战俘的长长队列，被押往某个目的地。阿提可以证明这一点，在西恩，他看到过被割了喉的士兵，就那么扔在水沟里，而在离开疗养院回程的路上，他见过一个恐怖场景，整整一纵队战俘被几个摩托部队的士兵牵引着，前不见头，后不见尾。

没有人怀疑，被敌人俘虏的阿比斯坦士兵也会经历同样的命运。人们头脑中转悠着的问题是这样的：敌人会把他们带往哪里？又是如何做到这么小心谨慎的？

圣战蕴含了很多的奥秘。

隔离区，以及它的离经叛道者，他们，则是具体的，而且只是用于这一点，用于在日常生活中对信仰者的密切控制。得有一只狐狸在附近，好让鸡舍得到看护。那里的一片混乱是一种保护，它是如此完美，没有任何东西表露出来。人们可以随意行动，毫无被公民会的人找碴子的危险；在街上闲逛，接触行人，跟他们闲聊，脱掉布尔呢，忘记祈祷的时间，走进那样一个在阿比斯坦根本就听闻不到的遮阴又吵闹的地方，花上一个迪迪或者一个里尔①，人们就会给你提供热饮料，例如露富②或者沥克③，或者极佳的清凉饮料，其中有一些很受消费者的青睐，例如兹特④，它们具有模糊目光和头脑的功能。在这些地方的深处，在一大堆板条箱和麻袋背后，或者一道油渍麻花的帘子后面，总是有一条走廊或一段狭窄而又阴暗的楼梯在召唤，人们不禁会问，它到底会把人引向哪里？

这些自由是否用处都很大，这点无法确定，但肯定都非常激动人心。最为惊人的是，在他们的混乱之地享受一种如此大的自主权的离叛者，却喜欢前往阔扎巴德，去这样一个在他们的地名称谓中叫做乌尔的地方，去倾销他们的产品，以及深受达官贵人们珍爱的往昔的古旧物件，并为他们的家人带回好吃的甜食。他们也一样，借助吉尔德的隧道，付钱给暗中摆渡的人。机构局无情地追捕他们，更不用说，一旦被抓住，他们就将在下一个星期四

---

① 原文为"ril"。
② 原文为"ruf"。
③ 原文为"lik"。
④ 原文为"zit"。

被带往竞技场伏法，在大祈会之后被结束性命。他们的行
刑是一场精心安排的大戏，是一系列狂欢的开场。一支特
殊的警察部队，反离叛者[①]，专门为此而创建，它很善于
辨认这些幽灵人物，责无旁贷地追踪他们，拘捕他们。事
实证明，这些跟野蛮生活、跟强盗行径决裂的人，显然要
比信仰者们更为消极，披挂着数量过多和过分严肃的日常
风俗的外衣。这一点，人们是不会说的，因为那样就会打
破一个传奇，给国家安全带来危害。但权力无比大的V，
好像也无法确认离叛者的精神标记，因为它跟蝙蝠的标记
混淆在了一起，蝙蝠们过于强大的超声波使V的雷达达到
了饱和状态，并扰乱了它。更为糟糕的是，离叛者的精神
流，若是特别地引到一个V身上，会引起他痛苦的出血，
总之，会给一些如此吓人的人，那些以隐身不见、神出鬼
没和心灵感应著称的人带来侮辱。种种臆测、种种会话的
话题全在于此，从来没有人见过V的模样，更没有人看过V
的鼻子或耳朵正在流血的样子。事实是，那些无辜的翼手
类蝙蝠定期成为一种大规模屠杀的对象，人们会积极地参
与这场屠杀，以便从天空中清除掉它们的声波，但它们永
不会绝迹，因为大自然赋予了它们另一种惊人的天分：它
们的繁殖速度快得惊人，几乎迅如闪电。因此，往往是在

---

① 原文为"AntiRegs"。

傍晚时分，小小的吸血鬼们苏醒过来，开始狩猎。与此同时，胡尔人则走出它们的隔离区，偷偷入侵阔扎巴德，那里有同谋和顾客在等待着他们。而正是在拂晓时分，当吃饱了的蝙蝠飞还巢穴时，他们也鸣金收兵，返回老窝。由此，人们也就很明白，胡尔人为什么要崇敬这种飞行动物了。

军队在消灭离叛者的任务中自有其职责，它的炮兵，它的老式直升机，还有它的无人驾驶机定期轰炸隔离区，尤其是在重大纪念活动期间。那时候，阔扎巴德的居民往往会聚集在摩卡吧和竞技场，他们昂扬的激情达到高潮。也正是在那里，人们传播着这样的一些消息：都说是军队的直升机随意地乱飞一气，在一些荒郊野地，而不是在隔离区的中心针对居民和掩体采取行动，炸弹的数量和炮弹的炸药装载量往往也不够，仅仅满足于制造一些动响，伤一些人，死几个人，仅此而已，建议层出不穷。人们解释说，吉尔德积极致力于离叛者的一种象征性毁灭，符合《噶布尔》的仁慈精神；他们当然是可恶的、不恭不敬的、肮脏的造物，但又是很好的顾客，留在他们可怕的隔离区已经算得上是一种囚禁，明哲保身，苟延残喘，还不算太傻。反正，在它知道它会被听取的所有层面上，它是会这样辩护的。在商业和宗教之间，某种共谋总是有可能的，缺了其中一个，另一个也就不灵了。从中可得出结论，吉尔德收买了军方的高官们，提前提醒离叛者防御针对他们的空袭，这里只有一步要迈。公式很复杂：阿比斯坦需要离叛者来活着，恰如需要杀死他们来存在。

　　阔扎巴德的隔离区具有一种确实的魅力，即便它处于一种令人害怕的状态中，没有一栋楼是靠自己站立着的，撑架和夹板的森林见鬼似的凑在一起，勉强维持着它们之间的平衡。到处都有小山一般高的瓦砾堆，诉说着新近的倒塌，另外的则见证着早先的坍塌，而无论新坍的还是旧塌的，都有人惨遭不幸。衣衫褴褛的孩子们攀爬在那里玩耍，翻掘着废墟，希望找到一个能卖钱的玩意。肮脏在此寻找到了它的王国，很多地方，垃圾堆积成山，高达屋顶，另一些地方，它们铺盖住整个地面，没及膝盖。很久以来，垃圾的掩埋就已经达到极限，既无法把它们清理走，也不能焚烧它们（火一烧的话，隔离区就将连同其居民统统化为灰烬）。因此，它们就那么堆在露天的地方，被风吹得四处散落，而隔离区也就这样矗立在它的垃圾和填土之上。黑暗笼罩，夜以继日，日以继夜。由于没有电，封闭更增添了其灾难性的效果，而扮演了同一功能的，还有狭窄的街道，混乱的城市化，建筑物的解构损毁，警报号角的鸣响，不凑巧的轰炸，在掩体中度过的沉闷时刻，以及其他在被围困的城市中滋生蔓延的一切。

这些都让生活变得黯淡无光，给了它强烈的刹车。尽管如此，还是有生气活力在，还是有一种抵抗的文化，一种摆脱困境的经济，一个小小的世界在毫不松懈地活动着，寻找幸存与希望的办法。生活并不仅仅是经过，而是在追寻，在挂靠，在发明，在迎接各种各样的挑战，并只要有可能就重新开始。关于隔离区，有的是话可说，关于它的现实，它的奥秘，它的王牌，它的恶习，它的戏剧，它的希望，但是，说一句大实话，这里最为不同寻常的事，在阔扎巴德从未见过的，是这样一个现象：在街上出现的女人，能辨认出是真的女人，而不是飘忽不定的幽灵。也就是说，她们既不戴面罩，也不披布呢挂，而且很明显，衬衣里面也没有缠布条。更有甚之，她们的行动很自由，在大街上忙着做家务，穿戴得吊儿郎当，不修边幅，仿佛就在自己的卧室中。她们在公共广场做生意，参与城市防御，劳动时哼唱歌曲，休息时则海阔天空地闲聊，并且在隔离区微弱的太阳下让四周披上了金色的霞光，因为无论如何，她们都知道抽出时间来好好打扮一下自己。当一个女人走过来，向阿提和柯阿兜售某件商品时，这两个人是那么激动，竟至于低下脑袋，四肢簌簌地发抖。这是生活的反面，他们都不知道该如何把持自己了。她们认出了他们是何许人，因为阿比斯坦的笨拙之人只会说阿比朗语，而她们则跟他们说土语，一种包含了很多前腭擦音的莫名其妙的语言，话语之外还辅以很确切的动作，一只手晃动着要兜售的商品，另一只手的手指头则表示出该商品要付多少里尔的钱，同时朝四周的公众瞥去狡诈的目光，仿佛在讨要众人的一阵掌声。对话不会走得更远，因为柯阿已经用尽了他在荒芜郊区语言培训期间学得的方言仓库的存货。这两个朋友买下了他们所能买的，由此避免了女人们的死死纠缠，尤其是避开了那些死缠烂打的孩子。要知道，他们门槛精得要命，要想把傻瓜引上钩，绝对不会比他们的母亲割下一只鸡脖子时间更长。

在隔离区，神圣语言还是能被一些离叛者听懂的，他们常常跟吉尔德的代表打交道，还有前往阔扎巴德转悠的习惯，为的是他们小小的走私买卖。但他们所知道的话语，也只局限于商务贸易，而且要借助动作手势，数字还得靠比划。普通老百姓连一星半点都听不懂，神圣语言对他们不起任何效果，尽管人们往他们的耳朵里灌满了《噶布尔》。是不是可以说，它只会对信仰者起作用？这样说是不可接受的，《噶布尔》是普世的，尤拉是整个世界之主，恰如阿比是他在大地上的唯一使节。只有聋子才听不到呢！

我们就留着它一直到最后吧！因为，即便对于不受束缚的（不妨说是表示疑惑的）信仰者，事情也是骇人听闻的：隔离区的围墙上布满了涂鸦，有用铁钉子划上去的，有用黑炭描画的，甚至……真可恶啊，还有用人的粪便抹上去的，讽刺阿比斯坦，讽刺它的信仰和实践，用的都是在隔离区通行的某种语言。淫秽的图画也不缺少，只有他们自己才看得明白。在一些墙上，东一处西一处的，有用方言哈比雷涂写的字画，柯阿能够辨认；纯粹地亵渎神明，什么都有，反正人们是不会去转述的。它们说："彼佳眼去死"，"彼佳眼是个小丑"，"彼佳眼，盲人的国王或黑暗的王子？"，"阿比=Bia[①]！"（在哈比雷语中，bia 的意思大致上是"传播鼠疫的耗子"或者"心神不安的人"），"巴里斯万岁"，"巴里斯必胜"，"巴里斯英雄，阿比孬种"，"尤拉是个屁"。阿提和柯阿赶紧使劲忘却这些恐惧的东西，他们记忆中对这些东西的回忆，或许会在他们返回阔扎巴德时把他们告发给V，他们的声呐本不应该长时间地扫描它们。我们这两个朋友不禁不寒而栗。

对阔扎巴德来说，巴里斯在被尤拉赶出天庭之后，显然是隐藏在了这一死亡隔离区中。阿比斯坦人尤其是阔扎巴德居民的巨大恐惧在于，巴里斯及其军队逃出了隔离区，流散到了阿比斯坦的神圣土地上。他们显然无法对抗得到了尤拉高度保护的阿比，更不必说还有他那战无不胜

[①]　把"Abi"（阿比）一词颠倒一下字母次序，可以得到"Bia"一词。

的军团，但他们给小小的老百姓带来了无尽的苦难。到最后，这整整一支在隔离区周围的无敌舰队，这些控制措施，这些所谓杀人的轰炸，还有这可笑的封锁，看起来更像在安抚阿比斯坦的善良人民，而不是在阻止离叛者在阔扎巴德迅猛泛滥。机构局玩弄着一种技艺，嘴上说的是一件事，实际上做的却是另一件事，并且让人相信事实正好相反。

让我们回想一下，阿提和柯阿的小小想法，是要理解这些千头万绪、乌七八糟的事：宗教和语言之间存在着什么样的关系？若没有一种神圣的语言，宗教还能设想吗？宗教和语言这两者中，哪个是第一位的？是什么造成了信仰者：是宗教的话语，还是语言的音乐？到底是宗教为自己创造了一套特殊的话语，以备诡辩以及精神操控之用，还是语言达到完美水平后为自己发明了一种理想的世界，并致命地把它神圣化？"谁若拥有一件武器，最终必定会使用它。"这样一个公设是不是永远站得住脚？换句话说，宗教从本质上说是不是必定转向独裁和谋杀？但这并不仅仅涉及一般性的理论，确切的问题是这样的：是阿比朗语创造了《噶布尔》，还是相反？人们无法想象同时性，蛋和鸡不会在同时诞生，总有一个在先，一个在后。既然如此，那就不会是偶然的，《噶布尔》故事中的一切都在证明，一开始就有一个计划，其抱负在逐渐扩大。另外的问题是：关乎种种通行语言，它们发明了什么，又是什么创造了它们？科学与唯物主义呢？生物学与自然主义呢？魔法与萨满教呢？诗意与感觉主义呢？哲学与无神论呢？但是，这些又想说明什么呢？而科学、生物学、魔法、诗意、哲学，它们在这里头又有什么可看的呢？它们难道不是同样被《噶布尔》所驱逐，被阿比朗语所忽略吗？

他们意识到，这番消磨时光不但徒劳无功、枯燥无味，而且很危险。但是，当实在没有什么事可做时，他们又能做什么呢？难道不是做一些徒劳无用而且危险得要命的事吗？

事情当然是危险得要命的，他们确实是这样想的，当他们重新处在地底下100西卡司深的深腹中，在独眼巨人迷宫般的地下走廊中，以及几个小时之后，在墓地边缘那座坍塌的老房子中，在"悲伤七姐妹"的南边，他们就是这样想的。当时，猫头鹰和蝙蝠以它们鬼鬼祟祟的身影，静悄悄地充满了天空。在同样的情境中，在那些灰色而寒冷的黄昏中，似乎使整个世界都处在了死神逼近的危险之中。

回归阔扎巴德的光明之中是一种轻松，一种焦虑，一种难言的自豪。一方面，事情本身再平庸不过了：两个朋友在隔离区中兜了整整一大圈，做了吉尔德的人员平常所做的事，感受一下特殊的利益，记录一下订货，顺便还搭讪了一个女离经叛道者，恰如从另一个方向，隔离区的小小走私者每天也都要来阔扎巴德，兜售他们的商品，来偷鸡摸狗。但是，另一方面，事情却非同寻常，阿提和柯阿穿越了时间和空间的障碍，跨越了禁止通行的边界，他们从尤拉的世界走向了巴里斯的家园，而天却并没有落下来砸在他们的头上。

对他们来说，在工作中和在自己的街区里，最难的事情恐怕还是如何显得泰然自若，行事自如，并成功地骗过道德检查团和公民会的审判者。然而，他们身上的一切，他们的生活方式和呼吸方式，从此都能闻出些许差错的味道。他们已经把隔离区独有的和无法抹除的气味粘在了他们的布尔呢和凉鞋上了。

从这禁地世界的冒险旅行中，他们带回来4点令人震撼的消息。（1）就在隔离墙的底下，伸展着一条条连通的隧道；（2）隔离区中生活着人类，他们都是人类父母所生；（3）所谓边界是信仰者发明的一种异端邪说；（4）人可以没有宗教而活，可以没有一个神甫在场而死。

他们带回来一个对古老疑谜的答案：曾那么令人震惊

的"彼佳眼"一词——人们发现，挂在阿比斯坦全国各地墙壁上的一百亿张阿比的招贴画中，有一幅画像上被一只冒冒失失的手乱涂乱画了这个词——在隔离区中很流行。那罪人肯定是一个离叛者，他在返回自己的老巢之前，想留下他曾闯入阿比斯坦的一丝痕迹。而被逮捕并被处死的那人多半是个在大街上被随便抓住的倒霉鬼。通过比较，柯阿明白了，"彼佳眼"是来自哈比雷的一种俚语中的一个词，说的是类似"老大哥""老家伙""好同志""大头领"的意思。在公正博爱会的敕令中使用的"巨眼"这一表达法实际上并不准确，总之，它并不存在于阿比斯坦或者隔离区的任何一种语言中，兴许来自在第一次伟大的圣战期间消亡了的那些古老语言中的一种。那次叫"圣车"的战争见证了所有北方民族的消失，也就是《噶布尔》中写到的那些强悍民族。阿提由此推断，刻写在疗养院吊桥的那块石头上的文本就是用这种语言写的，既然要塞诞生于这一时代，甚至还要更早，那么"1984"这一象征兴许表明了别的东西，而不是一个年份日期。但是说实在的，根本就不可能说清楚，年份日期的定义，如同时代的定义，对阿比斯坦人而言是不可理解的，对于他们，时间是整一的，不可分割，纹丝不动，根本就看不见，开始就是终结，而终结就是开始，而今天则永远都是今天。然而只有一个例外：2084。这个数字在所有人的脑子里都是一个永恒的真理，因而是一个不可侵犯的奥秘，因而，在时间巨大永恒的不动中，会有一个2084，唯独的。但是，永恒的东西，你又如何能把它置于时间之中呢？他们对此绝对没有丝毫概念。

阿提和柯阿彼此之间说定，有朝一日他们应该还会回到隔离区，去那里了解更多的东西。

卷 三

本卷中，一些新的符号出现在阿比斯坦的天空中，在原有的传说中又增添了一些新传说。这神迹将促使阿提进行一次以种种奥秘和苦难为标志的新旅行。友谊、爱情、真理是前进的强大动力，但在一个由非人类法则管辖的世界中，他们又能做什么呢？

．

　　在阿比斯坦睡意蒙眬的天空中，这是一声惊雷的炸响。啊，这里头，曾有过一些拥挤，推推搡搡，啰啰嗦嗦！短短7天时间，一个小小的星期中，消息在整个国家绕了一千个圈，通过纳迪尔，通过报纸刊物，通过阵新，通过每天24小时连轴转的摩卡吧，这还不算那些根本就不爱惜自己喉咙和喇叭筒的公共唱报人。在阿比的教导下，尊贵者杜克，公正博爱会的大统领，下令举行41天连续不断的欢庆。人们组织了很多大规模集体祈祷，还有同样多的还愿弥撒典礼，以答谢尤拉为他的人民带来的美妙恩宠。人们发起了一场公开认捐活动，要为他建造一个漂亮的珠宝龛，短短一个星期的时间，捐款数目就相当于整个国家的预算。若不是政府的一份公告出来呼吁人民适可而止，说不定还会捐献得更多，毕竟还是得留一些以备他用。

　　假如人们把公共机构喧宾夺主的补增声音搁置在一边，撇开纸媒中数以千计的阐释性纸页，以及纳迪尔中好几百个小时的专家访谈，只注意直接相关的信息，那人们就会发现，事情的中心就是：一个头等重要的新圣地被发现了！依靠公众捐献的资金，经过一些小型的修复工程后，它很快就将向朝圣者开放，一个鼓噪不已的广告马上就面世，进行明确说明，由此创造出一种群众性的巨大痴迷，以及一个同样不算小的商务运动。有消息宣告说，从第一年起，朝拜者的数目将达到令人难以置信的2000万，第二年为3000万，以后的各年，将是4000万。预约保留期延长到了未来的十年。一切都启动起来了，人们热情高涨，跃跃欲试，种种物品的价格也开始飙升，布尔呢、褡裢、拖鞋、手杖等的价格达到了疯狂的水平，货物短缺，供不应求。一个新时代正在路上。

这还远远不算完，宗教史学家、法律博士、声名显赫的摩卡比大师们，在未来的几十年中有很多事可做了，他们已经削尖羽笔，囤积了纸张，他们得重新书写阿比斯坦和《噶布尔》的历史，修订创始人的讲话，甚至更多，修改圣书的章节。阿比本人就曾承认，他的回忆录是会有失误的，他的生活很是紧张，非常复杂，他所管理的是整整一个寰球，而尤拉是苛刻的。

新的圣地可不是一个什么随随便便的地方，它带来了前所未有的东西，改变了前景。在众多的例子中，我们就仅举一个吧：在《噶布尔》的通行版本中，阔扎巴德是历史的中心，然而，真实情况却不是这样。在神启之前，阔扎巴德并不存在，在那个地方，是一个叫乌尔的繁荣的

大都市，也就是现今的阔扎巴德隔离区，而阿比则生活在
另一个地区。后来，他被商业活动所引导，才定居到乌
尔。圣书的新版本应该补充进这样的事实，即阿比逃离乌
尔之后，在这个神奇的村庄中隐藏了好几年。他之所以要
逃逸，是因为受到了这个从巴里斯和敌者手中夺得的腐败
城市的贵族老爷们的威胁。那时候，巴里斯还叫做契坦，
而敌者只是个普普通通的敌人，还没有拥有现在的那轮神
秘光环。那地方是一个人口中心，居住着一些退化的和野
蛮的民族，他们的土地则叫北方联合高地，在阿比朗语中
叫俚格①。兴许等着让他们自行灭亡就行了，他们的结局
会相当凄惨，但他们身上有恶，它会传给信仰者并腐蚀他
们。正是在这个村庄里，在他十分简单的新生活中，阿比
开始听到并让别人也听到一个新的神主的讯息，这就是尤
拉神。那时候他只叫做神主，没有别的名称。他的讯息是
光明的，它体现为一个口号："神乃一切，一切在神。"
这是一种漂亮的说话方式，说明除了这神就没有别的神。
让我们记住，阿比本人那时候叫的是另一个名字，不知道
是什么，反正后来被他改成了阿比，其意思是"信仰者所
爱的慈父"，神主则承认他为自己唯一的和最后的信使。

只有当改宗者的收获达到了批评大众的范围时，只有

---

① 原文为"Lig"。

当一连串的反作用发动起来摧毁旧世界时，神才会显露出
他的名字：尤拉，以这一名义，他将统治到永远。依然还
是在这个村子里，一天夜里，通过一道闪现的光芒，他将
教他们这种神圣的语言，并用这种语言来拢聚分散在这世
上的人，把他们带往《噶布尔》的道路上，让他们后悔，
让他们感激。他将教诲他们，光有信仰是不够的，火烧得
再旺也会熄灭；人是苦难的，必须制服他们，就像迷住一
条蛇那样；另外还得提防他们，为此，就得有一种强有力
的并始终具有催眠能力的语言。阿比为它增添了两三条自
编的发明，并把它取名为阿比朗语。他在自己的同伴身上
验证了它的威力：几堂课下来，他们就成了可怜的魔鬼，
被神主生存于世并观察着世人的概念吓坏了，纷纷变成了
地狱魅力的指挥官，玩弄起修辞学把戏和战争诡计。在一
个荒凉的郊区，柯阿在孩子们身上做了同样的试验，获得
了同样惊人的效果，小小的无知者在上了一个月课之后，
就变得让人再也认不出原本的样子了。"有了这一神圣的
语言，我的门徒将勇往直前，一直到死。他们将不再需要
别的，只要尤拉的词语就能统治世界。他们已经把我的同
伴变成天才的指挥官，他们也将把他们变成卓越的士兵，
胜利将是迅疾的、彻底的和最终的，"他说，恰如在《阿
比之书》第5卷第12章第96行及以下几行中记载的那样。
正是从这个村子里，用这支军队的胚胎，他发动了"圣

车"，《噶布尔》的第一次伟大圣战。人们可能会在心里问：阿比又如何能忘记这一对他的生涯并对人类的变异具有决定意义的庇护所？但没有人提出过这一问题，阿比是尤拉的使节，尤拉随时随地地启迪他。

后来，当阿比创建公正博爱会，并把它当成自己的办公室以及国家的最高法院，位居所有的宗教和政府机构之上时，他把阿比朗语定为通行的官方语言，并发布通令，宣布在这星球上，任何一种其他方言均为野蛮的和遭天谴的。史书并没有说是谁创建了机构局，它的功能是什么，它在棋盘全局中的地位又是什么，谁来领导它，那些一心想探个究竟的人也都没找到答案，也就不再坚持。

尊贵者罗伯——此时为公正博爱会的代言人，阿比的联络官员，他通过报刊，并且在阔扎巴德大摩卡吧的一次激动人心的讲话中解释说，亲爱的使节曾的的确确以为，当年如此热情地接纳过他的那个村子，因此遭遇了极大的威胁，而鉴于乌尔的这一危险性，在某次圣战中被彻底摧毁，并被敌者夷为平地，所以直到那一年为止，他对那个村子的名字连提都没有提过一次。后来，尤拉派来的一个天使托梦给他，告诉他说，那个村子始终在那里，稳稳当当地挺立着，还保留着他经过时留下的清香气息。阿比被上天如此宽厚的神圣胸怀所惊呆，立即派出了一支侦察小队。那村子果真就在那里，如他在梦中见到的样子，娇艳动人，沐浴在一片超自然的光芒中。后来，当人们为他放映在当地拍摄的电影时，阿比不禁泪流满面，他认出了当年居民们提供给他的简陋住所，还有同样简朴的摩卡吧，那是在他让众人改信《噶布尔》时他们十分喜悦地建造起来的，只不过它仍是一副异教的模样，滑稽可笑。热情高涨的他，赶紧督促尊贵者霍克下令，让祭祀与朝圣部部长着手启动相关的一切，好让称职的信仰者们能够尽快参观这幸运的村庄，并从中获得身心的愉悦。

对尊贵者迪亚，神秘莫测的迪亚，公正博爱会这位卓有影响的成员和奇迹调查司的头领，阿比要求他进行一切尽可能恰当的调查，并得出结论，证明该村庄目前保留的状态完全是一个奇迹，这种现象跟他曾在此居住过的事实有密切的关联。迪亚马不停蹄地赶紧落实，信仰者们众口一词地呼吁，要求认可这一奇迹。阿比斯坦街再一次显示出其不可动摇的坚忍。作为一种致谢，阿比授予迪亚"尊贵者中的至尊者"的称号，以及去该圣地朝圣的一种世袭特许权。尊贵者们为他们强有力的同事欢呼雀跃，他的这一超前领先，就迫使联盟的整个游戏做出修改调整，公正博爱会和机构局的小小世界从此分裂成支持迪亚和反对迪亚的两派。

　　作为狂欢活动的终结，人们处决了好几千名囚犯，都是一些离经叛道者、恶棍流氓者、私通淫乱者、名誉败坏者。人们清空了监狱与拘留所，在大街上组织了没完没了的游行，好让人民共同参与这一大屠杀。阔扎巴德大摩卡吧的大摩卡比，在摄影机贪婪的眼睛注视之下，砍下了神圣杀戮的第一刀。他亲手割断了一个可恶强盗的脖子，这蓬头垢面的家伙，是在某个临时避难所里被发现的。不过这倒霉鬼倒是生得皮厚筋硬，体虚身弱的老者不得不砍上10次，最终才算割断了气管。

　　从宣布发现村庄起，阿提就明白，这事跟纳斯正在工作的那个考古点有一种联系。他有些惊讶，但也仅此而已。从媒体所讲述的来看，故事跟纳斯在他们返回阔扎巴德的长长旅途中对他讲的不怎么对得上号。照纳斯的说法，这村子是被朝圣者们瞎猫碰上死耗子般发现的，根本没有什么天使提醒过他们：由于下了一场大暴雨，雨水淹没了大片大片的地带，切断了道路，模糊了路标，在荒芜之上增添了危险，他们当时走偏了路。从洪水边缘地带绕行，使他们经由了那些非常阴郁颓败的地方，几乎不可能想象会有人类曾在此地定居过。在寻找一个能稍稍避避雨、歇歇脚，同时做一做祈祷的地点时，他们意外地发现了这个村子。它显得栩栩如生，仿佛还含着微笑，甚至，连一道皱纹都没有，简直可以说，它的居民们临时外出了，去购物了，很快就会回来。但是朝圣者们马上就意识到，他们这是在一个死寂的村子中。如同涂了香膏，它极端偏僻的位置，以及干燥的气候，保护了它免遭时间和世人的侵蚀。很明显，它的居民们是匆匆忙忙地把它给抛弃的。根据某些迹象来看，例如一些支起来的餐桌，一些很像是在一个米德拉中翻转的凳子，一些敞开的大门，他们离开这地方的时辰，应该是在上午，在第3次和第4次祈祷之间。什么时代的呢？应该是很久以前了，能说的一切，也只有这些了，空气中的某些东西散发出古老和遥远的气息，而那些空间和时间的标志则充满了不确定性和神秘感。但是，压抑感兴许仅仅来自那些地点的无限孤独。纳斯就曾说过，来到村子里时，他感觉自己被投射到了另一个生命维度中。朝圣者们决定在那里待上一段时间，等待暴风雨退却，同时利用时机勘探一下这个惊人的村子。到了晚上，他们围坐在篝火旁，回忆起来自记忆深处的古老传说。

来到营地后，他们睁大眼睛讲述了他们的发现。为佐证他们的说法，还展示了从原地捡来的各种各样的物件，一些小饰品，但也有一些奇异的物品。至于那都是些什么，见鬼，没有人说起过！那可不是什么无足轻重的小事，营地的长官没收了那些东西，报告给他的上司。几个星期之后，从阔扎巴德派来一队人马，由纳斯带队，来到了营地。另外还有一队人，直升机送来的，则为机构局所派，任务是追上那些朝圣者，让他们补作某种快速述职之类的口供，接着，就把他们禁闭在一个秘密地点。没有一份报纸，没有一个纳迪尔谈到过这些情况，村民们的神秘消失，在原地找到的奇怪物品，或许还有对朝圣者的不公正扣留。信念专员、向导以及自作主张地偏离了正规道路的卫兵都受到了严厉的惩罚。朝圣自有其神圣的道路，有其长度和考验，它跟目的地，跟圣地同样重要，世上的任何力量都不能改变它，阿比本人也不能，当然也不会。

因而，纳斯是第一个前去检查被朝圣者捡取的物品的人，也是第一个进村子的人。他的发现使他陷入了一种深深的沉思中。尽管阿提在一边甜言蜜语地百般劝求，纳斯始终拒绝透露更多细节。他们新近的友谊并不能让他违反保密原则，作为档案圣书及圣记忆部的调查者，他可是发过誓赌过咒要拼死保密的。一天晚上，在篝火边，只在目光迷茫、嘴唇颤抖的状态中，他才稍稍松口，说了这样一句，说是这一发现会动摇阿比斯坦的象征性根基，如此一来，公正博爱会的政府就要采取令人难以忍受的措施——大规模的放逐，巨大的毁坏，苛刻的限制——以确保在一种初级的天真中维护社会秩序。这一番宣告让阿提听了不禁莞尔一笑，一个村子不就是一个村子嘛，荒漠中的一个括弧，被遗忘在前往城市之路上的一小撮家庭的故事。这就是他们的命，在村子里，他们消失在岁月的尘埃中，或者，城市会把他们追回，并一口把他们吞下，没有人会为他们久久地哭泣。纳斯低估了政府的能力，他根本就想不到，它也会轻而易举地找到理想的解决办法：把村子提高到圣地的地位，戏法上演了，精彩亮相，神圣非凡，它会避开任何伪善的目光和任何亵渎神圣的提问。制度从来就不会因为一个事实真相的揭示而动摇，只会由该事实的追回而得到加强。

说实话，纳斯想的是另一回事——那些正等待证人的人的悲惨命运。他们被唤走，一批接一批地消失，向导和卫兵们，营地的统领及其助手们。朝圣者们则自行消失在了荒漠中，迟早总是一死。纳迪尔会报道悲剧，还有为此举行的9天国丧。他们作为英雄而牺牲，这是最基本的，仪式结束时人们会这样说。而他想到了他，他是一个主要证人，他不仅仅看到了，还明白了他所见所闻的深刻意义。

用不着去问村子的名字。人们不认识它——这是一个损失——它已经被抹去，并被一个阿比斯坦名称所代替。

公正博爱会召开了庄严的全会，把它定名为马布①，这名称来自*med Abi*，意思就是"阿比之庇护"。从阿比斯坦创建以来，往昔的地方、人和物的名称都被驱逐了，各种语言和传统也是同样，这是明文规定的法令，没有道理要例外地对待这个村子，更何况它早已跻身于阿比斯坦特殊圣地的行列了。

发现村子的消息，以及对他朋友纳斯的骄傲感的提升，确实让阿提激动了好一阵子，因为纳斯这个名字会永远跟奇迹联系在一起，但激动过后，阿提回想起很多事情来。他想起来，纳斯曾对他说过，村子不是阿比斯坦人的，既不是他们所建造的，也不是他们在居住，千百个细节证明了这一点，建筑、家具、衣服、餐具都是证明。那些像是一个米德拉和一个摩卡吧的东西，跟阿比斯坦的不尽相同。那些文献、书籍、年历、明信片以及其他载体，都是用一种陌生的语言写的。这些人是谁，来自于哪一种历史，哪一个时代，他们是如何来到阿比斯坦这个信仰者的世界的？作为考古学家，他对村子的保存状态以及人类尸骨的缺失惊叹不已。对此，人们提出过很多假设，但没有一个能让人由衷地信服。第一种想法是：村子遭受了攻

---

① 原文为"Mab"。

打，居民都被抓起来，不知带到哪里去了。就算是这样，但没有看到任何搏斗和劫掠的迹象；而假如在战斗中村民们都被杀死了，那尸体又在哪里？另外一种可能性是：村民们是自己走掉的。但他们为什么要走得那么匆忙？宁静似乎应该是他们生活的氛围，他们行为的路线。

　　阿提和柯阿讨论了很久。他们连一秒钟都没有设想过这是一种奇迹，而更倾向于假设一种持续的干燥气候，认为这才能解释村子当时的状态。另外还有一种解释，虽不那么真实，却很有传奇色彩，它解释了村子里人类尸骨的缺失，说的是，当时村子里可能还居住着最后的几个幸存者。故事会是这样的：鉴于某种莫名其妙的理由，村民有一天离开了村子；他们死在了路上，或者为选择道路而发生了争执。反正，有一些人筋疲力尽，陷于绝望，原路返回，而回到自己老家之后，便过着一种隐居的生活，与世无争地隐居在荒漠中、高山上。远远地听到朝圣者的无敌舰队如洪水一般轰隆隆地朝他们滚来，那些可怜的沉船落水者不禁高喊"末日来临"。假如情况真的就是这样，那他们又在哪里呢？既然他们的避风港已被侵犯、占领、改造。作为圣杯而留下？他们死在了荒野中吗？他们会不会带着融入其他人群的想法，去了某个大都市？或许吧，但他们怎么会有那么好的运气，能骗过这疑心重重的讨厌的世界；怎么能摆脱行政机关、公民会、V、机构局的间

谍、反离叛者、巡逻的军队、志愿审判者、义务民兵、道
德检查法官、摩卡比及其辅导者、各种各样的告发者，还
有那些没有任何高墙、没有任何大门能阻止得了的邻居？
这些迷失在陌生人中的落难者，是不是知道这些事情，是
不是知道彼佳眼能用他神奇的眼睛看透一切，而纳迪尔不
做别的，只是传播形象（它们拍摄下那些瞧它们的人，并
截取他们的思想）？无论如何，末日是不可避免的，因为
他们不是《噶布尔》的信徒，他们说的是被禁的语言。对
于他们，对于他们种类的幸存，最好的情况就是火急火燎
地来到最近的隔离区，假如在他们的地区中还有隔离区的
话。兴许他们已经这样做了，兴许他们已经找到了一个比
他们的村子还更偏僻孤立的地方，已经建造好一个禁得起
一切考验的隐居地。阿提知道，国家的领土有多么辽阔，
无生命的空旷之地宽广得令人根本难以想象，再也没有比
永远永远地迷失在其中更容易的事了，而那一群群因冒冒
失失的信念而愈加盲目的朝圣者，则不断地从边界走向更
远的边界。

正是这些想法让阿提产生了前往部里拜访纳斯的计
划。他没有纳斯的其他地址，只知道他是部里的人。他向
柯阿吐露了这一点，两个人赶紧商讨具体的计划。由于他
们从来就没有走出过自己的街区，因为那样做是被法令所

禁止的。这一条法令由于没有明文条例，没有人知道其中的具体内容，而愈发显得严厉。所以，他们根本就不知道该往哪个方向走，也不知道该去问谁哪条路通往部里。他们也完全看不懂该如何通过每条街的拐角处挺立在他们眼前的障碍。他们意识到，他们对阔扎巴德原来根本就不熟悉，想象不出它到底像个什么样子，生活在这里的都是什么样的人。直到那时，世界对于他们只是他们自己那个街区的延续。然而，去不得的隔离区和神秘村庄，表明制度隐藏有种种断层以及很多隐匿的世界。从疗养院回来的路上，阿提已经看到，有多少空旷地带横亘于阿比斯坦，一种压抑的空旷，似乎是由被一种超强魔法掩盖的多种平行世界的呢喃构成。《噶布尔》的绝对主义精神吗？彼佳眼光芒四射的思想吗？伟大圣战净心涤罪的气息吗？

伟哉尤拉，他的世界繁复无比。

亟待找到办法，走出街区，前往档案圣书及圣记忆部。

差不多到了该总结的时刻了，阿提和柯阿衡量着他们俩最近一段时间里犯下的大小罪孽。情况不妙：即便只算他们在隔离区，在巴里斯以及离叛者的可怖老巢的鲁莽行动，打发他们去竞技场死上十趟也绰绰有余了。更何况还得加上其他事，特许证书，撬锁破墙，伪造公文，擅自越权，有组织的集团走私，窝藏隐匿以及其他的旁系小罪。再怎么希望别人理解都无济于事，市政厅、吉尔德、摩卡吧、道德检查审判官、同事与邻居，全都将作为愤怒的揭露者出场，人们将共同声讨他俩的欺瞒言行、异端邪说、弃绝教义。在竞技场，人群将汹涌浩荡，众人要在他们的尸体上踏上一万只脚，并把他们拖到街上，直到他们整个身体再也不剩下什么，除了骨头上的一点点肉，还让野狗来争抢撕咬。信徒志愿审判者在这方面有很好的名声，他们将在街区中发动一场划时代的大屠杀。

然而，这两位朋友在任何一刻都不曾有过颠覆性的思想，就更别说是异端思想了，他们只不过想知道，他们究竟生活在什么样的世界中，并非为了跟它斗争，这不是人们力所能及的，无论是人还是神都不能，而是为了在深

136

知底细的情况下容忍它，为了在可能的情况下参观它。一种冠有名称的痛苦仍是一种可忍受的痛苦，死亡本身可以被看成一剂良药，假如人们善于命名事物的话。是的，没错（这是一种沉重的邪说），他们曾经抱有希望，要逃避这世界；多么疯狂的事，绝不可能的事，这世界是如此之广大，他们会迷失在无限之中，必须要有多少条连续的命方能走出它？但希望就是这样的，它与现实的原则背道而驰，他们心中暗想着这一以公设的形式而显示的真理，即没有一个世界是没有边界的，因为如若没有界限，它就会溶解在虚无之中，它就不会存在；而如若有边界的话，那它就是能被穿越的，甚至还不止这些。无论如何，它都应该如此，很有可能的是，在另外一侧，存在着生活的缺失部分。但是，善与真之神，如何说服那些信仰者，让他们停止干扰生活，而让生活自行去爱它之所愿，去贴合它所愿呢？

阿提感觉自己有错，不该把善良的柯阿也拉到他的奇思幻想中来。不过，他还是原谅了自己，对自己说，这个朋友是一个天生的叛逆者，一个头等的冒险者，只服从于一种原始的力量，身上负担着一种巨大的痛楚，脉管中流淌的血液灼烧着心。柯阿的祖父是国中最危险者当中的一个疯子，曾为最后三次伟大圣战送上千百万年轻的牺牲

者，他的血腥布道在米德拉以及摩卡吧中被当作诗歌一样
来教人，并立竿见影地组织起了志愿敢死队。从童年起，
柯阿的心中就对这一如此自以为是的世界充满仇恨。他曾
逃避它，但仅仅逃避还不够，人们若是停下来，就会被追
上，走投无路，陷入绝境。阿提痛恨这个制度，柯阿羞辱
那些为制度效劳的人，这并非同样的诉讼，但归根结底，
没有这一个，另一个也成不了，他想，人们会把他俩在同
一根绳子上吊死。

　　到了这一地步，两个朋友需要对自己说清楚，他们
已经穿越了一条线，而继续朝同一方向走下去就是在奔向
死亡。这样做是为了不再盲目行事。他们在行动中走得那
么远并且不被注意到，就已经是一个漂亮的奇迹了。他们
依然还在身份的保护之下。阿提是一个经验丰富的老战
士，他从肺结核病中死里逃生，从可怖的西恩疗养院侥幸
归来；而柯阿，拥有一个辉煌的姓氏，毕业于无与伦比的
EPD，即神圣话语学校①。

　　他们谈论这一切，他们不停地质疑，他们等待天赐良
机，每天都在改善他们的伪装技术，毫无困难地一再通过
检查，比任何人都更善于身体力行地实践虔诚之道和公民

---

① 　　原文为 "l'École de la Parole divine"，故而简称为 "EPD"。

条例，街区的摩卡比以及道德检查审判官都援引他们作为
范例。其余时间里，他们则寻找黑市渠道，猎取情报，质
疑假想。他们明白那么多事情，发现只要仔细寻找，就能
轻而易举地找到；弄虚作假和地下活动越来越有创造性，
至少是反应性①。他们已经得知这一点：各部委和各大行
政机关全都集中在位于城市历史中心的一个巨大的综合机
构里。他们早就知道了这点，就如同人们知道一种理论，
而不必非得去相信它那样。这一综合机构就是阿比府②，
阿比的政府之心。在它的中心，巍然矗立着克伊巴③，一
个威严的金字塔，至少高达120西卡司，基座占地达10公
顷，外面包了一层带有红色条纹的闪闪放光的绿色花岗
岩，庄严肃穆。它的四面斜坡都有阿比的眼睛，密切注视
着城市，用它心灵感应的光芒持续挖掘着世界。这就是公
正博爱会的驻地，10万颗炸弹都无法摇撼它。在这一建筑
群的基础上，有一种对安全以及对有效性的考虑，为什么
不呢？但是首先，其目的是显示制度的力量，还有支撑它
的无可破解的奥秘；一种绝对主义的秩序以这一方式建

---

① 这里的文字游戏十分明显："创造性"和"反应性"的原文分
　　别为"créativité"和"réactivité"，两个词词形相似，只是前4
　　个字母的顺序不同而已。
② 原文为"Abigouv"。
③ 原文为"Kiïba"。

立，围绕着一个高深莫测的巨大图腾，以及一位拥有至高无上权力的首领。换句话说，它是这样的一种概念，世界及其分支只是因为围绕着它们，才得以存在并维持着。

好几万公务员在那里工作，每星期7天，夜以继日，而神主所创造的每一天，会有好几万来访者，公务员和商人，来自60个省份，拥挤在不同行政部门的门口，投下请求，填写表格，接受调查和证明。种种文件流动在这一泰坦尼克式的大机器内部，经历一种长途旅行，好几个月，甚至好几年。在这之后，它们被送往城市的地下，在那里经受一种特殊的处理，不知道是哪一种。我们的这两个朋友听说，那些地道通向探测不到的另一个世界，有一条秘密隧道从那里通向更深的地腹中。只有大统领掌握着钥匙，而在人民起来革命的情况下，他将负有使命，确保那些尊贵者滤出到……隔离区！真的，当人们不知道时，他们确实会胡思乱想。真相是，人们很难看清一种革命的可能性，更不用说要去假设。尊贵者们会有平庸的想法，要隐藏到隔离区去，到世代为敌的敌人中去。他们是世界的主人，拥有直升机和飞机，可以在短时间里飞达地球上的任何一点；有飞行堡垒无限期地探测天空，并能摧毁大地上的一切生命。某些情报根本就没有用，只会分散世人的注意力。隧道更可能用来通往一个机场，或者阿比的宫殿，而在敌者强大无比并且向阿比斯坦发射原子弹的紧急情况下，它完全可以用作尊贵者们及其高贵家庭的避难所。

　　在一本很老的神学画报上，阿提和柯阿找到了一张照片，上面是尊贵者杜克，公正博爱会的大统领，在一大批尊贵者的簇拥之下，其中包括那位强有力的霍克，协议和典仪并纪念活动司的头领，所有的人都身披厚厚的绣有金线的绿色布尔呢，头戴依据各自不同官职而互有区别的红帽子，前来庆贺一个新的行政部门的建立——月亮历书办公室。文章说它是一种不可估量的胜利，能更好地遵守大斋即绝对斋戒圣周的典仪；还补充说，这是一种暗中的威胁："大统领表达了他的坚定信念，希望看到各省的大摩卡比关于大斋圣周开始与结束的时辰无休无止的争论能够停止。"毫无效果的威胁，因为《阿比之书》本身对这一点的说法也很模糊，只提出来要凭借肉眼来观察月亮，而该方法从本质上就极易出错；而且，那些德高望重的摩卡比既眼睛近视，看不清白天的光芒，又耳聋，听不到任何的演示。人们并不是要说，他们固执得如同顽石，人们也愿意保持恭敬的态度，只是想让人明白，顽石也比他们更讲理。图片的背景处，勾勒出一大批叹为观止的政府综合楼群，混混沌沌的一大团，颇像是旧时代的军事堡垒，又像是被毁的新城市，其塔楼高耸入云，其翼楼和附楼鳞次栉比，其排列方式让人依稀看出些许马基雅维利式的权术意图。人们不难想象，它的内部掩藏了多少奥秘和苦恼，而在这独眼巨人般的创造者的胸中展开的，又是何等无法估量的能量。

背景的更远处，可见历史古城的一段，一条条弯弯曲曲倾斜陡峭的小巷，一栋栋彼此依靠、互相支撑的狭窄楼房，一堵堵老朽破旧、鱼鳞般剥落的围墙，人们似乎镶嵌在自古代以来的一片片风景之中，这显然是一种虫蛀的生活表现。正是在这无穷无尽的迷宫中，居住着不同行政部门的公务员。人们把它叫做卡府①，即公务员的居住之区。恰如忠诚于蚁后的一大群蚂蚁，这些人的心灵和肉体全都归属于制度。他们通过某种半明不暗的隧道之网，赶到阿比府的中心，前来工作。这些隧道网由一种跟它们几乎同样复杂的楼梯网通连，分配在不同的楼层上。因此，对它们的世界，人们只能看到它的管道、脊线和肺泡。在这一切之中，有机器人化的战争工厂的一面，它虽令人害怕，却能保证准时。从道路管理处的一个同事那里，阿提和柯阿得知，每个行政机构都有其专有居住地段，那位同事的叔公当年曾是美德与罪行部的一个公务员，在一次开头开得很不好的改革之后，有一天，他跟其他一百来

---

① 原文为"Cafo"。

个同事一起被打发到竞技场，而打头的竟是部长本人及其家人。档案圣书及圣记忆部的雇员们占据着其中的M32地段，纳斯正是生活在那里。

他们同样还得知，在大摩卡吧中，那些尊贵者会轮流主持星期四的大祈会，而大摩卡吧就处在阿比府的延伸带中；它能够接待一万信仰者之众。每星期，由其同行按照程序——这程序复杂得让小老百姓再怎么想都想不明白——指定的一位尊贵者，引导祈祷的进行，并联系当今现实，尤其是联系正在进行中或正在秘密酝酿中的圣战，来解释《噶布尔》的某一行诗。信仰者们会在句子的最后加上雄壮有力的齐声呼唤："伟哉尤拉！""《噶布尔》为道！""阿比必胜！""巴里斯该死！""敌者去死！""离叛者去死！""叛徒去死！"这之后，教民们的罪孽就得到了洗涤，他们就能轻松自如地走向能容纳多得不计其数的人的大竞技场。

柯阿曾认识这些地方，但如今已经没有什么记忆了。作为一个大摩卡吧头领德高望重的摩卡比的孙子，作为一个属于尊贵者霍克的神圣会所的卓越总干事的儿子，他生活在尊贵者们的飞地中。在那里，他们有一双主人的高傲眼睛，看不到普通人，听不到普通人，不了解世界。在与克伊巴相毗邻的神圣话语学校中，在跟神主与众圣者的亲近中，他终于忘了他原本还活在大地上——而实际上，他从来就不知道这一点，从来就没有人对他说过：那些普通人也是人类。但是，有那么一天，比别的日子更为神奇的一天，他睁开眼睛，看到了那些可怜的人就在他的脚下痛苦地挣扎。从此，造反的热情就再也没有离开过他的内心。

在这一长时间的争论之后，我们的两位朋友得出了结论：凡事有了第一次实践，就会有机会实践第二次。于是他们编造了一次召见，前往阿比府去执行一项特殊任务。两个人准备好要在街道上奔走，恰如正直善良的劳动者很高兴地前往劳动中送命。

　　意想不到的事情来赴约了。正当他们准备就绪打算动身之际，柯阿发现自己被区法院传讯了。传令者长了一双明亮的眼睛，一个湿漉漉的鼻子，因为事情很重要：柯阿是被尊贵的总书记官阁下本人亲自下的传令叫去法庭的。当场，一个身穿油光鲜亮的布尔呢的白胡子帝国老耗子告诉他说，街佳信会①，即街区最佳信仰者民议会，以尤拉和阿比的名义，一致选择了他在一场诉讼（一个女乞丐被指控犯了三等亵渎神圣之罪）进程中担任猛烈劈杀者②的角色，此提议马上就得到了上峰的批准。说话之间，老耗子让他签字画押，作了注册登记，并把文件的副本留给了他。这是一个极重要的事件，上一次对巫术的诉讼可以追溯到很久以前，没有人希望有朝一日会再遇上一次。然而宗教在走向贫困，在丧失它的毒力，假如没有什么来欺侮它的话。它在群情沸腾的竞技场上，在血雨腥风的沙场上，同时也在摩卡吧的宁静研究中，重振了威风。一个厚颜无耻的15岁年轻女郎，在一次跟女邻居的争吵中，竟

---

① 原文为"AMCQ"，为"Assemblée des Meilleurs Croyants du Quartier"（街区最佳信仰者民议会）的缩写。

② 原文为"pourfendeur"。

然胆敢把门一甩，污言秽语脱口而出，说公正的尤拉也有大大的失误，让她与那么凶狠的女人为邻。这就如同晴天里炸响了一个霹雳。泼妇们众口一词地证明了她的妄言狂语，公民会闻讯也匆匆赶来，加入谴责之中。事情明摆着再清楚不过了，没有丝毫疑问，只需5分钟时间，就可以得出判决。人们延长提问的过程，仅仅只为开心地看到那傻女人乱翻白眼乱撒尿，还带来了她的丈夫，还有他们的5个孩子。稍晚，道德健康委员会还将听取他们的证词，他们也应该作为证人，来做自我批评，弄不好的话，矫正托管会还会对他们做出惩罚。这样的诉讼，需要一个戴有美丽光环的诅咒人，一个最佳者，而柯阿则被指定当这个人。他的姓氏，首先是他祖父的姓氏，是一座高高耸立的灯塔，老远老远就显现在那里。对一个城乡结合地带街区的法庭，打着一块如此的金字招牌，本身就是一种崇高的信誉。听众将会很多，案件将是划时代的，法律将最终赢得胜利，信仰将会削弱，人们从克伊巴那边看过来就会看到它。亵渎神圣的女人带来了财富，而在司法界的队伍行列中，将会有一些火箭式的晋升。

"怎么办？"这就是问题。俩朋友谈论了好几个小时，柯阿拒绝跟人结盟从而实施一种先行告知的人类牺牲。阿提深以为然。他的意见是，柯阿赶紧出发，躲藏到隔离区去，或者到一个荒凉的郊区去，就像他以前游荡过的那样。而说实在的，这一位还在百般犹豫中，他认为他依然还有可能逃避法庭的传唤。某个地方，公正博爱会的一个法令曾声明过，猛烈劈杀者应该是一个上了年纪的男子，至少要在一个著名的信仰者公议会中工作过一个5年任期，或者参加过一场圣战，或者拥有令人羡慕的摩卡比的头衔，辅导者、唱诵或念诵圣诗者，而这些条件柯阿一概都不符合：他只有小小的三十来岁年纪，毫无任何荣耀可言，从来就没有进入过任何宗教学派团体，没有教授过宗教，也没有带武器伤害过任何人，无论是朋友还是敌人。但是，一味地强调自身的这一论据，那就是拒绝帮助司法部门，就是赞同亵渎神圣，他最终就得跟那个女狂人一起去竞技场受惩罚。"怎么办？"这还确确实实是个真问题。阿提建议说，他们不妨好好利用一下不久之后跟纳斯的见面，请求后者介入一下，帮他一个忙。作为阿比斯坦最著名圣地的发现者，纳斯的话肯定会被部长听进去的。而在后者的命令下，柯阿就会被部里聘用，而一旦到了这一平流层的稳当层面上，人们就能免除苦役，根本就不知道底下的世界是什么样的。柯阿对此深表怀疑。纳斯的话兴许能被部长听到，但这并不等于说，一个能倾听的部长就一定会听得进一切反面话。

柯阿哼了一声，说："他们想要我吗？好的，我就给他们好了，我要猛烈地劈杀，击中要害。"

阿提不寒而栗，柯阿心中怒火万丈。

所谓的猛烈劈杀者是巫术诉讼案中的关键人物。他在审判庭上不是替某一方或另一方的利益辩护，不是为某被告、某企业或某民事当事人申辩，而是高声说出尤拉和阿比的恼怒。有谁能比阔扎巴德已故大摩卡比的后代，比奇妙的神圣话语学校毕业的高才生更善于找到词语和语调，表达至高无上者及其使节的愤怒呢？

一般人并不知道"猛烈劈杀者"一词究竟是从何而来的，其正式称号是"尤拉的证人"，被怀疑论者歪曲成"尤拉的疯子"。"猛烈劈杀者"兴许来自这样的事实，以往，在由敌者和巴里斯的那帮人统治的黑暗时代，尤拉的证人们准备给信仰异端者系统地实施尖头桩，它确实能劈杀受酷刑者，恰如伐木者的楔子能劈开树干。法庭的常客，依据他们的咒语，给了他们另一个名称，更为可爱，叫做"不幸老爹"或者"不幸老兄"，因为他们的情感迸发往往会以"不幸"一词开头："不幸了，你们这些……！""不幸了，谁若……！""不幸了，谁曾……！"实际上，很简单，当他们召唤圣战时，他们是作为摩卡比在说话。那些伟大的劈杀者，有些人甚至做到了感动被告本人，他们被宣布为"尤拉与阿比之友"，而这一称号则会直接给人带来最大的特权。柯阿以他的名字，以他的本事和能量，完全能够顺利地进入这一名人堂，赢得很多的金钱和尊敬，但是，他却选择了贫困和叛逆，总而言之，生活在不安之中。

等到会晤结束，两位朋友决定照他们最初的想法去做：出发寻找纳斯，赢得他的帮助。假如找不到他，他们再作别的打算，柯阿将消失在隔离区，消融在一个荒凉的郊区，或者……将挑战他的命运，按照他的心思去劈杀。

时间很紧，出庭时间就定在下一个月亮月的第11天。很不凑巧，那一天人们都很疯狂，他们要庆贺酬日，即一年一度的天酬之日。失望者会远远多于入选者，法庭将会涌入大批人群，通向竞技场之路将会熙熙攘攘、摩肩接踵，朝厚颜无耻的女人扔石头不会是什么太好看的戏，在半路上她就会被磨碎为肉酱。审判者们通过混杂的、林林总总的这一切，明显地希望增添混乱和不幸，目的是要从中获得一种极大的好处。所有人都知道那是什么好处：让一位尊贵者注意到自己，兴许这位尊贵者就是大统领本人，说不定还是阿比呢！而让他青睐有加后，自己有朝一日就会上升到"尤拉与阿比之友"的高度，这是迈向至尊化的第一步。上升一级，就有权拥有采地、院子和家丁，有异乎寻常的特权，可以在周四大祈会期间的摩卡吧上发言，对人群海阔天空地夸夸其谈一通。

就这样，在决定命运的日子之前半个月的一天，一大早，在摩卡吧唱报的时辰，阿提和柯阿摇身一变，成了档案圣书及圣记忆部负有秘密使命的出差人员的样子，背上背包行囊，带上盖满了印戳的文件，怀揣一颗怦怦狂跳的心，穿越了他们街区的最后界限，直奔阿比府。他们甚至还带了一张地图，是档案部的老守卫高戈草草画成的。他记得，有一天，那还是第三次圣战之前不久，或者之后不久，当时他是翁迪①即巴依老爷②阁下的私人信使，曾陪同老爷去过阿比府。在那里，他看到了一些建筑奇迹，一些高如大山的大楼，用花岗岩建成，令人印象深刻。里头的通道长得没有尽头，走廊一直通向漆黑的地下。还有一些难以描绘的机器，其中一些隆隆作响，仿佛发生了大灾难；另一些则充满了超级的张力，只是指示灯一个劲地闪亮眨眼，嘟嘟嘟地直响，像是在没完没了地倒计时。文件分拣器和气压传递管道网比人的脑子还要复杂，工业化的印经院在出售圣书《噶布尔》以及阿比的画像，数量多达几百万。到处都是人，有的单独行走，有的三五成群，超级的浓缩，极端的僵硬，穿着泛着微光的布尔呢，明显

---

① 原文为 "ômd"。
② 原文为 "le Bailli"。

属于超然的类别。他们身上寄寓着一种冰冷的睿智，但这也许是一种熄灭了的疯狂，火后余烬。他们不说话，也不左顾右盼，每个人都循规蹈矩地做着他们该做的事。在他们心中，生活是冰冷的，不在场的，至多不过是残留的，总之，是很初级的。一种习惯安置于其中，勉强替代了生活，并创造了一种十分精确、机械、互相影响的机制。正是这些机械般的人在让阿比斯坦运转，但又不怎么知晓它。他们并没有鼻子来感觉这些，也从不出来见白天的阳光，宗教的戒律和制度的规矩禁止他们那样做。在劳动与祈祷之间，他们有时间来到隧道，让隧道把他们带回家中。站台的汽笛只响一次，而车是不等人的。在他们通常从不偏离的常规之外，他们就变得十分笨拙，十分盲目。假如他们磕磕绊绊或者误入歧途，他们就会下岗、报废或者被处理掉。一旦被认为不适合岗位，他们就会让同事、邻居或熟人担忧不安，而说不定这些人也会跟着不适合岗位。以这样一种预防传染的方式，队伍就会快速地稀疏起来，而焦虑与笨拙本身就如瘟疫一般。阿比斯坦就是这样的，它的命运还算行，它以这一坚定不移、忠诚不渝的方式相信尤拉和阿比，而且相信得越来越坚决，越来越盲目。

很快，一两天之内，两位朋友就完全放心了，他们从一条街走向另一条街，就仿佛没有任何边界、任何禁忌、任何睦邻友好规矩在分隔他们。他们惊讶地发现，除了口音之外，这里的人无论从哪一点上说，都跟他们S21的居民十分相像，有些街区的人口音像在唱歌，而在另一个街区，则喉音很重，不太连贯，在别的地方则是鼻音重，带嘘音或带送气，这就显示出一个重大秘密：在表面上的一致背后，人们实际上是十分不同的。在他们的家中，朋友之间，他们说着阿比朗语之外的语言，恰如在S21那样。除了口音，泄露他们之间不同点的，还有气味、目光以及穿戴民族布尔呢的方式，但是，那些获得准许的检查者、公民会、审判者、义务民兵、警察分支的巡逻队，或者自由的沙乌什①，却听不出这些不准的音调，连他们自己也是本地产，被当做是同一个辖区的人。那些V倒是有能耐，他们有那么大的权力，但他们真的存在吗？

盖有很正式印戳的委任状保护了他们，但毕竟——谨慎为妙，谨慎为好——阿提和柯阿尽可能模仿当地人的口音和举止方式，或者装扮病人，无能为力，难以做得更好；或者装作傻乎乎的样子，总是听不明白。

其实，大街自有大街的优点，看清楚了这一点，就有利可图。那里乱哄哄的一团，人们连自己的兄弟都认不出

---

① 原文为"chaouch"，本来指非洲或中东地区的"门房"或"传达"。

来。从各处征调来的检查者疲于应付任务，东跑西颠，抓得了东头却放走了西头，捡了芝麻丢了西瓜，到最后，只能在混乱之上增加噩梦。

作为外乡人，阿提和柯阿一出场就吸引了人们的目光，恰如磁铁吸引钉子。他们就这样又一次被一队检查者盯住了。人群飞奔而来，在他们周围围成一圈，不放过任何细枝末节，毫不犹豫地用种种问题来提醒检查者。但即便一切都加起来，讯问依然还是走走过场，阿提和柯阿对此早就心中有数。

"喂喂……嗨，说你们呢，外乡人……是的，就是你们……到这里来！"

"日安，哦尊贵的检察人兄弟。"

"向尤拉、阿比以及大统领致敬，还不能忘了我们采地上的尊贵者。你们是什么人，从哪里来的，这样子是要去哪里？"

"恩宠归于尤拉、阿比以及我们的大统领，还不能忘了我们的尊贵者。我们是国家的公务人员，有公干在身，正在出差。我们来自S21，要从这地方前往阿比府。"

"S21？……那是什么玩意？"

"那是我们的街区。"

"你们的街区？……它在什么地方？"

"那边，在南方，要走3天的路……但是，要是鸟儿直飞的话，兴许只要一个小时。"

"鸟儿是没有街区的，这我知道。而从街区到圣城阔扎巴德，只有我们的街区，H43。你们是从别的城市来的，要去阿比府做什么？"

"我们要去送一些文件，是专门为档案圣书及圣记忆部保留和递送的。"

"你说的阿比府，那又是什么？"

"是政府，公正博爱会及其他……"

人群十分警惕，适时地插话："嗨！检查人，快问他们要证件过来看看，搜查他们一下。最近几天在街区里发生了好几起偷窃案件呢！"

检查人继续道：

"请出示你们的证件、任务书、品行记分册以及摩卡吧的注册证明。"

"都在这里，勇敢而不知疲倦的检查人……我们的证件由你们的摩卡吧检查过了，我们在那里履行了我们的早祷，我们还将在那里过夜、静思和禁食。"

"我看到了，你们的得分都很高，你们在祈祷中占据了前列，这一点很好。"

边上的人群又来提醒了："小心，这些人很狡猾，快让他们背诵圣《噶布尔》……搜他们身，以尤拉的名义！"

"让我们来验证一下吧：请给我背诵一下圣《噶布

尔》第7卷，第42章，第76行。"

"很容易，它是这样说的：'我，阿比，承尤拉之恩的使节，我命令尔等正直地、真诚地、彻底地服从检查人，无论他们是公正博爱会的、机构局的、行政机关的，还是我忠诚信仰者的自由意愿。谁若玩忽、隐藏或躲避，我的愤怒必将巨大。唯愿如此。'"

"好，好……你们是善良正直的信仰者……有没有一点钱给我们？这样我们就可以在你们的任务书上加戳，让你们继续行路了。我们也接受圣物，假如它们可以换钱的话。"

"我们是挣钱不多的公务人员，只能送你们两个迪迪，还有西恩的一个护身符，它会保佑你们免遭肺结核和感冒，这些钱肯定够买一个蜂蜜软饼或一块焦糖了。"

　　这就是穿越阔扎巴德的情景，从城市的广袤与它数千年悠久而神圣的历史看，实际上并没有什么太好的事：人山人海，摩肩接踵，必经之路上所有的摩卡吧，每个十字路口都有检查，一连串的虔诚仪式，朝圣候选者即兴的操练大会，有时候还会赶上戏剧性的斗殴和抓捕，离叛者、疯子、通缉犯；同样也有沉闷的场景：被带往竞技场的死刑犯，开往集中营或劳役地的囚徒车队；还有在纳迪尔面前不得不做的立正姿势（假如大统领出人意料地出现在屏幕上）。在成千上万的阿比像面前，通常都要背诵几句圣诗，然后倒退着离去；我们还不能忘了路上必定会遇见的乞丐，根本就别想避开他们。他们麇集在一起，而法令则要求，见到他们时必须给上一点东西，一个迪迪，一截面包，一点盐，一个能换钱的圣物，要不然，就得给他们能拿去交换或出售的什么物件。

　　阿提和柯阿摆脱得算相当成功，他们的证件以假乱真，做得比真的还更好。人群要诋毁他们，无奈他们说服了警察。如果说，公民会显得要比其他团体更为烦人，那是出于无知。那些见鬼的可怜虫真是只配早日完蛋，他们既不会阅读，也听不明白，必须跟他们解释，一字一顿地，再三重复，每说两句话，还得赞扬一遍他们的善良与虔诚。阿提和柯阿随身携带的任务书命令他们前往阿比府出一趟公差，他们本来完全有权高高在上地蔑视他们，要求人们把眼前的街道扫得干干净净，但他们保留着这一杀手锏暂时不使用，形势的某种翻盘始终都是可能的，复仇将会十分可怕。

关键在于要一路向前，不要迷失方向，笔直地走向阿比府，它那著名的克伊巴在闪闪放光，恰如一轮初升的太阳，四面八方老远地就能看到它。还需要走3天的路。

走着走着，两个朋友终于发现了那城市，他们一点都没有走丢。实际上，它只是他们那个可怜街区的无限重复，只是按照那种断裂的方式聚集在一起，具有世界之初始或终结的那种氛围，各个部分显得十分稀奇古怪。"我们还是在自己的街区里更好，在这里，人们互相都认识，有义务有职责，将来总会有人来为你下葬。而在那里，谁会来捡拾你的骸骨，谁会来赶走群狗？"老保管人高戈曾经颤颤巍巍地如此说。

阔扎巴德是一个任你怎么想象都难以有个概念的城市。乱糟糟的一团混沌之上，笼罩着一种永恒不变的秩序，任何偶然性都无丝毫可乘之机。从这一矛盾的配置中，散发出一种普遍又切实的灾难气息，被事物的疯狂改变成一种天堂的承诺，信仰者可在其中找到他们在大地上生活的确切对应。因此，圣战将会是所有世界都有的，低低的此界和高高的彼界，而幸福永远都是无法在人间实现的一种美好愿望，无论他们是天使还是魔鬼。在这样的条件中相信尤拉，实在是奇迹中的奇迹，必须有一种魔幻般的广告力量，才能让美梦和现实结合在一起，融为一体。但是，一旦人们陷入虚幻之中，阔扎巴德就是一个普普通通的居住中心，某一天，人们会感觉到自己不幸得如同一只老鼠，而第二天，又变得幸福如灿烂的朝阳。由此，生活过得不会叫人彻底失望，每个人都有一半的机会可以开开心心地死去。

　　两个朋友显得很不合拍，长长的一路上，好奇者纷纷迎上前来，朝他们抛出一连串问题，始终是同样的问题，平庸至极："你们是谁，见鬼，你们从哪里来，这是要去哪里？"人们实在是搞不明白，是个人怎么能远离自己的家，远离他的摩卡吧，远离埋葬了自家祖宗的墓地？除非是为了参加圣战或者去朝圣。而且，他们也从来没有听说过一个叫S21的街区，更没有听说过就在它边上并把它跟隔离区分隔开的名扬天下的"悲伤七姐妹"。而赫赫有名的隔离区，很多人是知道的。他们居住在阿提和柯阿从来没有听说过的M60、H42，或者T16……他们认定，构成圣城阔扎巴德的只有他们的街区。隔离区并不那么让他们担心，因为他们不知道它究竟藏在哪里；让他们恐惧的，是巴里斯以及那些离叛者，听说这些人会趁着黑夜劫走信仰者们的孩子，用孩子们的鲜血制造巫术。然而，大家都有阿比斯坦人的这一漂亮品质，殷勤好客的本性，很自然地请旅行者前往他们的摩卡吧，跟他们一起祈祷，参加他们的志愿者活动，以增加他们功德本上的好分数，以便在未来的酬日中占得先机。他们同样也请人来吃喝，而作为交换，他们要求得到金钱。这当然只是一种礼貌，一种有来有往的礼节，一种投桃报李的行为。但是，不知道是出于计谋策略，还是人类的弱点使然，面对警察，他们往往就忘记了自己的善心好意，异常慷慨地向外来者发难。

　　随着逐渐接近阿比府，克伊巴金字塔也越来越显现出它威武雄壮的气势。朝它那个方向迈去的每一步，都会让它的高度看上去像是增加了2西卡司。很快，它的尖顶就消融在辽阔无极的天空中。从这一距离望去，必须高扬起脑袋，使劲把脖子抻向水平，方能看到它的塔尖。

　　他们终于到达了目的地，只剩下一个街区要穿越了，A19。那是一个堆放杂物的地方，通常，在中世纪贵族老爷的封地周围，这样难以想象的地方实在是多得很，好些衣衫褴褛的可怜鬼就居住在此，重重叠叠地生活在狭窄而肮脏得足以让麻风病人望而却步的陋室中。此中的理由，必须到贫民窟的历史中去寻找，假如这理由存在的话。你扎营在一个城市的周围，受雇于富家老爷，你建造了他们漂亮的住所，你为保他们的安全建立起围墙和圆堡，而一旦工程完成，你就乖乖走人，留在外头，继续当个乡巴佬，落在陷阱中。无主人的奴隶，这是最糟的。去哪里好呢？家庭变大了，与贫困邻居的联系建立起来了，"上路就是死"。于是，在失业之余，打几份小小的零工，干一些各种名目的走私，你在长途行进中暂时安顿下来，你在铁皮上补铁皮，在地板上铺地板，拿柴泥堵门缝墙隙，感觉真的是在自己家里，并培养孩子继续照旧干下去。A19是一个带有原始竞技场的街区，将来有一天，它会有一些永久性的房屋、带排水沟的街道、能开设集市和举行典礼的广场、流浪者的庇护所以及大批的检查者。

两个朋友走直线穿越它，惊讶地发现竟然能这样，而不是一步三回头地被人叫住。

走过最后那些陋室，政府之城或神之城便显现在他们眼前，法老建筑一般的威武高大。这里，没有任何东西是人类的维度，人们为神主——而尤拉是至伟至尊的——为永恒与无限而劳作。作品是人类的，但超越了人类的理解力。一种惊奇让他们凝神屏息：神之城有一道围墙，跟一座山一样高，厚达好几十西卡司！他妈的，如何穿越它呢？高戈这个档案保管员对此并没有提过一个字。他的记忆出现了漏洞，而这个漏洞还那么大。另一种解释是，这城墙是后来才筑立起来的。当年高戈来阿比府参观时，只有15岁，是个为大法官跑腿的小小角色。他跑得比他的影子还快，也就没有看到一切；而现在，他已经是个体质虚弱的老人，很难再做他记忆的主人。那以后，发生了很多事：有过好几次侵略战争和圣战，其中的一次，核战争，为一切战役之母，在世界范围内引起了整个人类历史中强盗与改行者最大规模的泛滥；有过几次规模巨大的革命

以及无比严厉的镇压，孕育出了千百万疯子和游荡者；有
过全球性的饥荒和灾难，彻底扫荡了成片成片的地区，赶
走了数百万难民；还有过一次大规模的气候巨变，撼动了
地球表面的地理面貌，世上万物皆挪了位，海洋、陆地、
山脉、荒漠全都面目皆非，如同在地质年代的更变之后，
沧海桑田，时过境迁，而这一切，全都发生在一个普通人
的有生之年中。万能的尤拉还不够，还需要有如此规模的
一道高墙，来保护公正博爱会及其宗派信徒。从高戈当年
尽兴游历阿比府的那个时期算起，活下来的人就只有阿比
了。但他是使节，他是永生不死的，不可撼动的。留下来
的还有高戈，一个平平常常的几乎已到生命尽头的凡人。

就是这样，一个问题，只要你找不到解决办法，它
就始终是一个问题。有时候，你并不非得去找答案，答案
自己会显出来，或者，问题会自己消失，仿佛着了魔似
的。这样的情况确实发生了：看到这两个朋友在巨大的
城墙脚下因绝望而呻吟不已时，一个背着包袱的行人这
样对他们说："假如你们是在找入口，那请从这边走，它
在南边，大约3查比尔远，但它把守得超级严密，检查者
吹毛求疵，鸡蛋里挑骨头，根本就无法买通。我们都尝试
过了……假如你们很着急，或者有什么东西要隐藏，你们
可以从老鼠洞钻进去，它就在你们右手边大约100西卡司

的地方，朝向公务员的住宿区。我们就是借用这条道来走私，把我们的蔬菜卖给他们，并从他们那里买一些证件，获得准许，然后倒手卖到阿比斯坦各地。假如你们想进入各部委或者克伊巴，那就得有一份约见书或一份任务书。你们可以从陀兹那里买到，能在他的摊店里找到，就在摩卡吧边上。请告诉他，是我，背包袱的霍乌，介绍你们去的，他会给你优惠。假如你们还需要别的什么，在他那里也都能找到。在这里，A19，你们可以随便转悠，不用迂回曲折。这里没有检查者，大家都很随和，但是有很多间谍，你们要当心。祝你们好运，尤拉保佑你们。"

说走就走，喊里喀嚓，两个朋友往右手边走了大约20西卡司。老鼠洞当真就在那里。看来，这里的老鼠应该长得都很肥胖，或者，随着时间的推移，为了能让手推车和卡车通过，老鼠洞得到了那些妖魔的不断开拓。至于那些古老的吐火妖魔究竟是什么样子，如今还留下了一些标本，被一代又一代固执的走私者神奇地成功维持了生命。

神之城是人们无法想象的一个整体建筑群。人们都说，它整个儿就是一个迷宫，混沌到了极致，给人的印象极其深刻：在它的围墙之间，集中了阿比斯坦的全部权力，而阿比斯坦则是整个星球。在对古代历史有所了解的柯阿看来，公正博爱会的克伊巴就是对第22个省大白江之乡的大金字塔的拷贝。《阿比之书》告诉信徒们说，它的建造是尤拉创建的一个奇迹。在那遥远的年代，它没有别的名字，只叫喇或者喇卜[①]。为了说服大江流域的人放弃崇拜偶像，转而只敬爱他一个，他不得不创造几个奇迹，以证明他的话语。他说到做到。这个历史建筑在一夜之间就矗立起来，既无喧哗也无尘埃。效果立竿见影。主子和奴隶全都五体投地地伏拜，背诵他刚刚教给他们的祷词"唯有喇为神，吾等均为其奴隶"，从而成为自由信仰者，并且马上就打碎他们古老神明的雕像以及假教士们的链子。为了长久地联系他们，让他们对自己后代的未来放心，他答应尽快给他们派一个使节过来，为他们的孩子教授知与未知之事，并帮助他们生活在屈从的快乐之中。

随着时间的流逝，各部委和各大行政机关也在见鬼地扩展，无论从高度上，还是从宽度上，阿比斯坦本身都在不断地向四面八方伸展，直到这寰球最偏僻的边界。有一天，人们背靠城墙远眺时发现，在整个阿比府城中，已经

---

① 喇、喇卜，原文为"Râ"和"Rab"。

再也没有一平方拃①的空地可以用来建造通道以及公务员的住宅。不过这也没什么关系，周围的村庄都已被征用，并进入神之城的围墙之内，分配给公务员。那些公务员是从阿比斯坦最好的信仰者中选拔出来的，并经过了严格的培养。至于交通道路，则被设计建造在了地下。安全机制被想象成如在一个蚁巢中，迷宫、挡板、死胡同、闸门、纽带和收窄节流的原则得到了彻头彻尾地开发。若没有经验丰富的特许向导，人们是既进不去也出不来的。据此，人们倒也想象出一种人员运送制度，它能通过一些交叉隧道和升降机械，在住宅区与办公楼之间轻而易举地运送人员，而且直接就从行政机关的走廊上启动。某个人——他只能是阿比或者大统领杜克——就此认为，他根本就不用再走出神之城，他不再有此需要，甚至都不会再被外界所影响。靠着习惯、必要性和向性的力量，事物在不断地进展，公务员们变成了穴居人，并渐渐变成了蚂蚁。他们身披亮闪闪的黑色布尔呢，由来自唯一中心的同一种冲动激活，完全可能胜过那些真正的蚂蚁。

高戈用自己独有的迟疑又老套的词语解释说，他所看见的并不太多的东西给他留下了这样的印象，阿比府是一个巨大的神秘工厂，连使用者也不知道它是做什么用的，

①　原文为"empan"，古代的长度单位，张开手掌后大拇指和小指两端的距离为1拃。

165

又是如何运行的；他们被调整得只会去执行，而根本用不着明白。他用了一个相当难读的阿比朗语生词，说阿比府是一个"抽象化"，但他显然无法给予它一个定义，即便是大致上的定义都不行。很难原谅老人们，柯阿不禁有些恼恨，年龄毕竟应该有助于人们的学习，要不然，人老又有什么用？但是，文化跟文化也有不同，有的文化在增加知识，而有的文化，更常见的是在增长缺乏。很久以来，高戈总在做同一个噩梦，梦见自己游荡在一个地狱般乱糟糟的境地中，一些走廊，一些隧道，一些楼梯，经过时会发出奇怪的声音。他感觉自己惊恐万状，被一个幽灵死死缠住，它一会儿在他身后追逐，一会儿又在他前面牵拉，有时候还朝他的脖子上吹来一股恶心的气味。他始终会在同一时刻醒来：正当他飞快地奔跑在一条狭窄的通道中时，突然有两道沉重的栅栏像一把铡刀，在他的身前和背后落下，发出一种惊天动地的巨响。他束手就擒，发出一声绝望的叫喊，并在……惊跳中醒来，浑身冷汗淋漓！仅仅回想一下也叫人心有余悸。

阿提和柯阿勇敢地通过老鼠洞，穿越了围墙。

老鼠洞的另一边有很多人，一群群和蔼可亲的人。那是一个集市日，公务员们赶来买新鲜蔬菜，但蔬菜发出污土和死水的难闻气味，细细的胡萝卜，蔫蔫的洋葱，皱巴巴的红薯，某种疙里疙瘩的转基因南瓜。样品倒是完美无缺，商贩叫唤得声嘶力竭，像个十足的走江湖的拔牙者。集市开设在一条狭窄的通道中，位于两栋无门无窗的楼房之间，路上堆满了建筑用的砾石。嘈杂声中，阿提和柯阿看得眼花缭乱。公务员脸上的那种苍白无色，还有角落里检查者的缺失，透露了一些本来要隐瞒的事情：机构局本身组织了这一在边缘地带的走私，或者鼓励了这一走私，因为它有助于公务员们出来透一透气，稍微改善一下他们的生活质量。政府提供给他们的精打细算却没有灵魂的生存之粮，只是一种灰扑扑的面粉，根本就不知道是用什么做的，以及一种红兮兮、油腻腻的饮料，也不知是从什么东西中提炼的。这两种玩意混合起来，就构成一种粉红色的稀糊糊，带有暴风雨后的小树丛和毒蘑菇的气味。阿提很熟悉它，这就是疗养院里早上、中午和晚上的菜单，日复一日，年复一年。这糊糊并不像它看起来的那样纯洁无辜：它暗中含有另一些成分，溴化物、柔和剂、镇静剂、致幻剂以及其他，它们会发展侮辱感和屈从感。

人们每天得喝上5次的那种稀糊糊，则叫稀饵[①]。它虽没什么营养，但很有味道，很好闻，也很容易做。面粉稍稍烤熟之后，浇上一种绿色的液体，这液体是水里浸泡各种绿草以及两三种类似毒药和毒品的物质后得到的。至于

---

① 　原文为"hir"。

毒不毒的就无所谓啦，人们喜欢它，这才是最重要的。

商人们也有可能把一些陌生的产品带回到阿比斯坦来，巧克力、咖啡、胡椒。公务员们早已习惯这些毒品，他们会以重要的行政文件作代价来购买它们。某些人已经对胡椒和咖啡上了瘾，他们特别喜欢咀嚼和吸食咖啡。咖啡的价格暗地里都涨到了每克20迪迪。

天赐良机，两个朋友把握住了：他们利用公务员们看见蔬菜并呼吸新鲜空气时会体验到的几乎有些头昏脑涨的幸福感，接近了其中看起来比其他同事稍稍更清醒的一位：

"我们很想找一位朋友，一个很著名的人，他属于档案圣书及圣记忆部……您兴许认识他，他叫纳斯……"

那位公务员吓了一跳，红着脸，结结巴巴地说："我……嗯……不……我……我不认识他。"说完，东张西望了一会儿，不等商贩找他零钱就溜之大吉。

其他人的反应也都大同小异，惊跳，逃逸。对于被人割了舌头或切断管辖话语及推理功能的脑叶的人，说话是不容易的。最后那位陷入了矛盾之中而无法自拔："……我……嗯……从来没有听说过……我……我不认识……他失踪了……他全家都失踪了……什么都不知道，放过我们吧！"说完，也赶紧溜之大吉，头都没有回一下。

阿提和柯阿崩溃了，他们经历的巨大冒险，还有他们在阔扎巴德异乎寻常的穿越，竟然连一点儿用处都没有。他们已经严重违法了，回去后等待他们的是竞技场，他们将成为压轴的大戏：审判官们早就死死地盯上了柯阿这个姓氏。他们会遭到致命的侮辱，领教形式最完美的复仇，遭受尖桩刑或是下油锅。返回故乡是断然不可取的。

他们用各种各样的音调，暗中重复："失踪了！"……"失踪了？"他们实在不明白，这见鬼的词，它太可怕了："失踪"究竟是什么意思，是说纳斯已经死了，说他被逮捕了，行刑了，劫走了，还是他逃走了？为什么？还有别的什么说法？这是不是说，人们正在追踪他，在寻捕他？为什么？而他的家人，他们又在哪里？在监牢里，在一个停尸间，躲藏在某个地方？"失踪了！"……"失踪了？"

"怎么办？"重又成了紧迫的问题。他们不太知道自己的脚步会把他们带往哪里，便又来到霍乌提到过的摩卡吧。它很小很小，小巧玲珑，乡土味十足，地面上铺着漂亮的麦秸，在那里祈祷就像是在马厩中吃草。他们突然就感到了疲劳，这疲劳本是在穿越阔扎巴德期间积累起来的。他们需要平静和清爽，好好反思一下。他们已经身临绝境，进退维谷，根本不可能后退，也没有办法前进。

摩卡比走近他们，明白这两位新来的忠诚者有麻烦了：

"霍乌来过了，跟我谈到了你们。我看出来了，你们遇到了麻烦，没有地方可去。你们今天夜里可以睡在这里，但明天一大早就得走。我可不愿意惹什么麻烦，这里到处都有眼线。他们可不喜欢外乡人……最好还是去找一下陀兹，他会帮助你们的……告诉他，是摩卡比罗格让你们去的，他会给你们一个优惠价的。"

但是，大家都建议去见上一面的这位陀兹又是何人？明天，他们就将去见他，他们将证实，他是否真的存在，是否能解决一切问题。

他们冥思苦想了整整一夜。摩卡吧里，人们鼾声如雷，但拳头紧握，四下的角落里有一个阴影在飘荡，身披着布尔呢，到处都是一些不名一文的旅行者，一些不幸的人，一些无家可归者，兴许还有一些被通缉的人。一种糟糕的感觉压上了他们的心头：恐惧笼罩着，黏滞又痛苦，因为未来一片渺茫，有可能走向悲剧，而他们完完全全地感受到了那种奥秘的压人重量。它就在那里，在公正博爱会伟大里程碑式的克伊巴脚下。他们从未想过要弄明白那到底是什么，一个真正有用的机制，或者只是四堵围墙内的一个巨大奥秘。而说实在的，除了乖乖屈从，没有任何人操心别的，人们有的是日常悲惨生活要忍受。习惯抹去了种种不合适的东西。两个朋友意识到，公正博爱会以一种奇特的方式——彻底又懦弱、无所不在又远距离的遥控——统治着阿比斯坦。而除了对人施加的绝对权力，它似乎还持有别的权力，陌生又神秘，转向不知道是哪一个平行和高级的世界。尊贵者都是一些人，但他们如同阿比——当然还差了一个档次——同样也永生不死，无所不能，无所不思。总之，他们是半神。如何才能不这样解释他们在大地上的权力范围？毕竟存在一种隐藏于底层的悖论：假如他们是神或者半神，那他们在凡人中间，在一些无关紧要的、满是虱子和问题的生命中间做什么呢？人类会不会混同于臭虫、蛆虫以及其他朝生夕死的小小弱虫？不，他们会一脚踩死它们，依然走他们的路。比喻并不总是很贴切，这没错。生命是一种发问，而从来不是回答。

就在昏沉沉地快要入眠之际，他们做出了决定，还是要去见一见那位著名的陀兹。假如他知晓一切，能做一切；假如他恰如人们所说的那样有求必应，那他就会帮助他们知道纳斯出了什么事。如果纳斯还活着，那就能找到他；如果他死了或进了监狱，那也能找到他的家人。他们还会求他帮他们找到一个栖身之地，这在A19不会是什么太难的事，那里的秩序从来就没有建立起来过。柯阿有一件很值钱的东西，任何一个信仰者都会不惜牺牲一切以求得到它：那是由阿比本人亲自写给他祖父的一封信，在信中，阿比祝贺他为圣战的胜利做出了贡献。

陀兹是条变色龙，一眼看去就能看出这一点。他有说变脸就马上变脸的能力，喜怒哀乐全取决于环境的需要。他是以替邻居担心的朋友身份接待阿提和柯阿的。"霍乌兄弟以及摩卡比罗格告诉了我你们的忧虑。请进，请进，不要客气，就当是在自己家里一样好了。"他手舞足蹈地说，信任的情绪顿时就淹没了他们。

另一个令人惊讶的现象是，陀兹没有穿本民族的布尔呢，这当然没有什么不妥，不过他们还是第一次看到有人竟然会这样。布尔呢不仅仅是阿比斯坦的一种服装，还是信仰者的制服。一个信仰者只要穿着它，就如同穿上了他的信念，他永远不离开这服装，也从来不抛弃这信仰。这一点还得稍稍再说一说。是阿比本人发明的它，并在他使节生涯的一开始就披挂着它。他应该以这一服装来显示与无知者大众和肮脏赤贫者的严格区别，并由此仪表堂堂、信心百倍地前来布道。有传说是这样说的：当初，为了面对那些不知感恩的大众——他们强烈要求他出来解释，他刚刚兜售给他们的新的神主究竟何许人也——他就把随手够得到的东西顺手披到肩上，出门来见这帮缺乏信仰的抱怨者，那是一块绿色的呢子布。当他出现在公众眼前时，他是那般威武庄严，一脸火红的长胡子，斗篷在风中呼呼飘扬。人群当时就被慑服了，像是突然间变了个脸，不再犹豫踌躇，一致承认他就是先知。而当第二天他出现在人们前面要教诲他们时，人们一个劲地招呼他："哦，阿比，你的呢子布在哪里？快披上它，好让我们听你教我们真理。"一切皆出于此，人们发现，是衣装造就了僧侣，信念造就了信仰者。用一根绳子即兴系在脖子上的这一披单，越往下，口子开得越大，一直拖到小腿肚上。它很快就成了尊贵者们的制服，随后穿它的人是摩卡比，再随后，则是当局机关的人员，并逐渐逐渐推广到了所有人，男人，女人，孩子，全民都穿。为了辨认出谁是谁，这披风的下摆又增添了三条平行但颜色不同的饰条：第一条表示性别，白色的是男性，黑色的是女性；第二条表示行当，粉红色的是公务员，黄色的是商人，灰色的是检查者，红色的是宗教人士；第三条揭示社会等级，分低等、中等和高等。随着时间推移，代码又有了进化，更加细分出了各种不同的社会身份，于是，人们在饰带上又加上了星星，然后又加上了新月，再后来又在帽子上大做文章，有包头巾、直筒无边帽、圆盖帽、瓜皮圆帽或者软帽，之后还有鞋子，还有大胡子以及留胡子的花式。有一天，当某种高烧在许多地区大肆流行之后，人们加长了女子穿的布尔呢，让它一直拖到脚掌。人们还用一系列绷带加固它，绷带紧紧地束住女人胸前肉鼓鼓的隆起部分。人们还以一种紧紧裹住脑袋、带有眼罩的兜帽来完善它，并把它叫做布尔呢-挂卜①，也即女人的布尔呢，最终定名为布呢挂；已婚女子的是黑色的，带有绿色的条带，处女的是白色的，寡妇的则是灰色的。布尔呢和布呢挂用一种未加工的生呢剪裁而成，地位不同档次也不同，人越尊，货越贵，尊贵者们的布尔呢，叫做布尔呢-稀刻②，呢绒的，披有铠甲，金光闪闪，带有丝绸衬里以及金丝绦带，还配有一顶貂皮帽，一双幼麂皮鞋子，皆用银丝缝制而成。整套服装还配有一柄玫瑰木的王家权杖，其弯曲的一端上镶嵌有珠宝钻石。他们的书记官和卫士也是全副披挂，威风凛凛。只须一眼看去，每个人就会知道自己是在跟谁打交道。在唯命是从的原则中，暗中就有着标志统一的原则。但是，现实还是会有一点点不一样，人们不是那么守规矩，穷人们并无太多对颜色的趣味，更不求闪光的色泽。他们的布尔呢很不讲究，千篇一律的灰颜色，不仅很肮脏，而且补丁打补丁。阿比斯坦是一个专制的世界，但很少有法令能真正实施。

陀兹穿着他那奇装异服，样子很悠闲。那些装束在阿

---

① 原文为 "burni qab"。
② 原文为 "burni chik"。

比斯坦并不存在，他用自己发明出来的或不知道从哪里找到的一些词语来一一形容它们：腰肢以下的身体部分包裹在一条长裤中，而腰身以上直到脖子的部分则包在一件衬衣和一件上装中，两脚则套在防水的鞋子里。一切都扣紧扣子，搭上搭襻，系好带子，一副极为可笑的小丑样子。而要出门上街时，则又回归于正统，脱下鞋，把长裤的裤腿一直卷到小腿肚的一半处，穿上风雨无碍的凉鞋，把那件富裕商人的布尔呢披在肩上。这样，混迹在众人当中就一点儿都不引人注目了。

他灵敏地把那两位朋友拥推到他的店铺后堂，那里满满当当地堆积着从另一个星球贩来的奇货。他一点儿都没有不乐意的样子，对每一件东西，他都找到了一个名称，并知晓它们的用处。随着谈话的展开，他的口才也显露了出来，他把它们介绍给来访者，解释说，他们屁股底下坐的叫椅子，椅子围住的是一张桌子，挂在墙上涂了颜色的木头是绘画，而那边，在大箱子上和独脚小圆桌上的，那些吸引目光的小东西是小饰品。他就那么不慌不忙，从容不迫，一一正确地叫出它们的名称。如何记得住那么多陌生物件的名称，更何况还是用一种众人并不通晓的语言？对这一奥秘，两个朋友根本就不求弄它个清楚。

在他们亲切的惊讶之情影响下，陀兹轻松了下来，和颜悦色地说：

"我看出来了，这些物件令你们吃惊。但你们会看到，这里头根本就没有别的，只有一些很平凡的东西，它们都属于我从来都没跟你们讲过的已经消逝的时代。我花费了一点耐心，克服了种种困难，得以在我的店铺和住所中重建起我很怀恋的这一世界，尽管我并不熟悉它，除了……哦，对了，你们或许并不知道什么叫书籍……我将指给你们看，我住的那楼上多的是……我还会指给你们看艺术展品名录、宣传册，它们是那么的绚丽多彩，它们会毫无困难地告诉你们……它们，我只给朋友看……说实话，在这个架子上我都没有……真正的愉悦是自私的……当我把它们卖出去时，我就把我的愉悦传递给了顾客，然后去寻找其他愉悦。"

阿提和柯阿很激动，陀兹真的是无与伦比，他们准备整整一天就听他这么一直说下去。他们想竟然会有这样的东西存在于世。他们受宠若惊，陀兹十分信任他们，他们也同样信任他，他对他们无话不说……如同一本打开的书。

然后，谈着谈着就谈到了他们来访的目的。没说两句话，他就示意他们，他已经知道了一切，并猜到了其他，根本用不着费时间解释了。

"我知道，你们在找一个朋友，叫纳斯，是档案圣书及圣记忆部的一位考古学家。这是一个天才小伙子，曾负责对马布村的考察。就是那个村子里，我们卓越的使节，愿神护佑他，当年获得了圣书《噶布尔》的启示。在老鼠洞的黑市上，你们已经以种种问题惊动了一些正直的公务员，他们当然也把你们的行为报告了他们的头头，还有道健会的审判者。他们因为在那里听了你们的问题而得到了严厉惩罚，这真是不幸……从那里，消息一直口口相传，最终传到了我这里。就这样，因为我跟所有人都是朋友。好吧，现在请告诉我，你们是如何认识他的，对我说一说你们自己吧！假如你们希望我来帮助你们，那就把一切都告诉我。"

阿提和柯阿连一秒钟都没有犹豫。阿提讲述了他从西恩疗养院返回阔扎巴德途中在某地与纳斯的相识，以及他们关于被朝圣者发现的那个神秘村子的那一番促膝长谈。纳斯当时很不安，说了一些让阿提完全听不明白的奇怪事情，说什么，它的发现就是对阿比斯坦及其信仰的根本否定。柯阿紧接着也讲了他的故事，他对他那犯种族灭绝罪的家庭的背叛，他在荒凉郊区和偏僻村庄中的隐居生活，他说了他们在巴里斯隔离区中的转悠，还有他们在阔扎巴德的穿越，而这些转悠和穿越让他们坚定了一种感觉，即阿比斯坦并不存在，阔扎巴德只是一个伪迹，一道喜剧布景，它遮掩了一座墓地。而且，更糟糕的是，它还在他们的头脑中嵌入了一种可怕的感觉，仿佛生命很久以来就已经死去，世人也就因此而归于无用，看不到自己只是生命留下的模糊气味，是一些痛苦的回忆，游荡在一种消逝了的时光中。

他们最后以那个可怕的故事结束，讲他们为何要离开他们的街区，前来寻求纳斯的帮助：因为柯阿被指定在一个年轻女人的诉讼案中担任猛烈劈杀者，那是5个孩子的母亲，被指控亵渎神圣，命中注定要被带往竞技场。

白天中的相当一部分时间，他们一直就在说这些事，但简单的谈话并不足以谈透超乎理解力的东西，于是他们返回来泛泛地谈论人生哲理。这一谈倒是谈走了时间，也谈出了胃口。陀兹为他们送来一份精美小吃，一些他们并不熟悉的食物，白面包、肉酱、奶酪、巧克力，还有一种苦涩的饮料，滚烫的，他管它叫咖啡。最后，他从食品柜里拿出一筐水果，有香蕉、橙子、无花果和椰枣。阿提和柯阿乐得直蹦，他们原以为这些东西早在他们诞生之前就在大地上消失灭迹，最后的那批收获也专门留给了尊贵者们。这之后，陀兹从衣兜里掏出一件小工具，用它制作了一根大约4指长、填塞着干草的白色梗枝，把它放在嘴唇上，点燃另一头，开始喷出烟雾来。可怕的气味没让他厌

恶，反而让他兴奋。他谈到了烟卷和烟草，并说这是他的
小小罪过。在一个如若犯罪必将致命的世界上，自认有罪
可并不是一件那么轻松的事。

结论很明显，陀兹生活在自己的世界中，它跟阿比斯
坦没什么共同之处。他是不是阿比斯坦人？他从哪里来，
他的权力来自哪里，他在一个如此平庸的街区中做什么？
这地方只是靠阿比府从高高的围墙上扔下的东西才勉强幸
存着。他本人其貌不扬，个子矮小，敦实，驼背，细细的
脖子，双手小得出奇，看样子有五十来岁，皮肤松弛，头
发灰色。只不过，凭着他的目光，他的修养，他的智慧，
他的魅力，还有在他周围游荡着的那种神秘的光环，他还
是神采奕奕的。这些品质是如何落实到他身上的，他是不
是生来就是如此，恰如一个天才的精灵，出门都有一盏走
马灯来武装，且其品质也与生俱来？无论如何，正是这些
品质使他成了现在这个样子，街区之王。

好长一阵子里，他始终不吭声，足足有抽了两支烟、
喝了两杯咖啡的时间，然后，他转身朝向他们，以一种坚
定的语调对他们说：

"这样吧，我把你们安顿在一个保险的地方，我的一
个店铺里，离这里很近，同时我去打听你们朋友的消息。
然后，我们见机行事。"

随之，他眼神中露出一丝微笑："你们将送我什么，来报答我的辛苦？"

柯阿从他布尔呢的一个秘密衣兜里掏出一块布，把它展开，拿出里面的一张纸，把它递给陀兹。陀兹读了纸上的内容，瞧了瞧他们，爆发出一阵脆生生的大笑。他把那张纸塞进桌子的抽屉中，说："谢谢，这是一份很珍贵的礼物，它将补充我漂亮圣物的收藏。好的，现在我该出门去了，我有个顾客要见……来吧，我把你们安顿在这上面……请不要出大声，也不要太靠近窗户……我傍晚就回来……夜幕降临时，我就带你们去货栈。"

说着，他穿上凉鞋，披上布尔呢，消失在尘埃滚滚的街道上。他的举动中带有某种鬼鬼祟祟，令人遐想无限，但同时，在他身上的一切又都那么细腻微妙，这就抹却了事情的诡秘。

两位朋友趁此机会察看了一番这位神秘又好客的陀兹的住所。他们迷惘了，他们所见的一切，同样都来自另一个星球。如何命名这些物件？用哪种语言？如同在店铺的后堂，这里也有一张桌子，几把椅子，一个橱柜，一些绘画，以及众多很好玩的小饰品。还有其他一些真算得上奇特的物品。如果说，在阔扎巴德，此类住宅有不少的话，那它们全都将属于一些极富有的高贵者，而这些高贵者当然是认识他们的供应者的。陀兹，在整个阿比斯坦，他并不是什么别的人，他就是供应者，他自己就是这样说的。法律上写的是众人平等，而他却是神妙的例外。一个人，在大众之中特立独行，这事情本身就很神秘。民众则对这些独创性一无所知，他们住在自己的招牌底下，一个阴暗的世界，一些废墟般的街区，一些破碎的楼房，一些累垮了的老屋，一些摇摇晃晃的棚屋，一间或两间房，四壁空空，只有一个角落充当方便之处，一切都在地面上做，做饭、吃饭、睡觉。每人有一件布尔呢，缝缝补补到永远，直到有那么一天，它们变成裹尸布；每人有一双凉鞋，使得他们彼此都很相像，像得不能再像了。一个糟糕的过程正在形成，由于不会用新的来补旧的，就用旧的来补旧的。由此，人们尽管在尝试着消除恶，却依然在维持着恶。是的，但在一个旧世界中，去哪里找新思想呢？

傍晚时分，陀兹回来了，依然是那么鬼鬼祟祟。他神色疲倦，若有所思，一屁股倒在椅子上，喝过两杯咖啡，抽过两支烟卷，这才算稍稍缓过劲来，然后出其不意地来到他们面前。他嘴里噏一口烟卷后，鼻子里就冒出烟来，十分兴奋，问了他们一个滑稽的问题：

"你们有没有听说过一个叫德摩克①的？"

"德……蒂姆克？那是什么？"

"一个幽灵……一个秘密组织……谁都不知道……反正，好像有人说起过。"他说，口气中透出某种厌倦，由于无聊，还有猜疑。

阿提和柯阿听得懵里懵懂，面面相觑，有些惊讶，几乎带着畏惧。他们意识到，发现世界，就是进入复杂性之中，就是感觉到宇宙是一个黑洞，而神秘、危险和死亡就在那里头涌出；就是发现实际上只有复杂性切实存在，而表象世界和简单性只不过是它的伪装服。因此，理解是不可能的，复杂性总会找到最诱人的简单化来阻碍它。

阿提仿佛有了一种灵感……一些回忆回归到他的记忆中……疗养院……寒冷、孤独、饥饿……还有睡梦中的谵妄……是的，他都回想起来了……消失在几乎高达云天的那地方的旅队，就在高峰与深谷的交叉网眼中，在那实在不知道是什么玩意儿的后面……一个边界……一条想象之线……被酷刑折磨和杀害的士兵……众人的沉默……他们并不说话，因为他们从来就不说话，因为他们什么都不知道，并且没有任何办法来知道……然而，在这些失踪、杀戮，这一充满威胁的氛围背后，致命地站立着某种东

---

① 原文为"Démoc"。

西，某个人……一个影子……一个幽灵……一个意愿……一个秘密组织……而德摩克……蒂姆克，莫非就是这个东西，就是这个人？阿提确信听到过这个词，或者跟它相像的某个东西……但这是病人的一种胡说八道……有人说到过……德穆……德摩克……歹魔[①]？……他同样也说到了酷刑……但不知道这个词意味着什么……

夜幕降临之际，陀兹带他们来到货栈，它并不像主人声称的那样只有两步远，而是处在街区的另一端。他们走的是一条迷宫般的绕弯的曲线，根本就不合乎人类的思维逻辑。在一个迷宫中，通常都有大智慧，而在这里却没有，道路随风而行，变化多端……黑暗紧紧裹挟住他们，满街的荒凉，远处，不时会匆匆闪过几条黑影。陀兹凭着本能在前引导。瞧，就是那里。这惨淡的地方，这阴郁的大众，这是货栈，一个立方体建筑，一个混凝土的基底，托起一大批铁锈斑斑的铁皮板。远远看去，只能辨认出一片没有月光的天空，稀稀朗朗的几颗星星。天空底下，左边有一些鬼影幢幢的阁楼，右边也同样多，中间像三明治一样夹着一条灰尘仆仆的街，几家子野狗野猫慢吞吞地溜达着，被饥饿、瘰病和种种糟糕的打击折腾得疲惫不堪，

---

① "德穆……德摩克……歹魔"的原文分别为"démo… démoc… démon"。

就像阔扎巴德所有的猫和狗那样。远远地，或近处边上，听得到某种神奇的声音，一个婴儿在哭闹，一个女人在哼唱摇篮曲。陀兹打开门，一记金属的响声回传过来。他划燃一根火柴，一些巨大的影子从黑暗中猛地跳出来，开始在墙上疯狂地舞动荡漾。一股带霉味的空气朝他们扑面吹来，那是一种复杂的气味：腐烂、生锈、发酵、死掉的小虫子、霉烂了的小物件。他划燃另一根火柴，点亮了一支插在沉重的烛台上的蜡烛。一丝可怜的光芒升腾起来，黄里带黑，与摇摇晃晃的黑暗为邻。各处都堆放着家具器皿，箱子啦，袋子啦，木桶啦，机器啦，雕像啦，坛坛瓮瓮啦，盒子匣子啦，里面装满了小玩意。尽头有一部金属楼梯，楼梯之上，是相邻的两个房间，天花板很低。在第二个房间里，一个柳条筐里装着杯盏碗碟，靠墙立着一个大箱子，还有一条长凳，架子上堆了一些毯子。一个角落里，有一个装满水的桶，边上是一个夜壶。外墙上有一个气窗，被陀兹用一块破布堵上了。把他们安顿下来后，陀兹对他们说："我的代理名叫穆，晚上会给你们带吃的来。没有人会注意他来回奔波，他知道该怎样隐蔽。他会把篮筐放在货栈入口的一个角落里。不要跟他说话，他是聋子，头脑也简单。你们一定要谨慎，千万不要出门，也别给任何人开门。间谍们无事瞎忙，焦头烂额，他们很想在你们背后弄一点点小钱……有人在鼓动他们：机构局的一个穆阿福①，区里的一位警长……或者某个高位者。"

临走之前，他又补充说："请耐心……我必须证明我的谨慎，事情很微妙……很微妙。"

两个朋友摸摸索索地勘察了一番这地方，只有伸出双手，才能捅破黑暗。

货栈面目凄惨，常年以来，它一定经历了千百次摇摇欲坠的威胁，到处都在晃里晃荡地摇，吱嘎吱嘎地响。荒凉萧瑟之外，还要加上一派古旧破败。陀兹爱惜它如同疼爱珍宝，在他眼中，物品唯其古老才有价值，而价值则与物件的年头密切相关。他之所以采集那么多，那都是为了售卖。他之所以能卖得出，那是因为有买家，不过，这就是另一个奥秘了。"奥秘"是最常返回到他们头脑中的一个词。

这一夜，他们睡得很香。太多的疲劳、紧张、期待，还有空气中那么多的谜。

当阿提忆及在疗养院度过的那段悠长的死寂时光，他又听到了那些嗓音从远方传来。夜空中的某处，一个婴儿在哭闹，一个女人嗓音悦耳地唱着摇篮曲。他在睡梦中自言道，生活并没有死绝。

_____

① 原文为"mouaf"。

　　等待遥遥无期。没完没了的8天时间在最完美的空白中度过。两个朋友当初忧心忡忡，每时每刻都在自问，陀兹是否把他们给忘了，或者他的打探在什么地方陷入了泥坑。那天晚上，圣日的第7次祈祷时刻，他们好不容易才听到忠诚的穆匆匆进入货栈，把他的篮筐连同一个水箱放下后，就悄无声息地消失了。在这时候，他们才稍稍放下心来，知道那个主人并没有忘记他们，至少没有忘记他们的日常吃喝。一旦品尝过阔扎巴德艰难的欢乐，他们便能毫无困难地想象。仅仅是进入阿比府这件事，便是多大的功绩了！要向那些机器般的人提问，根本就是不可能的事。他们根本不知道，其实只要他们想，他们就能说话，还能接近那些看不见的和十分可疑的头头，并从他们那里骗取秘密。但陀兹毕竟是陀兹，对于他，所谓的不可能根本就不存在。

　　很快，只用了一天或两天时间，他们就学会了像古人那样生活，坐在椅子上，目不眩头不晕，端端正正地坐在饭桌前，在各人自己的盘子中吃他们还叫不上名称来的食物，也不知道那些食物是无碍的还是致命的，是合法的还

187

是非法的。他们还学会了喝咖啡，那咖啡喝了之后能让他们一整夜都醒着不合眼，像猫头鹰似的精神抖擞。然而，他们已经开始强烈怀念起本民族的主食稀饼来了。有时，当微风从家乡方向刮来，它那热腾腾的香料味从小巷子里升起，挠得他们的鼻孔痒痒的。于是，他们就微微地打开气窗，尽量地多闻几鼻子这美妙的香味，痛痛快快地打几个喷嚏。有时候，肉菜的香味会从对面的茅屋中飘出，而夜晚的静谧则强化了种种声响，把婴儿的哭叫以及忠实地陪伴那哭闹的美妙歌声送到他们的耳边。

　　一个曙光初照、气清神爽的早上，他们看到了一直只闻其妙音不见其倩影的那个女人，她出现在了院子里，10平方西卡司的水泥地上，一个角落里堆放着乱七八糟的旧货；另一个角落里则有一个大水罐，中间是一个水池子，池边上有一口大锅，支在三条腿的架子上，底下是一团木柴烧的火。靠墙那边，立着一棵枯树，上面晾了衣物。那个主妇块头很大，圆溜溜的身材，胖咕咕的乳房白得耀眼，足以滋养整整一大窝小巨人；那婴儿很是安静，因为他的饮食和舒适不会有问题，眼下他正酣睡在挂在树枝上的一个吊篮中。幸福的母亲正蹲在水池旁，开心地洗着衣服，让人看到一个令人无比赏心悦目的臀部。她忙忙碌碌地干着的就是这个，洗尿布和喂嘴。一边洗一边还哼唱一曲浪漫小调，它的叠句差不多是这个样子："你的命

就是我的命，我的命就是你的命，爱就是我们的血。"用
阿比朗语一唱，韵味十足，命说成*vî*，爱是*vii*，而血则是
vy。整个地连起来就成了："*Tivî is mivî i mivî is tivî, i vii
sii nivy*。"当然，爱的宣告是说给阿比的，这一点不应该
弄错，这行美妙的诗出自圣书《噶比尔》第6卷第68章第
412行，但从眼下看，其深切的本意却在别处。忠诚的母
亲有太多的事要做，不会沉迷在宗教中，她的生命和她的
幸福，全都在她的孩儿身上，孩儿是个夜哭郎，只知道用
哭闹来表达诉求。这件事里头还有一个丈夫，两个朋友隐
约见过他一次，一个裹在破旧的布尔呢中来去匆匆的影
子。他晚上回家很晚，他的咳嗽和呛气方式让人听了很难
受，担心他不久后就会窒息而死。这座小小的房子就是家
庭生活的形象，充满同情，充满悲伤。

另外有一天，他们听到了枪声。据判断，他们认为
开枪的地方应该在阿比府雄伟入口方向2查比尔处。然后
又有一记爆炸声（火箭，炸弹，手榴弹？），震得货栈直
颤抖。正一边唱歌一边打扫小院子的那位母亲连半秒钟都
没犹豫，赶紧把婴儿藏进她那抗震的乳房，低下脑袋钻进
房屋，尽管那房屋破得已经不能再破，小小的风暴看也不
看就能把它卷上天空。两个朋友马上想到，大概是离叛者
试图入侵阿比府，或者，为什么不呢？很可能是敌者的一

次回归。但他们很快就忘记了这件事，鸣笛警报在阔扎巴德是家常便饭，警笛响了之后从来都没有过下文。人们通常都会知道事情到了什么地步，这类警报的目的无非就是警告一下那些信仰有问题的坏人，提醒一下他们的职责义务。在《噶布尔》的统治下，信仰要从恐惧开始，要在臣服中继续。人群应该始终聚在一起，朝向光明直行，善者根本无须为恶者付出代价。

烦闷得难以透气，没什么可以缓解一下痛苦。货栈中的内容再怎么令人惊讶都无济于事，根本无法长时间地帮助两人放松一下渴望行动、渴望了解真相的内心。过去的整整好几个月里，阿提和柯阿始终不缺少历险、绝望，还有搅得人心惶惶的盘问，而眼下，软禁和黑暗中被迫的休息倒要比其他的一切都更消耗他们。隐士综合征在窥视他们。反应吗，当然要有所反应，但如何反应呢？

隐藏的第9天，正当他们凄凄惨惨地进食时，一个想法在黑暗中闪现，如此振奋人心，他们当场就采纳了，把冒险和谨慎一股脑儿都扔去见了鬼：他们要出门去透口气，甚至，要一直走到神之城的主门，只为更近地看到雄伟庄严的阿比府。那神圣又无与伦比，神秘又诱人的克伊巴，带着它那金字塔一般的四面坡，坡顶，高入云天处，尤拉之天附近，有着彼佳眼的神奇之眼，永不喘息地巡视着世界以及众生的灵魂。他们还将看到美丽优雅的大摩卡吧，整整30年里，柯阿的祖父摩卡比柯霍就在那里主持典礼。正是在那里，他神奇的嗓音通过强大的扩音器，激奋了好几万麇集在四周的人群，令他们心醉神迷、神情恍惚，把他们统统打发去为尤拉而死。最近3次圣战的大部分部队就是从这里出发的，满耳朵都震响着摩卡比柯霍那英勇的呐喊。

两个朋友心想，他们已经走过那么多路，闯过那么多道奇异疯狂的关，不可能不达到目的地：它就在那儿，触手可及，两三个查比尔的距离而已。想到此，他们的记忆中就生出了在噶布尔学校中学过的四行诗形式的一段箴言：

从心底里拜在克伊巴脚下
衷心发誓忠诚于阿比
死亡临头赎补大小千百罪孽。
轻松的灵魂回归尤拉。

柯阿清楚地回忆起神圣话语学校的同学们——高贵君主和极富商人的子弟，真的是一些见鬼的戏仿者，竟从这段箴言中提炼出一篇淫荡的歌词。终于有一天，恶劣的行径给他们带来了好一顿公正的惩罚，千百下绸布鞭子狠狠地落到他们的身上：

从心底里拉动基凯特①
衷心脱衣裸体玩弹丸
死咬住球拍追捕大小艰难。
轻松的鸡巴归入肉鞘。

他们为之哄堂大笑，还有别的什么呢？在这些生动活泼的诗行中，既没有渎圣，也没有谎话。

如同影子，他们滑入黑暗中。某处，一条狗在狂叫，人们猜想，它定是在向它忠实的小小敌人承诺死亡。那敌人，无疑踞于高位，越来越远地回答以简短而无辜的喵喵声。

他们靠近了那栋小房子，被它的哭声和爱情歌声迷住。他们停在了那里，如在一个梦中，听着家庭生活的美妙呼噜，感觉着它亲和的温暖，嗅闻它温馨巢穴的清香气味。

麻木在发出威胁，于是喷了喷鼻息，继续走他们的路。

---

① 原文为"kikete"。

远处，一个破烂不堪的建筑的屋檐底下，有一个集市，那房屋似乎是或曾经是一个米德拉，或是一个索库①，他们看到一大帮人在争论什么，强抑住某种热情，唾沫星子乱飞。那帮人有的带一个口袋，有的带一个篮筐，有的一个褡裢，有的一个板条箱，互相交换得十分敏捷，一眨眼的工夫，就从一只手转到了另一只手。往后十步远，东一处西一处，有一些黑影子背靠着墙，那是一些打手，出于戒备和安全考虑，都戴着很大的帽子。毫无疑问，这是一个有组织的黑市，经验老到的专业人士、商人、窝主、走私者的大杂烩。他们当中，也有一些离叛者，到处都是，什么都干，有做生意的才能，总是赶在其他人之前拍板；走私行为限于一个小圈子内，它是隔离区唯一的经济来源，干这行的都是从父到子，世代相传。但他们又怎能老远地一路折腾而不被抓住？他们的气味和夜鸟般的目光很容易把他们泄露。

两个朋友走着他们的路，他们没什么可卖，也没什么要买，无需有任何烦恼。

刚拐过一个弯去，惊奇就在前方1查比尔远的地方等

---

① 原文为"soku"。

着他们。庞大宏伟的、震撼人心的视象：终于看到了唯一的、无与伦比的神之城，克伊巴，大摩卡吧，阿比府，大地之上信仰者们无比强大的政府。万分激动！这里是世界与宇宙的中央，是一切出发和一切到达之点，是神圣与权力的心脏，是磁极，全体人民与每个个体都要转向它，赞美他们的创造主，欢呼他的代表。

这地方，氛围是那般神秘，深邃无比，一个坚定的无神论者到此也会立即失去理智，信仰会夺取他的身心，让他摆脱一切无用的虚荣，双膝跪地，以额抵地；他会颤颤巍巍地哭泣着听到自己说出信念："唯有尤拉为神，阿比是他的使节。"这会让他成为最有信仰者中的一位。他，作为一个人，无论是幸福的信仰者，还是不幸的鬼魂，根本就没有这话该怎么说的问题。对尤拉和阿比之间的关系他根本就无所谓，这完全是件个人的事。尤拉创造了阿比，而阿比接纳了尤拉，或者相反，一切都停在了这里。

阿提和柯阿感觉被这庄严雄伟所压垮，一切都那么巨硕、庞大，超出了人类的维度。在要塞脚下，伸展开一个无边无际的广场，光照明亮，有些耀眼，刺得谁都不敢拿目光来直视。满地半透明的石板，带有各种不同深浅的绿色；足足有1000多平方海克托西卡司，它拥有崇信广场的美名。城门入口以一个巨石拱门为标志，叫做首日大拱门，它的圆穹高耸入云。石柱也是同样，宽达60西卡司，圆穹底下有300西卡司高，呈叠瓦鳞片状排列在法老式的围墙中。那围墙环绕神之城——珍奇无比的克伊巴、阿比府、大摩卡吧——以及巍峨壮观的阿比府卫队军营，更远处，则是公务员们的住宅区，隐藏在自身的杂乱无章中，通过看不见的隧道与城市相连。世界的一切实质就在于此，浓缩在这不可撼动的城墙中：永恒、强力、威严和神秘。凡人的世界在别处，有朝一日，它兴许会存在。

另外的惊喜：广场上黑压压的一片，人山人海，两个朋友从来就没有见过那么多的人，即便在梦里也没有见过。它从来就是如此，夜以继日，年复一年。人们从阿比斯坦的60个省份成群结队地赶来，或步行，或乘火车，或坐卡车，到了关口得受严格检查、计数、暂时扣押。人群被分为三大方队，由带金属障碍物的通道分隔开，通道中有沙乌什在巡逻，恰如领主在封地上转悠，他们带有鞭子和拷付①，还有神启之前生产的冲锋枪：首先，朝拜者方队（大约几万人）来到克伊巴的脚下沉思默想，然后再上路，前往遥远的朝圣地；随后，就是申请者、公务员、商人以及普通公民的方队（好几万人），都带着文件，等待

---

① 原文为"kovs"。

着轮到他们进入阿比府，好去往某个部或某个行政机关；最后是第三大拨，被拦在广场边上的闲逛者和孩子们对他们很是艳羡。这是志愿者方队（好几千人），有一些前来要求立即出发去前线，另一些则来注册，报名参加下一次圣战。他们更愿意从战争一开始就参与，以享受完整的欢乐。四面八方，到处都人声鼎沸，充满了创造活力，令沙乌什都莫名其妙，有卖快餐的，有卖水的，有出租毯子的，有洗衣服的，有治头疼脑热的，有孩子在排队的队伍中卖号，或者替人排队占号。毕竟，等待有时候会持续好几个星期，好几个月。这里，不分白天黑夜的，一年到头都那么人潮汹涌。队列中流传着种种传说，编造出来无非就是为了消磨时间。人们常常说到那个老人在申请者队伍中风尘仆仆地度过了一年，等来到接待窗口时，竟然记不得自己是为什么而来的了。没有目的，就没有接待票。老人的忘性很大，却并不傻，他当即就高价拍卖了他排队的号。买到了这个号的，是一个极富的商人，他忙得无法多离开自己的生意一天，已经急得火烧火燎。健忘的老人发了这笔横财后，居然给自己买了一栋房屋，结了他的第7次婚，娶的是一个刚来第一次月经的9岁的乖乖小姑娘，后来那姑娘给他生了7个还是11个漂亮的孩子，老人则安享了晚年。临终时刻，他躺在床上，没有人来问他任何事，但一瞬间里他回想起来，有那么一天，他曾突发奇想，去排队申请某一件事，而只为这一小小的申请，他后来得到了很多。他好像是去申请住宅……或者工作……或者紧急援助……时间长达一年……兴许10年或30年。

　　两个朋友得知，还存在着第四个方队，在东边，1查比尔远的地方，阴暗而又寂静，那是囚徒的方队，好几千人，成百上千地拴在一起，等着受到祝福，并打发去前线。有一些是战俘，从敌者那里俘虏过来的，他们拒绝去死亡集中营，便选择了改宗，相信《噶布尔》，并重返前线，但这一次是站对了队伍；另一些是阿比斯坦的死囚犯、恶棍流氓、叛逆造反者、大路上的强盗，他们拒绝去竞技场伏法或去集中营寻死，便选择成为神风敢死队员，被派往最前线，与敌人同归于尽。被纳入这一方队是一种幸运，并不是所有的死囚都能获得这一特许之恩（离叛者更是没有指望），只有那些表达出真正愿意，以尤拉和阿比的名义，为阿比斯坦效劳的人才有获准的希望。这是一个在大街看热闹的老人告诉阿提和柯阿的，他说他自己就有一个儿子逃脱了竞技场上的一死，参加了志愿队，向敌者打招呼问安去了。"他作为烈士而献身，这就让我享受到一笔抚恤金，有特权进入国营商店。"他一边这样骄傲地说，一边哈哈大笑起来。

阿提对他的朋友和旅伴纳斯有一个很动人的想法。在这里，他活在崇高与神秘中，在黑色疯狂和绝对奴役中。他成了什么？他又在哪里？阿提把了解的希望寄托在陀兹身上，他就是来帮助他的。

一个男人凑到他们跟前，一个职业老手：摆出一副真诚又高效的走私者神态，以假乱真得连自己的母亲都骗得过去。他观察他们已有好一段时间了，这两个朋友也注意到了他。他对他们说：

"假如你们想在等待队伍中得到一个有利的排号，我可以为你们提供……你们只要付我朋友价就行。"

"行了，我的老兄，我们只是看热闹的……"

"我还可以为你们弄到证件、约会、难找的产品，以及各种各样的消息……"

"那好，我们来看看……你知不知道一个叫纳斯的人？他在阿比府工作，做考古的。"

那提供服务生意的人微微一笑，仿佛他正准备揭示一个重大秘密：

"你们到底想知道什么？"

"关于他，你能告诉我们的一切。"

"还有呢？"

"比如，他住哪里？我们想见见他……"

"先预付我一点钱，你们明天再来，就会有消息的……再多加一点钱，我会带你们去他家，甚至还能把他带到这里来。"

两个朋友很快就厌倦了表演"谁更狡猾"的游戏。该回货栈了，得在天亮之前赶回去，间谍们正虎视眈眈地窥伺着呢！

刚走了十来步，他们就仿佛受到了第六感的警告，仿佛在他们冒着危险穿越阔扎巴德的荒唐之行期间，这种第六感在他们身上变得尤其灵敏。他们调转身子，看到一个商贩正伸出手指头，向巡逻队朝他们指指点点呢！原来，这商贩同时是个间谍，一个告密者。

他们一秒钟都没敢耽搁，撒开腿就跑。沙乌什也没有犹豫，高声叫嚷，拔出枪来，警戒四面。阿提对柯阿喊道："我们分头跑……你朝左，快跑……我们到货栈聚齐……快跑……快！"

A19那迷宫般又窄又黑的街道对他们很有利，但追踪者人数很多，而且在离开看热闹的人群时得到了增援。

在第一个拐角，黑夜吞没了他们。

他们听到枪声响起，但越来越远，然后……一切归于平静。

　　阿提拼尽全力地跑着，一个小时，两个小时。他的两脚实在太难受了，他那害过瘰疬的肺像是在着火。他跑进了一条狭窄的死胡同，瘫倒在一大堆垃圾后面，只见有十来只凶神恶煞般的公猫坚定地看守着它们的地盘。它们在他耳边喘着气，露出了獠牙和利爪，然后，见他是那么可怜，便重新在它们那个食品柜的顶上蹲了下来。

　　一个钟头之后，阿提继续赶路，步履蹒跚，东倒西歪，走到货栈的时候，摩卡吧已经开始敲钟，召唤信仰者作圣日的第一次祈祷。4点钟了。在城市的另一端，夜空迎来了第一丝曙光。阿提回到他睡觉的窝，卷在毯子中，睡着了。他勉强还有时间想到，柯阿也应该会毫不耽误地脱身。他将幸福地看到他的朋友平安返回，跟什么事都没有发生过似的打起瞌睡来。

太阳还没有完全从夜色中显露出来，陀兹突然来到货栈中，二话不说就把阿提从可怕的噩梦中提出来。后者猛地从卧铺中跳起，仿佛有10个沙乌什扑到了他身上，要把他掐死。他根本来不及恢复镇定，便又重新落入绝望之中：他一眼便看到，柯阿还没回来，铺位是空的！

"醒醒吧，见鬼，醒醒吧！"陀兹喊道。

陀兹可不是那种会在争论中昏头的人，他非常冷静，抓住阿提的衣领，狠狠地晃着，嗓音中透出某种威严，足以让一队叛逆的人乖乖服从。

"你坐下，告诉我都发生了什么事！"

"我……嗯……我们出去透了透气……我们一直走到了阿比府……"

"这就是结果，整个街区都戒严了，沙乌什到处搜查，人们纷纷检举揭发……真没必要这样……"

"很遗憾……柯阿……您有什么消息吗？"

"眼下还没有……我把你安顿到别处吧！货栈不再安全了……现在根本不可能出去，快藏到一个储藏室中去。那是我为藏一些奇货在楼下一道假墙后面修的……不是今晚就是明天，就会有人来接你，把你带到另一个隐藏点……他叫戴尔，你就跟他走，什么都别问……好的，我走了，我还有些事要安排。"

"那柯阿呢？"

"我会去打听的……假如他被沙乌什抓住或杀死了，我马上就会知道。不然，那就得等待了……说不定他躲在了什么地方，他最终会露面的……说不定已经死在了一条深沟中，他的尸体将很快被发现。"

阿提两手抱住脑袋，嚎啕大哭。他在怨自己，他要对这一切负责，他意识到自己对柯阿施加了一种有害的影响，甚至从来没有尝试一下去阻止柯阿的自然热情。更糟糕的是，他还利用了柯阿的天真，用招兵买马者的那一套话语煽风点火，论说善恶，探究真相。柯阿又怎么能扛得住？他生来就是个叛逆者，只需要找到一个理由。

阿提像没头苍蝇似的在货栈中转悠，注意并牢牢记住了棚屋壁板上所有的空洞和缝隙，一有细微的声响从外面传来，他就跑去那里，想从中窥见发生了什么，并立即返回他的藏身处。透过气窗望出去，他在对面小房子的窗户后发现了一个影子，一个心宽体胖的女人的身影。他看了不禁心中一惊，因为她正在瞧他，把他指给她身后的一个人看。他身子猛地向后一仰，但他竭力安慰自己，对自己说：这只是一种印象，一个幻觉视象，那善良的母亲是一个天真的女人，闲逛时只关心自己的家务事。是气窗玻璃上的一道反光吸引了她的注意力，或者她正指着什么东西给她的婴儿看，逗他玩：一片形状滑稽可笑的云彩，从窗台上溜过的一条蜥蜴，一只正在棚屋的漏雨管上乖乖梳妆的鸽子。

他又走下楼来，把自己关进储藏室，试图作几次深呼吸，以平息狂乱的心跳，抑制住恐惧。他心中十分难受，而他的肉体就是一道活生生的伤疤。很快，他就停止了呼吸，沉湎于一种严重的麻木中。

他的白天就这样过去了，介乎于神经质的睡眠、深深的死亡和半无意识之间。

他醒过来时，天光已经转暗，一派忧伤的昏黄暮色，棚屋的嘎吱嘎吱声更是增添了阴暗惨淡。他试图站起来，但四肢根本就不听使唤，腿脚上好像爬满了蚂蚁，他的精神已经死去，被痛苦所麻痹。

时间分分秒秒地撒落，他的脑瓜中一个遥远的嗓音在不知疲倦地重复道：站——起——来……站——起——来……站——起——来……站——起……它终于达到了一个敏感点，接触上了，于是他微微睁开了眼睛，一点点光线进入了他的脑子里……一阵尖锐的痛感掠过他的全身，与此同时，那嗓音变得急促起来：站——起——来……你还活着，见鬼……准备好……

他使劲一撑，挺起身，开始一拐一拐地走动，从棚屋的一头走到另一头，以驱赶腿脚上的蚂蚁，并且让头脑凉快凉快。

他脑子里猛地一激灵，一口就喝空了头一天剩下的那壶咖啡。他需要思考，看来，有个东西不行了，甚至还是好几个呢！

他把发生的事情像过电影那样在头脑中过了一遍。他先是明白了，自己跟柯阿有多么莽撞。当然，他是事后才看出显然性来的，崇信广场处在密切的监视之下，到处都布设了摄像头，有保持高度警惕的沙乌什侦探和间谍，不会不那样的，那毕竟是个敏感之地。另外，当人们在一个充满暴政和最邪性的虔诚世界中形成了一种无法无天、无视宗教的生活习惯后，在他们的言行举止、音容笑貌中，必然会有一种不那么正常的小小东西，一眼就能看出来，一下就能听出来，一行动就会露馅，就会碍事。从这一点来看，这两个朋友是最为异端、最不守法的。此外，假如你对被特别法认定为阿比斯坦主要敌人的某个纳斯之类的人感兴趣，那你自己肯定是有嫌疑的，你本人就会是阿比斯坦的一个大敌。问题就在这里：究竟是因为他们俩有一种异国气质，那个商贩才注意到了他们，并把他们指认给巡逻队，且不论他这样做是出于什么目的，还是因为他们俩对纳斯产生了兴趣，才被人揭发的？这样的话，就有一个问题提了出来：那个靠小小的黑市生意谋生的可怜鬼，在神之城熙熙攘攘的边缘挤来挤去、绵羊般的人群中的小小一员，又是如何知道纳斯的存在的呢？一个考古学家又不会奔走在大街上，纳斯只是个普普通通的公务员，跟阿比府的15万职员一样。还有更奇怪的呢：他又怎么知道，这个纳斯牵涉到一桩最机密的国家事务，他所触犯的，足以让他被抓，被遣送，被杀？难道这小小的走私者实际上是一个大侦探，或者是机构局中某个特别分支，跟公正博爱会有关的某个帮派的小头头？当他举起手指指认阿提和柯阿时，他是不是给巡逻队下了一道命令，或者，这家伙只是巡逻队的一条走狗，想从上司那里赢得一点点青睐？兴许，很久以来他就在跟踪他们……是的，无疑……从他们离开货栈的那一刻起……甚至还要更早，当他们来到陀兹家里时……或者当他们在老鼠洞集市上打听纳斯的消息时……说不定，在那之前，当他们穿越阔扎巴德时，就有一些影子盯上了他们，接力赛似的从一个街区跟踪到另一个街区，直到把接力棒交到那家伙手上……兴许还要再更早……很久以前……从他们在隔离区转悠时起，就被吉尔德的一个探子或某个偶尔也替反离叛机构工作的离叛者告发了……对阿提来说或许还要更早，从他走出疗养院，来到阔扎巴德起……他看到自己难以解释地被赏赐了一个小公务员的职位，还有一栋很气派的住宅楼里的一个住所……他清清楚楚地记得，当时大夫在他的出院单底下写下了"需监视"，还画了两道线以示强调。但真正的问题总是不断冒出：这是为什么？在他们眼中，阿提到底是什么人，值得被这样监视？

至于柯阿，自从他离开家庭的那天起，应该就受到了严密监视。他的姓名使他成了一个偶像，一件收藏品。他是制度的孩子，而制度则监护着自家的人。守护天使对他可谓关怀备至，格外照顾，盯得死死的，尤其因为他们知道他放荡不羁，是德高望重的摩卡比柯霍家庭中的叛逆者。

假如人们睁开眼睛，那么，一切都显而易见，事情严丝合缝，丝毫没有走样。

突然，一个更严峻的问题提了出来：陀兹怎么会那么快就知道了在神之城周边发生的事？因为那时只有故事的主人公在场，就是说，除了阿提和柯阿，便是指认他们的那个小小走私者，另外还有后来追捕他们的巡逻队。是谁告诉他的？是揭发者还是巡逻队？怎么告诉的？为什么？而假如这些人的目的就是要抓住他们，杀死他们，那为什么还要等上那么长时间？为什么要一直等到现在？

一切都简化为这个唯一的问题：陀兹到底是什么人？

怀疑的机器一旦发动，就停不下来了。没多长时间，阿提就发现有一千个意外的问题向他袭来，突然觉得背脊凉飕飕的，因为他意识到了问题的严重性：他必须做出重要决定，却不知道该如何抉择，也不知道自己是不是有力量和勇气去付诸实践。没有了柯阿，他晕头转向，几个月来，他们俩始终都是共同思考，共同行动，以共同的智谋来对付共同的难题，像是一对须臾不可分离的双胞胎。现在他觉得形单影只，孤独无力，脑子不转，举步维艰。

突然，怀疑迈出了新的一步，极其意外，由此表明，对于他，没有什么是神圣的，并不存在什么特许，也没有例外，但不好这样设想，不能这么想，阿提只想呕吐，只想怒吼，只想拿脑袋撞墙……那阴险可恶的小小嗓音谈到了……柯阿……兄弟，朋友，同伴，同谋！他听到它在对他喃喃说道："没什么能证明，这个优秀的年轻人不是被派来骗取他的友谊的，他做得极其成功……"但那又是出于什么目的呢？我是阿提，无足轻重，一个可怜鬼而已，在这个对他来说过于完美的世界中难以生存……我又有什么价值，值得国家或我不知道的什么东西花费那么多时间和精力来监视我？……你什么都不说吗？……"啊，亲爱的阿提，你真是好健忘……你知道的，你在疗养院时就久久地想过，在那里，在世界的屋脊……很长很长时间以来，判断和反抗精神从大地上消失，它被驱除了，沼泽上空飘荡的就只剩下屈服和阴谋的腐烂魂灵……人是熟睡的绵羊，应该继续如此，不该去打扰他们……然而，在阿比斯坦这燎烧过的荒原中，人们发现一个小小的自由之根，在一个精疲力竭的结核病人发烧的头脑中长出，它顶住寒冷，扛住孤独，抵住巅峰深渊般的恐惧，短短的时间里发出千百个大逆不道的问题。要记住，这才是重要的，怀疑及其相对应者的繁茂本质，提问，质疑，你以暗示和哑默的方式向你周围提出的这些问题，那些从来没有提过问题，耳朵却极端敏感的人完全听得见。你，你团团转圈地提问，伴随着词语的是疑虑的目光，病人们、护士们、朝圣者们、行旅的商人们以及所有额外的听者们全都听见了，也都转述了，而监听办公室也小心翼翼地注意到了……还别忘了，V在夜以继日地挖掘你的脑瓜……这棵疯狂的野草，人们并不会马上揪掉它，相反会格外关注它，想知道它到底是什么，它从哪里来，会一直走向哪里……那些杀死自由的人不知道自由是什么。实际上，他们比那些被堵住嘴、被弄失踪的人更不自由……但他们至少还明白，只有让你自由行动，他们才会弄明白；只有看到你自己在学习，他们才能真正学到……你明白了，朋友，你是实验室里那只具有非凡经验的小白鼠：大暴政统治者会从你这里，从你这无关紧要的小小好人这里学到什么是自由！……真叫人抓狂！……人们最终会杀死你，当然，自由在他们的世界中是一条死亡之路，它冒犯，它亵渎，它大不敬。即便是那些握有绝对权力的人，也不可能走回头路。他们是制度的囚徒，是他们为统治世界而创造的那些神话的囚徒。他们把自己变成了学说教条的忠诚卫士，成了极权机器的热忱奴仆。

"最蹊跷的一件事是，某一天，在机构局心脏的某处，某个人，想必是个高官，读着随机抽取的一份报告——而那样毫无意义的报告实在是多如牛毛，机构会源源不断地收到，成吨成吨地积累——并对自己说：'瞧，瞧……好一个不识抬举的人！'通过研究由一个活在尘埃和厌烦中的抄录者撰写的解释文字，通过全力发动一个小小的紧急调查，他终于做出了让他自己都大吃一惊的结论，他发现了一个自由电子，这在阿比斯坦的宇宙中简直是不可思议的：'此人是个新型的疯子，或是一个突变者，他携带了一种很久以来就消失了的争辩精神，必须好好研究他。'由于总是有人在嫉妒他的发现成果，想从中得到好处，他得以产生一个想法，要以此人的名字来命名一种新的心灵疾病，并且在阿比斯坦历史的书籍中占据几行文字。他恐怕会想到诸如'阿提的异端邪说'或者'西恩的偏差'之类的东西，既然机构局最害怕的不是什么别的，就是这异端和偏离。

　　"这个满脑子疯狂念头的反叛突变者，这个可能携带一种新的恶的人，就是你。亲爱的阿提，我几乎可以肯定，你的档案在机构局，甚至在公正博爱会的关注等级中会提得很高。在那个水平上，智慧是不缺的，只会过多，只不过它瞌睡了，他们强调的从来都只是陈旧、腐臭和满是灰尘的东西。现在有新东西要来唤醒他们，刺激他们，信号已经亮起，一个恐怕会颠覆阿比斯坦基本真相的革命村庄被发现，马上就为这符号赋予了一种特别意义。你与纳斯的相遇本身就如此的不可能……一个像你这样微不足道的人，会遇见他那样的著名考古学者，还能从他那里获取那么危险的信任，那又是何等的运气？更奇怪的是，这相遇还只是个偶然事件，就是说，它写在生命的深刻动力之中，要让相似者归于相似，相反者归于相反；迟早有一天，小小的水滴会融入大海，灰土的细粒会归于尘埃；换句话说，这是自由和真理的相遇。自从阿比以屈从与赞赏原则完善了世界之后，这一情况就从来没有发生过。公正博爱会始终畏惧却又无法命名的，就在于此，在胚胎状的竞技场上，由一个隐遁在阿比斯坦最偏僻之地的病人，以及一个对自己该做之事十分谨慎的公务员所携带。"

　　但是，想念一件事并不等于相信它。阿提取笑这一点，那都是病人的想法，一拍脑袋得出的随意设想，抓头挠耳时说的胡话，太过邪性，而不可能是真的。独裁根本就不需要去学，它自然知道它该知道的一切，它根本就不需要先寻找什么动机而后再打击，它会随意地出手攻击。它的力量就在于此，它最大限度地增强它所激起的恐怖和所受到的尊敬。独裁者总是马后炮地审案子，受惩罚者往往早已承认自己的罪行，并显得很感激他的行刑者。在目前的情形中，身旁就有目标：阿提和柯阿会被宣布为马库夫，跟巴里斯的邪恶帮会有千丝万缕的关系。谁去竞技场，谁必定就是一个罪人。因为人民知道，神主从来不会凌辱一个无辜者，尤拉是公正和强大的。

很晚了。陀兹的经纪人戴尔还没有来。阿提匆匆吃了头一天的剩饭，躺进了被窝中。他并没有信仰者的那种信念，但还是全力祈求牺牲者的神，假如这神是存在的，就求他拯救他亲爱的兄弟柯阿吧！

　　白天在厌烦和忧伤中度过。又是一天。阿提把前一天的事一遍又一遍地在脑子里过电影，每一次都找到一粒小小的谷物要磨。这并不能带来什么，但又有什么办法呢，总得让脑子里想点什么吧？他特别挂念柯阿，一种不祥的预感啃噬着他的心。

　　戴尔在第7次祷告的时刻来到。街区的摩卡吧已经吹响了号，催动信仰者们集合。决不能拖拖拉拉的，这次祈祷有某种意义，它标志着白天的结束，夜晚的开始；完全是一个象征。

　　戴尔很不善言辞。在他之前，穆也同样不善言辞。一走进来，他就开始仔细收拾，抹除掉会让人看出有人住在货栈里的蛛丝马迹。他小心翼翼地擦掉痕迹，就像猎人在安设好圈套之后那样，把残渣剩饭装了满满一口袋，将它系紧，扔到肩膀上，然后，最后瞟了一眼货栈，就让阿提跟着他走，让他装作若无其事的样子，若即若离地跟在他身后15~20西卡司的距离。

　　他们稳稳当当地走了很长时间，尽量避开有摩卡吧的地方，因为那里总是聚集着很多无所事事的人，总会有人招呼行人过去参与他们漂亮的会话。一开始，路上尽是高

高低低的垃圾堆，一迈步，肩膀上的口袋便左右乱晃。一
来到差强人意的道路上，戴尔和阿提就藏身于一个能通车
马的门洞里，静静地等待着。只听得左边有猫儿喵喵叫，
右边有狗儿汪汪叫。头顶，一轮明月照耀着，并无太多的
信念，地上忽明忽暗，万物若隐若现。路边的房屋中散发
出稀饵和热饼的气味，飘得满街都是。幸福的人们啊！

　　一个小时之后，两道车灯的光亮穿透了地平线上的夜
空。汽车开近之后，便眨动起车灯打招呼，而戴尔则站到
马路中央，回报以使劲挥舞胳膊的动作。汽车停在了他跟
前。静谧，庞大，威武，这是一辆绿色的官方汽车，前挡
泥板上插有小旗帜，还画着一位尊贵者的家族纹章。傲气
的还有：谁又敢站在路上挡它的道啊？司机打开车门，请
阿提上车。何等的荣耀，何等难以理解的荣耀！戴尔的使
命结束了，他掉转脚跟，一言不发地消失在了黑夜中。汽
车发动，传来一阵美妙轻柔的嘶嘶声，快速行驶起来。阿
提还是平生第一次坐汽车，而且这辆汽车还出自最好的厩
栏。他自豪地冲自己微笑，在深不可测的不幸中，快速地
奔向幸福。驱车奔驰，那可是特权贵人们完美得不能再完
美的幸福啊！但是很快，他就劝慰自己要平静，要卑贱。
能拥有如此美妙之物的，只有最高等级的官员以及巨富无
比的商人，而毋庸置疑，他们与国家政要勾结串通，往来

密切。从来没有人知道这些梦幻豪车来自哪里，是谁制造，由谁销售。这是一个未被捅破的秘密。因为不知道，人们就说它们来自另一个世界，通过一条非法渠道进入，人们甚至还提到了看不见的边界。马达的歌唱那么温柔，座位那么舒适，驾驶台那么好闻，道路颠簸控制得那么稳当，阿提迅速被睡意征服。他竭力地抵抗着，但扛不了太长时间，就沉入了美妙的瞌睡中，尽管他心中还有一阵阵不安袭来。他们要把他带往哪里？什么样的结局在等待着他？陀兹总是那么奇特，那么故弄玄虚。

当他醒来时，他颇有些惊讶地看到自己正在失重状态下飞翔。汽车一直在飞驰，恰如一枚爱情之箭，以恩宠和肉欲劈开空气。估摸着，它应该驶过了大约100多查比尔。

远处，他看到一片光亮，一个喷泉喷出的水柱高达云霄，把云彩染得如火焰一般。好一派奢侈的景象，在阔扎巴德实在难得一见。电力是定量供应的，而且那么昂贵，只有高级领导人和富商们用得上，前者当然用不着花钱，而后者则把费用转嫁给了顾客。空气很潮湿，有一种黏答答的气味，混杂了盐和别的什么新鲜东西。在夜的深处，升腾起一大股水流在墙上或在岩石上拍碎的声音。那是大海吗？它当真存在？它一直流到了这里？人们真的可以走近它而不被卷走，不被吞没吗？道路没有再延伸多远。汽车经过一个有整整一支军队守卫的巨大无比的大门，进入一片宽阔的公园，林园中有高大威武的乔木，有很浪漫的灌木丛，有大片大片娇媚的花儿，有梦幻般的遮阴藤架，有平整的草坪，有一望无际的池塘。沿着道路，有美轮美奂的灯柱出现并迎来，一根接一根，彼此按距离平均隔开，在黑影中投下一片柔和的光芒。车轮在沙砾上发出沙沙的轻响（要是在白天，他就会看到路面上的沙砾是玫瑰色的）。在安置得很巧妙的探灯的强光照耀下，房子显得威武庄严，从头到尾覆盖了整整一条地平线。它实际上包括了一个中心建筑，一个十分对称和谐的王宫，而左右两侧，隔开有相当的距离，有着不少附属建筑，或大或小，或高或低，或圆形或方形。在它们当中，有个十分漂亮的摩卡吧，装饰着绿色的大理石，粉刷了灰泥，凸显出精工细作的装饰线。林园中，平台上，屋顶或者瞭望塔上，到处都守候有全副武装的卫兵，还有穿着外披一层锁子甲的教士布尔呢的便衣警察，还有一些披挂了铠甲的军人。驯犬员带着可怕的高头大犬四下巡逻，这些大狗不知是什么品种，半是狼狗半是雄狮。远处，一个小丘上，围有铁丝网，竖立着一座大约30西卡司高的高塔，它托举起一系列巨大的金属制品，像是一些鼓，一些锅盖天线，朝向东南西北四个方向，还有一个硕大无比的金属建筑，在不停地自转。

再远处，有着阿提始终梦寐以求想要看个究竟的东西，10个阿比斯坦人中有10个都想看个究竟：飞机。在一个宽阔的棚库前，停着一些飞机，排列得巧妙到位（一架大飞机，一些中型飞机，一些小飞机），还有不少大小不同、形状各异的直升机。以前，他跟很多人一样，只看到过在空中远远飞过的飞机，几个轰隆隆地飞过的小黑点，如今，他终于亲眼看到而非凭空猜想了。引擎，飞鸟，魔力，全息图？朋友乎，敌人乎？眼见的始终为实吗？又如何才能听到那些陌生的声音？那里还有一个更为简陋的飞机库，一个规模惊人、安排得很精巧的汽车广场，小汽车、豪华轿车、卡车、特型车，这些东西来自何方？哪个世界？通过哪条渠道？

阿提的眼睛根本就不够看的。林园广袤无比，汽车又开得很快，它清楚地知道该往哪里去。它在远离中心的一片小楼房前停下，附近看来有二三十栋小楼，一栋比一栋更漂亮，四周种栽的树木修剪得很有艺术。司机请他下车，带他进入一栋白色的平房，上有"15"的字样。这房子包括一个衣帽间，通向一个很大的中央客厅，一个厨房，一个洗澡间以及三个卧室，它们由一条秘密走廊通连。所有的设施都很豪华，室内摆放的各种家具、绘画和小饰品也毫不逊色，那都是陀兹满怀激情和眷恋收集来的。阿提想象不到还会有这样的住所，更想不到自己还能住上这样的地方，还能有这等的美事。在阔扎巴德根本就不兴这一套，人们到这里会感觉不适，别扭，兴许还会感觉不幸。他们喜欢切实感受到脚下的土地，眼前开阔的视野，尤其喜欢一起待在同一个房间里，分享面包和稀饵，以节省热能，用唯一的声音来祈祷，来喋喋不休。

司机告诉阿提说，他将入住这栋小楼房，直到有新的命令下来。厨房里，笔直地站着两个人，身穿白色布尔呢，剪裁得十分挺括。很容易分辨他们，一个黑皮肤，很壮实，塌鼻子，名字叫安科；另一个是小个子，脸色略显苍白，眯缝眼，回答说他名叫克洛。司机则是白皮肤，很优雅，很聪明，名叫海克。他漫不经心地介绍了他们，仿佛在介绍奴仆。每个小楼房里都派了两三个人，他说，他们是随时准备为大人阁下的宾客服务的。安科和克洛向阿提连连点头致意。"大人阁下是谁啊？"他腼腆地问道。司机自命不凡地回答说："大人阁下就是无比尊贵的大人阁下……尊贵者布里！"

细嚼慢咽地吃过一点东西后，阿提躺到了床上，夜里的大部分时间全都消耗在跟自己的想法和恐惧作不懈的斗争。他觉得自己中了圈套，想到了最糟的情况。直至太阳开始在地平线上露脸，疲惫才把他彻底放倒。而几乎是与此同时，他就被摩卡吧的号角声唤醒，那是进行白天第一次祈祷的召唤。阿提还赖在床上回神呢，安科就过来对他说，有一个年轻的教士在门口等着他，要带他去摩卡吧。他就赶紧起来跟着去了。那个摩卡吧里人山人海，每人都占据着自己的地盘：显贵者在头几排，后面是高等行政官，然后按等级来排列，直到最低等的文书；仆役和苦力者是在他们的工作场所内完成祈祷的，卫兵们则在自己的军营中祈祷。他们必须牢记着不忘祈祷，监视无处不在，没有停止过一时一刻，处分对所有人都是相同的，腰部挨上一百棍，重犯者则需加罚。阿提被安排到应邀宾客那一侧。清晨的祈祷很重要，人们蜂拥而来，挤成一团，它标志着黑夜结束，白天开始，整整一个象征。

再后来，他就会知道，无比尊贵的大人阁下有他自己的摩卡吧，就在他的宫中，在他宝座大殿的隔壁。而摩卡比就是大人阁下的总管家，他的一大帮随从，则分别充当庙堂执事、唱报人、辅导员、念咒人、唱经人、诵诗人。圣星期四，当大人阁下不太累时，他便前往大营中的摩卡吧，并亲自主持祈祷。这对当地的人来说，是一种非同寻常的幸运。没有人会不听从召唤。每当轮到他前往阔扎巴德的大摩卡吧，通常被叫作柯霍摩卡吧的那个摩卡吧，去主持星期四的大祈会，他就会带上大队人马，招摇过市，保安措施严格得惊人，让他的整个领土处于一种极端绝望的状态。但他下午的返归是一次更加令人难以忘怀的庆典。每当大人阁下要有好几天不露面时，那他肯定是返回了克伊巴，那里有好几层楼阁，安置了他的内阁、宫室和众多的部门。那时，整个大营就开始蛰伏休眠，夜以继日地为主子的缺席而哭泣。

祈祷结束，那个教士把阿提带往一个巨大无比的建筑，与王宫相邻。"这里是大人阁下的大管家足下维兹所统领的封地的政府机关驻地……他的内阁总管和颇受青睐的顾问拉姆在等候你。"说到"青睐"一词，这位名叫比奥的年轻教士故意提高了嗓门，用了一种并不恰当的开口音。也许他想以这样的强调来暗示，拉姆远不只是得到了他的首领的青睐，他只需要开口说话，就能获得倾听。他们从仆人走的旁门进去，穿过一条长长的地下走廊，来到一个满是楼梯、廊道、办公室的迷宫。一些彼此相像得颇有些奇怪的教士在那里虔诚地忙碌着，在一条宽敞、奢华、静悄悄的通道尽头，比奥为他打开一道通向总管家办公室的门。阿提的观察力因身处危险境地而变得格外敏锐，注意到这个地方的地貌特征得用一种陌生语言的词汇来表达。那种语言精雕细琢，充满了繁杂微妙的文饰，与阿比朗语很不相同，它在其人为地诞生时就想成为一种战斗语言，构思出来是为了灌输僵化、精准、顺从以及对死亡的爱。确实，在阿比斯坦高层的头脑中，有多少怪异的东西啊！那么，在无比尊贵的大人阁下以及在至高无上的大统领的头脑中，到底都怎么啦？甚至都叫人无法想到万能的使者阿比了，在他头脑中，一切都是无可比拟的奥秘和奇迹。

阿提被带进一个房间，里面的家具及其简单，一把扶手椅，一把靠背椅，一张矮桌。比奥的任务完成了，大功告成，他面带微笑，抽身而退。

终于可以轻松一下了。阿提坐到一把扶手椅上，伸开两腿。等待的时间很长。他早就习惯了这一折磨，最近一段时间里，它让他实在是苦不堪言。在疗养院，他就达到了耐心的喜马拉雅巅峰。他学会了等待，进入自己的思想中，一心要破译它们，从中流淌出的是脑袋里的痛和肚子里的怕。

折磨终于结束，一个男子走进房间。一个小个子，很温和，一副和蔼可亲的神态，看不出具体年龄，大概三十郎当岁吧！他穿了一件黑色的布尔呢，这可并不常见。阿提一下子站了起来。那人停在他面前，两手叉腰，像是要戏弄他的样子，久久地盯着他的眼睛。突然，他冲阿提咧嘴露出了笑脸："原来是你呀，阿提！……"他一边拍拍胸脯，一边补充说："是我呀，拉姆！"在他眼睛深处，分明有别的东西，被漂亮的手法所隐藏，是冷淡，兴许是残酷，或仅仅只是空虚，是它给了目光一道令人不安的闪光。

"好吧，请坐下来，听我说，不要打断我！"他命令道，说着把椅子推向扶手椅，坐下来，两腿分开，胳膊肘撑在膝盖上，俯身朝着阿提，像是要跟他说严肃的机密。

"首先，我要开门见山地告诉你，你的朋友纳斯和柯阿已经死了，这固然很让人伤心，但事情就是这样。正是为了不让他们白白死去，我来请你加入我们的行动……具体做什么，我以后再跟你解释。我应该先把好多事情告诉你，让你自己去琢磨。纳斯自杀了，这是官方的结论，发现马布这一地方，似乎彻底震撼了他。我们隐瞒了他的死，免得让他的同事担心，阿比府需要宁静来完成它艰难的使命。这是个错误，人们把事情想象得太糟了。他为什么要自杀，我们实在是不知道。他给妻子留下了一封信，但信写得并不很明确，他只是对她说，对信仰的一个疑问让他苦恼不堪，他无法活在不确信和假象中。他是一个十分正直的人，他就是如此行事的。一天，他失踪了，让他的家人、邻居和同事处于不安之中。人们四处寻找，均无结果。他的妻子丝丽和他的妹妹艾托都很勇敢，她们竭力抗争，想知道真相，但悲剧很快就变成了一个最高层面上的国家事件，即公正博爱会的层面上，保密法掺和了进来。他头脑中都产生了什么，人们将永远不得而知。一天，他突然回到了'他的'村庄。人们不知道是为什么。
为反思，为证实一些事情，为完成他的研究，让一些小零
碎消失？反正是在那里，在一个屋子里，为迎接第一批朝
圣者而前来整修景点的工人发现了他的尸体……他上吊
了……人们在他身上发现了他给他妻子的信。

"实地调查回来后，在写给部长的资料齐全的报告
中，他提出了这样的假设，即马布并不是一个阿比斯坦村
庄，而是与一种要比我们的文明更悠久的文明相关，这种
文明由一些跟构成《噶布尔》的基本原则，即神圣服从的
原则彻底对立的原则所指导。但糟糕的是，他一定是发
现了一些痕迹，使人相信，《噶布尔》，我们的《噶布
尔》，存在于那一时代，就是说，先于阿比的诞生，先于
我们的那位阿比使节，而这是不可能的，并且大家已揭发
说这是一种严重堕落的形式，是对当时一种辉煌宗教的退
化，历史和变迁把这种宗教摆在了一个糟糕的斜坡上，它
充分显示和增加了这一宗教所能包含的潜在的危险。从这
一点来看，这一文明似乎注定要被《噶布尔》判处死刑。
世界将不再是别的，只是混乱与暴力，而《噶布尔》的胜
利也未必能把和平带回大地。假如这份报告中有那么一个
词语是在说实话，那就是阿比斯坦的死亡，世界的末日。
这就意味着，我们是这一疯狂与无知之世界的继承者和发
展者。这表明他的思想已经严重糊涂了，颠倒了事物的秩

序，这已经不是阿比的揭示了。阿比的揭示尽管是怀疑性的，但信仰过去之后，阿比的教导就过来纠正……事关紧要，大统领自然而然把报告的复件转给了所有那些尊贵者，以听取他们的意见……这就在克伊巴掀起了一场大风暴。人们想刮干净这张糟糕的脸，关闭档案圣书及圣记忆部，遣散它的人员，抓捕所有可能了解了这个故事的人……而你，恰恰就在这份名单的最前面，你就是纳斯从考古地调查回来后交往最密切的人，那时候他的头脑中充满了怪异的想法，当然，还想与人推心置腹地交谈。是阿比本人的出面才算浇灭了这把火，他记得自己曾在这村子里住过，而就是在那里，他受到了《噶布尔》和阿比朗语的启示。论争终于被阻止，但利益的冲突依然存在。

"按照我们神圣宗教的戒律，纳斯的尸体终被火化，骨灰撒在了大海中……他怀疑我们的信念，并自杀身亡，便不能埋葬在由《噶布尔》和千万烈士的鲜血浸染的阿比斯坦的土地中。在得到明确的保障，保证他的妻子丝丽和他妹妹艾托并没有受到丈夫和兄长的怀疑心的影响之后，我们就让她们跟善良忠诚的信仰者结婚了，一个嫁给了阿比府的公务员，另一个嫁给了商人。我说'我们'，是因为这一决定是由大统领以公正博爱会的名义做出的。现在，既然悲痛哀伤已经过去，她们就过上了一种健康又幸福的日子。人们将看到自己所能做的，假如你愿意，假如她们以及她们的丈夫也同意，你可以跟她们见面；他们一定会同意的，既然你是纳斯的朋友……艾托生活在神之城的住宿区，丝丽住在H46，那是一个安静的街区，与A19毗邻。"

他停了一会儿，好让阿提有时间缓过劲来，然后，他又给他好一通来劲的。

"还行吗？"他一边问，一边拍着对方的肩膀。

"嗨嗨……"

"那我就继续说了……至于柯阿，说来就太叫人伤心了。他死得实在太不光彩……他逃亡时，不幸跌入一个深沟里，身子戳在一个尖桩上，把腰身都撕破了……他躲避到一个不知什么动物的巢穴中，在里面流尽了鲜血……两天后，一些孩子发现了他的尸体。当时，一群狗正在撕咬他。那帮野狗，真是阔扎巴德的耻辱！我们完全是看在多蒙大人阁下的亲密朋友大摩卡比柯霍的份上，网开一面，给他葬在了此地，就在这块保留地中。你可以去他的坟墓前冥思追念。

"从你们一开始与陀兹接触起，陀兹就告诉我们，你们在A19。他是我们阵营中的一个杰出成员，稍稍有些特殊，他更喜欢生活在肮脏的A19，而不是这里，在他的同伴和朋友间。调查还在持续，但看起来，对纳斯的命运，以及柯阿和你的命运感兴趣的，并不仅仅只有我们。
很多尊贵者担心他们的地位会动摇，或者想从中渔利。尊
贵者迪亚原本看到，人们承认了他在朝圣地马布拥有一块
世袭的租借之地，因而不允许对任何一块朝圣地的神圣性
有丝毫怀疑，更不用说对神启所诞生的那块圣地了。他从
中赢得了巨额收入，而且数额是那么大，竟然都威胁到了
公正博爱会内部的平衡。他的傲慢没有界限，无法无天到
了极点。他成功地从统领杜克和阿比本人那里得到了准
许，让纳斯报告的复件停止流传并统统焚烧。在他的请求
下，人们组织了一次穿白色封闭式服装的阿比-吉尔伽。
你不知道这是什么吧，这是所有尊贵者的一次庄严聚会，
其中也包括大统领。聚会就在阿比本人的住所举行，每一
个与会者都要当着阿比的面在神圣的《噶布尔》上赌咒起
誓，发誓绝对服从，即已经完全彻底不打折扣地执行了摧
毁报告并消除其任何痕迹的命令。如你能猜到的那样，这
对那些靠近过它的人是个很大的麻烦。我想，这是一次失
败，一次错误，因为，封口也好，隐藏也好，消除也好，
从来都不是一种好办法。我猜想，纳斯早已明白，在最高
层发生了一些事。他是在冒大险，在担忧和困顿之外，又
添加了惧怕。兴许，迪亚对他的部长施加了压力，而后者
则死在了我们所谓的奇怪的情境中。迪亚也对纳斯施加了
压力，让他推翻自己的结论。

"迪亚就是这样的，但并非只有他一个人在耍阴谋。我们伟大尊贵者中的一些人，尤其是可怕的、野心勃勃的霍克，协议和典仪并纪念活动司的头领，会很高兴看到，大人阁下布里，负责恩赐与封圣事宜的尊贵者，此外还是大统领继承人顺序名单中的首位，被在其辖地上突发的这件事弄得焦头烂额。要知道，大统领脆弱的健康状况每况愈下，一日不如一日，更伤脑筋的是，大人阁下本人还是神之城所在的A19区的管辖官和总警长。我们的侦查，我们最棒的警探和间谍所进行的侦查表明，曾有一个阴谋，向所谓的沙乌什揭发了你们的那个人，是为跟迪亚这条狗有联系，还跟霍克以及他儿子吉尔有联系的一个组织工作的。我们已经通过最秘密的组织之一把他抓住了，这一切都是为了不惊动和牵连到大人阁下。经过巧妙的讯问，他全都供认了。我们赶紧通知各个方面，大大增加了警戒措施，让我们的人提高百倍警惕，密切注意针对我们阵营的一切阴谋诡计。我们把他控制在一个秘密地点，会想办法把他弄回来，慢慢地、耐心地准备一番还击，让尊贵者迪亚及其朋友久久难忘。

"但是，那都是公正博爱会的内部问题，你根本无需知道。

"你是最后的一个幸存者。你的朋友都死了，我明白你的难处和你所处的巨大孤独。必须帮助我们摧毁我们的敌人，恰如我们曾帮过你逃脱他们，准备迎接光辉灿烂的未来。阿比斯坦将等到那一天，越早越好。在尤拉和阿比的帮助下，大人阁下将成为公正博爱会的大统领，向他们致敬。有大人阁下在，神圣的《噶布尔》将真正成为世界的唯一光芒，我们将不允许任何人通过胡说八道和想入非非来侵犯它。但愿如此。"

"我又如何能帮你们？……我什么都不是……一个可怜的逃犯，任何一个杀手都可以要了我的命……假如你把我赶出去，我都不知道该往何处去……我甚至都没有安身立命之地。"

拉姆做出一副神秘莫测、居高临下而又友好的神态。

"到时候我们会对你说的。快去你朋友柯阿的坟上凭吊一下吧，再去看看丝丽和艾托，给她们一些安慰（这件事由我们来安排好了），然后再去花园中转转，去看看大海，它有5查比尔远。假如从林园中穿过去，那就只有2查比尔。好好休息，让你的精神平静平静。你在这里是安全的，300查比尔的半径范围内，你是在我们的辖地中，没有我的准许，一只鸟儿都飞不进来。带你来这里的那个年轻教士比奥可以陪你到处走走……你想去哪里就对他说好了，他知道该怎么做。一会儿见！"

走到门口时，他又转身说：

　　"在这个屋子里说过的话，你就当从来没听见好了……假如我们的谈话哪怕有一个字从这条走廊中漏出去，那你我将活不过一个白天。切记切记。尤拉与你同在！"

卷 四

在本卷中，阿提发现，一个阴谋很可能掩盖着另一个阴谋。真相如同谎言，只为了让我们相信而存在。他同时还发现，一些人的知晓并不能弥补另一些的无知，人类总是以他们当中最无知者为样板看齐的。在《噶布尔》的统治下，伟大杰作得以完成：无知掌控着世界，来到了它知晓一切、能做一切、想要一切的竞技场。

　　在安科和克洛专注的目光下，阿提在厨房饭桌的一角给自己制定了一个日程计划。它包括的内容不少于6点：（1）前去柯阿的墓前吊唁；（2）登上一架飞机和一架直升机；（3）参观大人阁下的宫殿；（4）看一眼大海，并在海水中至少浸一下手指头；（5）跟丝丽以及艾托见面，并告诉她们他是多么喜爱和崇敬纳斯；（6）跟陀兹作一次严肃的会谈，并顺便问他一下，当初，当柯阿把阿比写给他祖父即阔扎巴德的大摩卡吧的摩卡比柯霍的祝贺信送给他，并感谢他的热心帮助和热忱接待时，他为什么放声大笑。

　　比奥第二天又返回来，带来一份经过拉姆删节修改的计划，解释说，机场和宫殿是最敏感的地方：不能接近，根本就不该有此幻想，哪怕只有一个手指头穿过围圈的栅栏，也会有人在角落里瞄准开枪。至于其他，就没有什么可忧虑的。不过，安排跟丝丽及艾托的会面费了不少时间，问题有些复杂，因为，假如要求得到她们现在的丈夫允许，允许他人去见他们的妻子，他们或许会生气，反过来埋怨这两个从来不走出她们老爷和主子家大门一步的规矩女子，并且询问她们。这样就会使她们面临危险，她们就得把实情和盘托出，并解释一个自称是其亡夫和兄弟的朋友的陌生人为什么要见她们，如何见面，让他们放心。何况服丧期已经过去很久，寡妇和妹子又正式嫁了人。但是，不必发愁，拉姆有一个再纯洁不过的计划，更不必对那个故弄玄虚的陀兹发什么愁。陀兹每星期四都会来营地跟他家人吃饭，他的兄长不是别人，就是最尊贵的大人阁下布里；他的孪生兄弟不是别人，就是维兹，大管家足下；他的侄子不是别人，就是拉姆，德罗的儿子。而德罗，是他的一个神秘死去的兄弟，死在很久以前家族之间战争的一个最糟糕的阶段。整个阿比斯坦死去的人需以百万来计，但没有人对此留有回忆，历史并没有任何记载。有一天和平回归了，而和平不可避免地抹除了种种记忆，并把计数器重新归零。

于是他们前往墓地，它本身就是一个敏感区域，因为有的墓区埋着烈士，有的墓区埋着高级领导，而有的墓区，位于一个栽满花卉的小丘上，属于目前得势的家族，大人阁下每月来此凭吊一次，这些区域划分得很明确，有专人看守。然而，大众墓区是可以随便去的。墓地维护得极好，这是辖地中现行价值观的一个好迹象，但是，说实话，营地中一切都很完美，这正是阿提所想象的天堂。只不过还缺少两三样东西，休闲方面的，时髦小饰物和别的好意照顾，它们在世人的此生中为圣《噶布尔》所禁止，但在另一种彼生中，则是完全说得清楚的，为它所承诺。

柯阿的墓位于一个稍稍偏僻的角落，那里埋葬着本乡氏族之外的外乡人。坟很简陋，按照阿比斯坦这一地区的丧葬传统，一个土堆，上面嵌了一块石板，镌刻有死者的名字："柯阿"。

阿提很激动……也很疑惑，他心里在想，躺在这个棺材中的到底是谁。一个名字并不就是一个身份，而一座坟墓也并不就是一种证明。拉姆讲的故事是如此真实和简单，反倒让人听了之后依然不满足。在这一切之中，事实何在？纳斯的报告在公正博爱会内部掀起过轩然大波，这是显而易见的。在阿比斯坦永恒的完美之前，曾有一种辉煌的文明，这种假设很难让人相信，信仰者总愿意相信自己才是最好的。再说，就算如此，也还有种种利益、憎恶、野心、罪恶。总之，让人成为一个简单又卑微的生命的所有一切。但是，杰出的拉姆毕竟知晓太多，本领太大，能成为一个他愿意显现出其模样的救护天使。他确实拥有一个完美阴谋者应具有的一切，善于串连起种种情节，并聪明地让它们变得更为错综复杂，只需在办公室里动一动手指头，便能做到一石三鸟。他的野心，假如阿提真正明白的话，是巨大无比的，他希望能同时打倒迪亚，剥夺霍克，毁灭霍克的儿子吉尔，击垮满脑子毒谋诡计的鼻祖大佬杜克，最终结果他，并加速有利于布里大叔的接替，而在不远的一天，轮到他自己来接替，然后，不待有时间稍事喘息，便根绝一切会构成威胁的苗头，即便是遥远和边缘的端兆，以保障《噶布尔》的完美秩序。假如，真的有那样的人，不仅极端野心勃勃，而且在这一与阴谋及死亡打交道的无终结游戏中握有一手王牌：本领、能力、智力和疯狂，那么，拉姆就是其中的一位，而且无疑还是最优秀的一位。

阿提抖动起身子，要驱走头脑中那些乱七八糟的想法，然后跪下，在地上使劲摩擦两手，再把沾满尘土的双手交叉放到卑贱地低下来的脑袋上，就像人们在圣周四大祈会期间所做的那样，开始喃喃低语起来：

"死去的人儿啊，无论躺在这座坟里的你是何许人，我都要向你致敬。愿你享受到彼界能提供给善良之人的一切最好的东西。假如你不是柯阿，如我相信的那样，那就请你原谅我用这些话语来打扰你了……但我应该忏悔，这样才能减轻我的罪责。请允许我这不幸的人向你唠叨了，仿佛你就是他……假若恰如我们所相信的，死者在彼界全都团结一致，那就请你向他转告我的话。

　　"亲爱的柯阿，我十分怀念你，天哪，我实在是太痛苦了。我始终在问我自己，你到底怎么啦？我实在难以相信你已经死去，跌落到一条深沟中，就像那个大话连篇的拉姆所讲的那样。你可不是那样的人，你不仅身体灵巧，还头脑灵巧……而且从不缺少勇气，即便身受重伤，你也能从内心里找到力量，返回货栈。而我在那里会尽我所能将你救活……更简单地，你也可以就近随意敲开一道门，请人帮你……人们是不会拒绝你的。在阿比斯坦的天空下，他们心中的一切并非都已死去……只要人还在生孩子，栖身在屋檐下，还在生火取暖，也就是说，只要生命的活力还在他们心中，本能就会保存生命力……亲爱的柯阿，我万分抱歉，当我们逃跑时，是我想到要两个人分散逃，以为那样我们逃脱的机会就会多一点点。而实际上我把机会减少了一半，把你丢在了糟糕的那一半。我本该从左边走，把你留在右边……这边没有任何障碍，除了几条狗跑过来嗅闻我的腿肚子……回到货栈后，没看到你，我本该马上再出去找你的……瞧我都干了些什么……我这可怜的人……蜷缩在毯子里，呼呼大睡了……我真是有愧，柯阿，我有愧啊！我是个懦夫……我抛弃了你，我的兄弟，而正是因为如此，你死了，死在了一个狗窝里，或是被职业杀手杀害的……我并不寻求减轻我的错，但不知道为什么，我在心底里仍保留希望，希望你还活在某个地方，兴许成了囚徒；一种并不虚幻的希望，因为我多少还知道一些，统治这个可怜世界的尊贵者们都是些什么样的人……我听说，我本来那么想介绍给你认识的那位纳斯，他兴许也死了……在那个神秘的村庄里自杀了，而那个村子对我们阿比斯坦的神圣土地一点儿用处都没有……一开始我根本就不相信，纳斯是个智者，有冷静的头脑，他想了解奥秘，知道真相，而不是盲目地追随梦想和幻觉……他被那些对他的发现耿耿于怀的人杀死了……他知道事情会这样发生，一天晚上，围着炉火聊天时，他曾对我说过。至于我，我就如同一个受难的灵魂，死去了还在不停地游荡……某种情况下，不幸也有不幸的好处……在我所面临的境地中，在尊贵者布里的氏族的摆布下，我有一个小小的可能性，能多少得知一点关于你的死和纳斯的死……他们想在不知道什么计划中利用我，他们肯定要对我讲明其中的关键……他们将那样做，不作太多的保留，因为他们知道会有什么样的结局在等着我……但无论我的命运会怎样，这个世界太让我遗憾了，我没有什么可依恋的，无论如何我都看不上的……我很快就会来与你会合，亲爱的柯阿。那时我们将继续我们在彼界的历险，继续我们对真相不可能有结果的追寻。希望在那里能不受惩罚。拥抱你，我要对你说，不久见。"

按照惯例，阿提跪拜了4次，掸去身上的尘土，以求象征性地把尘土归还给尘土，然后来到正躺在树底下等他的比奥身边，只见他正张大嘴巴嚼着一根雏菊。

"亲爱的比奥，谢谢你这么耐心地等待我……现在我们走吧，返回到活人的世界去，他们肯定都还活着。我已对我朋友柯阿说了我该说的话，他将会细细地去琢磨。既然我们的头头拉姆都同意了，你就领我去海边吧……我总是在想，这一事物是存在着的，但无法为我展现它的面貌……这很难，请相信我，假如四面八方只能看见沙漠、尘土以及灰尘仆仆的水泉。我在想在你们的辖地中，怎么能做到让清水日夜流淌，你们浪费它就仿佛它们是从天上流下来的，不值什么钱。"

"这很容易，"比奥回答说，带着一脸狡黠的微笑，"我们让河流改道，让它只为我们而流。我们有巨大的蓄水池来蓄水，有油罐来储油，其他东西也能储存。在这里，生活永远都不会停止，它什么都不缺。"

"这就让我放心了，亲爱的比奥！我们就赶紧去海边吧，谁知道会发生什么事呢，它说不定不会等我们的！"

他们从营地那边走，那边是近路。得在树荫底下一片开满花的草地上走上2查比尔，这绝对没什么可怕的。

大海开始出现在地平线上，几乎可以说，它是在天上

汲取其源泉的，也正是从那里开始下降到大地上的。这是
阿提做出的第一个证明，而随着他一步步向前接近它，本
来是一条天际线的东西，那么模糊难辨，那么抖动不已，
现在逐渐变得清晰，伸展开来，成为一大片水面，广阔无
垠，微波细澜，占据了整个空间，并从中溢出，一波潮水
席卷朝他滚来，最终直到他的脚前才停下；他感觉自己被
海水团团包围，不可能不感到震撼和恐惧。大海是一切对
立物的总和，只需短短的几秒钟，就会深知这一点。人们
这时候强烈地感觉到，大海能在一瞬间将一切都颠倒过
来，从最佳到最糟，从最美到最险恶，从生到死。

　　这一天，对阿提的第一次参观来说，大海是可爱的，
就如覆盖着它的天空，就如嬉戏波浪的风。好兆头。

　　他勇敢地朝它走去，一直走到海边，它消失在了沙土
中。再走一步，奇妙的接触就完成了。在他脚的压力下，
水和沙从他的脚趾间渗出，以一种再肉欲不过的方式按摩
着他。

　　但，这是怎么啦，一切都在动，一切都在摇，他感到
地面在脚下滑动，而他的脑袋开始转动，一阵轻微的恶心
感在翻腾他的胃，但同时，一种美妙的充实感在他的全身
蔓延。他跟大海、天空和土地和谐相处，还有什么可再要
求的呢？

　　他躺在热乎乎的沙土上，闭上眼睛，把脸朝向太阳

光，而他的身体则留给了大海的浪花，任由自己被梦幻带走。

他回想起乌阿山无与伦比的山脉，它巍峨庄严的峰巅，它令人目眩的深壑，以及它们在他心中唤起的噩梦，对纯粹状态的恐惧，但同时，还有由这些令人难以置信、如此威严的地方启迪起的一种慷慨激昂的情感。正是在这里，一种迄今为止那么陌生的、震撼人心的自由和力量的情感，在他心中诞生，渐渐地，随着病痛让他屈从于折磨，随着病痛让邻人一个个地死去。这情感引导他走向公开的反叛，反对阿比斯坦这如此压迫人、如此懦弱的世界。

而大海，则兴许会制造出别的意识，别的反抗。谁知道是什么。

"我亲爱的比奥，我们要回去了，我兜了风，闻到了带绿色海藻的盐的香味，足够回味一年的啦，假如生命真的愿意给我这一年的暂缓时间。我感觉自己浑身都在膨胀，成熟得恰到好处。我见识过高山的恐怖，现在又见识了大海的魔力和太阳在发咸的皮肤上的热度，我是一个见识满满的人。这一切让我又饿又困。我急于进行我的下一步计划，去见我并不认识的两个女子。但自从他对我谈到她们的那一天起，我一直就十分敬爱她们。她们一个是他的妻子，一个是他的妹妹。我本来很想带上她们，珍爱她们，保

护她们，但是，公正博爱会出于对生命的无限尊重，已经把
她们给了陌生人，一个是正直的公务员，宅在住宿区里；另
一个是同样小心谨慎的商人，宅在他的商店里，正因如此，
那些知晓廉洁和爱情真谛的人才选择了他们。

　　"来吧，走了，亲爱的比奥，跟我谈谈你自己，你有
一种生活，我猜想，有一个家，有朋友，兴许也有敌人，
肯定有梦想，那些被允许的梦想。我很想知道大人阁下的
一个臣民每日里都是怎么想的。"

　　"想什么？"

　　"随便什么，任何一件事……比如说，对……对你
的工作……它具体是什么，你幸福吗？你将对拉姆说些什
么，比如，关于我们今天的事？"

　　他们整个下午都在彼此讲述各自的生活。说到阿提
的生活，他总是在穿越阿比斯坦广阔又神秘的国度，追逐
种种麻烦，并导致朋友的死。而跟阿提的生活相比，比奥
的生活就很朦胧了，既没有宽度，也没有长度，更没有深
度，没什么能让人抓住的，简直可以说，他生来就什么都
不为，他在生活中也没有任何坏心眼。他哈哈大笑地背诵
起辖地的口号来："敬仰尤拉。遵从《噶布尔》。崇敬阿
比。效劳于大人阁下。帮助你的兄弟。你的生活就将很美
丽。"

　　拉姆就这样决定，让阿提与丝丽及艾托的会见尽可能
秘密地进行，谁都不应该猜测，尊贵者布里的氏族曾在组
织安排上做了些什么。由他制定的计划会一无是处，更糟
糕的是，它还会反过来反对氏族。第二个理由是，阿提正
在被阿比斯坦所有的公共和私人警察追寻，他在自由的空
气中走不了两步，就会被前者逮捕，或被后者扑倒。他从
十分遥远的乌阿山脉开始，在整个国家到处旅行，跟隔离
区的人一起走私，非法穿越阔扎巴德的30个街区，以进入
神之城。这些事实本身，以及他从此地消失又从彼地露面
的能力，已经极大地增强了他那邪恶妖魔的形象。他是天
字第一号公共敌人，所有警察都想抓住他，却不知道为什
么，或者他们只知道一点点故事，但这又何妨，命令早已
下达给他们了。

　　各族人民，如同集中营里的囚徒，极端敏感，哪怕最
微小的流言也会惊呆他们。只要听说稀饵即将断货，或者
价钱又涨了1迪迪多，整个国家会像燎原之火，一下子就
燃烧起来。人们说世界末日来临了，毫不犹豫地指责尤拉
抛弃了他自己的孩子。

　　在A19，神之城的内部，氛围早已非常危险，谣言

和反谣言你追我赶。间谍、宣传家以及浑水摸鱼者纷纷施加着压力，人民很无奈，但，他们还是在问究竟发生了什么。尊贵的大统领杜克什么都没说，人们在纳迪尔中再也见不到他了。他是活着还是死了？公正博爱会做了什么？而这个政府，它又在哪里？在一个被囚禁的社会中，空气是污浊的，人们因自身散发出的臭气而中毒。敌者和巴里斯在所有的对话中都被提到，到最后人们就再也弄不清楚，到底谁是前者，谁是后者。怒火爆发，猛烈，无节制，贪得无厌，拉姆的人细致谨慎，颇得章法，干得非常漂亮，下毒恰如其分，恰到好处，让人不可思议，畜生的反应恰如在实验室里的试验。人们想到了其他作恶者，一些尊贵者，一些部长，大家都暗示到他们，没有错过迪亚和霍克，他们的声望在为他们说话；也不会错过那些可怜的人，纳姆、祖克和高乌，他们掠夺人民，在每天供应的稀饵的分量上和成分上可耻地作弊，更不会错过那个自高自大的托克，以及那些张狂的疯子H3，即胡-胡克斯-汉克[①]，"全面战争"的尊贵支持者。那些人张口闭口只谈论战役、军队以及轰炸，尤其是齐尔和莫斯，他们无限地强化他们的民兵，大幅度增加训练营地，不拒绝任何挑衅，坚信在战争中

---

① 原文为"Hu Hux Hank"，三者都以字母H开头。

总能战胜挑衅者。齐尔写了一篇关于闪电战的幻觉般的论文，幻想大规模地实施一场闪电战，而他最头疼的不是别的，就是阔扎巴德的隔离区。一想到还存在着那些离叛者，他就觉得没法活。他有一个计划，要在三天内消灭这一切：一天让居民们处在惊骇恐慌中，一天打破一切，一天结果伤病者，并重新包装。而莫斯则在另一篇精彩的论文中，捍卫了这样一种想法，即只有永恒和彻底的战争，没有休战，没有喘息，没有保留，才符合《噶布尔》的精神。和平状态跟怀有一种如此强大信仰的人民不太相称，完全没必要先有动机再实施打击。尤拉是否需要一个什么证明然后再来创造和毁灭？当他要杀戮，他就杀戮，他出手很重，这确实并且尤其残酷，说到底，他不放过任何人。阿比在他的书中说过（第8卷第42章第210和第211行）："你们不要闭眼瞌睡，敌者等待的就是它。向他展开一场全面战争，不要保留你们以及你们孩子的力量，让敌人永远不得休息和欢乐，没有希望活着回家。"他还说了下面这些话，以支持莫斯对战争的兴趣："假如你们以为没有敌人，那是因为敌人已把你们粉碎，沦为奴隶状态，而且是在桎梏下感到幸福的奴隶。你们最好还是为自己去寻找敌人，而不是漫不经心地自以为还与你们的邻居和平共处"（第8卷第42章第223和第224行）。

这一切实在是忧烦，而且天天如此，但对那些具有敏锐耳朵和锐利眼睛的人来说，在这隆隆声与反隆隆声的大合唱里还是颇有新意的。而对新意来说，那就是新意。人们从步人后尘的老路中走出，走向宏伟壮丽，走向难以想象，走向不可能。棒极了，拉姆，越是巨大，就越有打击力。第一次，有人谈到一种神秘的生命，他从我们不知道的什么世界中出来，既不是一个像尤拉那样的神，也不是一个像巴里斯那样的反神，而是令人难堪的太阳般的生命，充满了光芒、理性、才能、智慧，他将教导一个在神圣屈从的国度中十分陌生的事物：在和谐与自由中的革命。它驳斥尤拉霸权主义的粗暴以及巴里斯有害的狡诈，并以仁慈和友谊的力量加以对抗。这一切想要说什么，又是谁在说呢？一个名字在人群中传来传去，但总是听得不清楚：德摩克……迪穆克……得摩克①。

人们同样还谈到一个人，一个最卑微的阿比斯坦人，走在最卑微的人群当中，从某种程度上说，他是太阳般生命物的传令者；他宣告重归。"重归，什么重归？"路人会问。以往时光的重归，别的神明统治大地，别的人类在

---

① 这3个名字的原文为"Démoc… Dimouc… Dmoc"，明显在影射"民主"（Démocratique）一词。

大地上繁衍生息。生活当然是艰辛的，神明与人类活着都很难，结不起对子来，但从来就没有过什么。在这几千年痛苦和忧烦的期间，从来就没有过什么曾成功地摧毁过希望，而希望是这样一种事物，它有助于神明和人类不轻易否认，有时还成功地实现一些美丽的事，这里来一个奇迹，那里来一个革命，别处则来一番功绩，凭着这些事，最终使生活依然还值得人们去经历。有时人们本已绝望得厉害，但还是会说："希望让人活着。"那么，重归会是希望的重归吗？我们不妨这么说：它是这样一种想法的重归，认为希望还存在，可以帮我们活着。我们只是普通人，一些简简单单的凡人，绝对不该向生活过多地讨要。有人说，信使的名字叫阿比斯坦人伊塔，他已经有了第一个使徒，名字叫造反者奥卡。在一个从宗教中诞生的世界上，任何一位信使都是先知，任何一位陪同者都是好不容易死里逃生的使徒；谁若自我询问并争论不休，谁就是个异教徒。

不知疲倦的拉姆在这美妙的喧嚣中忙于自己的事。这是他的世界，而他的梦想，他的计划，就是从头到尾地控制它。拼图游戏的小块很久以来就已经放置好，准备作最后的搏斗，但还缺少小小的擒纵机械，以发动种种行动，并稳稳当当地取胜。阿提与丝丽及艾托的会面将为他送上这个。假如有沙粒阻塞机器的完美运行，只需掏出它来，就能让机器以最为完美的方式重新启动。这就是拉姆方法的原则，增加能卡住的，拿掉堵塞的，这样计划就能向前。

从阿提和柯阿来到A19的那一天起，拉姆的班子就在那里卓有成效地勤奋工作。拉姆对这两个游动现象的所知几近于零：只有来自所谓强大无比的道德健康部及其所属核心委员会的某些浑浊模糊的观察，由机构局底下成百上千自吹战无不胜的观察小组之一提供的某些警告——一大帮浑浑噩噩的官僚主义者，什么都不放在眼里，只会制造一种根本无法转译的喧闹尘嚣——还有从大量毕恭毕敬地记下来的笔记中提取的某些暗示，因为各个摩卡吧，难以置信的总检察机构，即典仪警察局，都会对信仰者的虔诚状态做记录，再加上在汪洋大海般的笔记中挖掘出的两三个生存痕迹，而这些笔记则来自鬼才知道的什么都不专的所谓专门办公室。但是，每个氏族都有自己的工具，集中关注主题，这是唯一有用的。布里家族在这一方面很充裕，而拉姆则亲自监视，保障机器的良好运转。没有意外，没有沙粒。与别的氏族不同，别人都把巨大的财富投资到强蛮力量与奢华排场中，而布里氏族却把自己的财富投入到分析与展望、组织与成效、实验室工作与货真价实的测验中。于是，拉姆很早就懂得了其中的好处，紧紧追踪那两个如此精力充沛的冒失鬼，并把他们推向正确的方向。他们将很有用。就这样，他们一直来到陀兹的家，被一个并不那么匿名的路人引导，因为他说他叫作霍乌；引导他们的还有摩卡比罗格，此人看起来更像是非法移民的一个联络人，而不是一个从事神圣事业的圣者。他们被盯上了，后来的行程早已写在神主所规定的命运中。

第一阶段结束。神圣的陀兹，早已神奇地把他们稳住，囚禁在一个货栈中，骗他们说要帮他们逃走，而他们居然相信了他。太厉害了。

有意思的是，这两个冒失鬼并不属于任何氏族，却公开主张与"唯一思想"作对的观点，而且很自愿，很大胆，很天真，像大孩子一样。他们每个人还各有一张关键的王牌：一个认识纳斯，还听说过那个神秘村庄的存在；另一个则是大人物摩卡比柯霍的孙子，而柯霍则标志着阿比斯坦的历史和想象力。他们会给计划带来神秘／宗教的恐怖底色，让人民和审判官大吃一惊。对付这样的演员，办公厅满可以装上一个钟表零件，给每个人以确切的死亡时刻。

一个小小的计划已经制定，它有助于当着一些有选择的证人的面——而不至于散落到布里氏族的旁系，安排好阿提与丝丽之间的会见，但它需要一个第三者的干预，一个特殊人物，他应该能满足众多微妙的条件：被认为与迪亚及霍克的家族有着秘密联系；从来没有跟布里氏族有过任何接触，认识纳斯、阿提和柯阿，至少也曾接近过他们，对他们有足够的了解，而且，他还应该是一个天才的演员。这个人，这只珍稀鸟，就掌握在拉姆手中，那便是崇信广场上的服务商，曾经向迪亚的沙乌什揭发过阿提和柯阿的间谍，迪亚是他们共同的雇主。拉姆的精神操纵专家们最终成功地扭转了这个人，并培养他为布里氏族效力，积极履行他的第一号使命，这也是所有使命之母。为了剧情的需要，他会有一个十分常见的名字，叫做塔尔，一看便知，这是个假名字，然而这会是一个生意兴隆、抱负远大的商人，他的办公室和货栈都坐落在H46区。他会有一个妻子，人们会叫她萦妇、奥蕾、查娅……或者，干脆就叫米娅，这就像一个有头脑的女人了，残忍又善于操纵。

这计划，写得几乎字斟句酌，关键在于要让商人塔尔跟商人布克结成生意关系。后者作为商人，专门制造各类白铁盆和集体厨房的餐具，他不是别人，正是丝丽的丈夫。在J日，布克将被介绍给他，以便能向他建议，在未来10年期间购买他的产品，当然是优惠价，而他本人早已跟一个属于迪亚和吉尔的企业就这一期限的生意签订合同，合同内容涉及食堂及流动厨房器材的销售与出租，对象则是朝圣组织机构和童子军机构（所有这些组织都在迪亚的旗帜下开展活动，或者是一个跟大吹大擂者结盟的氏族，那吹嘘者的著名商业口号，不知道人们还记得否，是"既不要太少，也不要不够"），另外还有军队、氏族及地方首领的民团。这个建议如同烤云雀从天上落在嘴里，让布克不敢相信，他肯定会开心地邀请塔尔来庆贺他们的结盟。用不了多长时间，他们一定会成为不可分离的亲密朋友，多少有些压力的生意人都会那样。塔尔将强行展开这一如此必要的游戏，并大量增加见面的机会。他们将彼此邀请，家庭会，朋友会，互送礼物。艾托和她丈夫将接受邀请，前往赴宴，假如他们能获得神之城的出城通行证。米娅将显得温文尔雅，体贴入微，来接待丝丽和艾托。待到他们之间的商务关系和家庭关系达到最高峰，塔尔就将为他们介绍他的一个表兄弟诺尔（这便是阿提要充当的角色），诺尔亲切友好并且职业性地前来拜访他；塔尔会解释说，他的这位亲戚是一个幸运地与吉尔集团有联系的商人，还时不时地跟迪亚集团打交道。在一次由米娅促成的单独交谈中，诺尔将告诉丝丽，他是纳斯的一个朋友，是在一个被朝圣者发现的神秘村子里工作时认识纳斯的。纳斯有一天偷偷塞给他一份报告，并求他好好保存，直到新秩序来临——但纳斯始终就没有回来过。知道纳斯奇特失踪后，诺尔就在不断地问自己，应该拿这份材料做什么。一个偶然的机会，他从塔尔的口中得知，他经常与之一起吃饭的朋友的妻子，原来就是纳斯的遗孀。多么奇怪而美妙的巧合啊！这份计划何以得到如此精细雕琢的原因就将在于此：诺尔将把报告还给丝丽，并叮嘱她不要对任何人说起，因为这是纳斯本人的意愿。当然，对她的小姑子艾托除外。他不会忘记自己所答应的承诺：告诉她他有多么敬重纳斯。从这个好人的身上，他学到了一种美好的秉性，它要求人说真话，无论其代价有多大，不然，真话就会被当成假话；而且，还要揭露假话，无论那会冒多大的险，不然，假话就会被当成真话。但是，他不会对她说他觉得她很漂亮，很有魅力，这样的话是断然不能说的，毕竟那是在她丈夫的家里。

介绍完毕，阿提的使命也就完成，会面将持续两小时，布克家一顿晚餐的时间，其中有两分钟与丝丽单独相处，阿提得以还给她那份所谓的报告，就藏在一份珍稀的礼物中，是一件西拉①，上阿比斯坦地方的绸缎制品。

阿提不会知道，这部电影有最为黑暗的后果，世界大战式的结尾。晚餐一结束，报告一交还，问候一交换，他就将被滤出H46，带回大人阁下的营地。

第二阶段，在一种奥秘重重的氛围中，一个嗓音将

---

① 原文为"sila"。

响起，来自一个深沉的喉咙，因神圣的愤怒而颤抖不已。它向世界揭示，受到阿比和大统领无比疼爱的两个阿比斯坦贵族老爷犯下了难以想象的无耻行径。它将带来证据，说明迪亚和霍克手下的恶人操纵着一个令人难以相信的阴谋，反对公正博爱会，而且，这阴谋还反对阿比和尤拉本身，十足是巨大又可怕的渎圣。那些可怜虫违背了阿比-吉尔伽，私下里保留了纳斯报告的复件，然后，为了他们黑暗的阴谋，抓了那个可怜的考古学家，歪曲他的报告，塞进了他们自己的结论，然后又在阿比曾接受神启的村子里杀死了他。之后，他们还杀死了柯阿，摩卡比柯霍的这个合格后代。这嗓音将不停地揭露事实，揭示整个事情的来龙去脉：迪亚和霍克的所作所为不是别的，就是妄图通过质疑《噶布尔》的真理，以最可怕的方式来摧毁阿比斯坦。这便是他们为敌者和巴里斯效劳的绝对证明。

没有什么能拯救迪亚和霍克，他们当中没有人能免于一死。他们将好几百人一起被带往各个竞技场，好几千人一起被带往最险恶的营地，离叛者的灭绝营。那些离叛者将轻松地看到，他们还不是这世上最遭人恨的，他们兴许还会幸福地看到，有这些人陪同他们走完生命最后的旅程。大统领杜克将被召去在崇信广场称职地当上阿基里①，或者在最虐待人的荒野中当个隐士，以追赎他犯下的罪过：没有好好地保卫公正博爱会，还让两条毒蛇玷污了克伊巴，弄脏了《噶布尔》。

那声音还将叹息着补充说，大人阁下布里是绝不会允许这样的，他知道，真理就是真理，支持着它的秩序绝不应该被削弱，分分秒秒都不可以。不然，它就不再是秩序，并将永远都不会是，而是混乱，是谎言的本质。

在现实中，事情差不多就按照剧本预见的那样发生。阿提刚刚回到营地，就有一封信从某个不知名的邮局寄出，为官方提供了消息。某些权威人士被拉姆表现出的卓越而审慎的性格搞得心惊胆战，他们得知，纳斯的报告在整个国内流传，恰如毒汁错误地接种到了人民的血液中。而在这一罪行背后，站立着尊贵的迪亚和霍克，以及其他依然处于同谋地位的人。另一封信寄自一个根本就找不到的邮局，则为调查者提供了种种线索，尽管都是些很明显的线索，但他们却根本无法仅凭自己就能发现。信件告诉他们说，报告由塔尔的一个同谋诺尔还给了丝丽，而塔尔则是从迪亚手下的某个人那里收到它的。他说他从纳斯那里得到了授权，就在纳斯失踪之前不久。这封信还显示，

———————————————

① 原文为"akiri"。

迪亚和霍克的计划就是想夺权，自立为统领和副统领。它还不无蔑视地补充说，在一个由敌者和巴里斯构思并策动的启示录一般的计划中，这些有用的蠢货实际上只是一些小卒子，其最终目的是要用德摩克来代替阿比，用一个由众多代表组成的议会来代替公正博爱会，并逐步把阿比斯坦人，把一些平庸的巴里斯派分子，一些异教徒，自由的人，变成真诚地崇拜尤拉的人。

拉姆的班子千万次地重复剧本，并且实地进行了种种必要的修正。塔尔已经严阵以待，眼下正与布克谈判，商讨如何收购成千的火盆、大锅、水盆以及其他大器皿。应该消失的人员名单已经制定，执行者准备就绪，随时就能行动；他们中的一人（米娅？）负责帮助塔尔当场自杀，就在把报告还给丝丽的那一天；第一个环节应该首先消失，好让最后的得到保存。这是终结的开始，各个家族很快就将进入到一场无情又持久的战争中。

在这件事情中，丝丽处于极端的危险中。阿提承认自己已经让他的兄弟柯阿牺牲了，但决不能承认是自己给他带来的错误。拉姆让他把纳斯的报告还给她，并承诺说，收到她已故丈夫的这一遗嘱将给她带来愉快。同样，必须以这种秘密和骑士般的方式行事，免得让她丈夫感到不快，这很符合逻辑。当有人前来讯问这对夫妇时，阿提将已经不在那里。那时，他们将在整个阿比斯坦国内，在所有的层面上，从最高等的贵族到最卑微的仆役，发动一次大规模的逮捕行动。

人类历史上，还从来没有过如此巨大的风暴，在如此短的时间里发作，除非在一种很古老的社会生活中。带着一定速度运转，机器将很快到达工业阶段，逮捕和灭绝那么多的人，就不再是什么简单的警察行为了，军队后勤问题将自动提出来，并将决定一切。

阿提永远不会知道，他在其中露了小小一脸的电影会有一个后续，一个同样宏大的结尾。天真，就如愚钝，是一种常态。阿提从来就没想过这些问题，即便对孩子们，那也是显而易见的。他以为，拉姆所想象的策略只有这一目的，有助于他会见丝丽，向她传达他的问候，又不惹恼那个新丈夫，顺便，就把纳斯的报告还给她，恰如拉姆所愿的那样。这一报告又是如何落到拉姆手中的呢？尊贵而称职的布里是否自己保留了一份复件，并对阿比吉尔伽撒了谎？可为什么要脱手一份隐藏了很长时间、拉姆宣称会给世界带来革命的文件？归还丝丽的资料是不是报告的原件？它提供给读者的是什么结论？为什么选择他来把它还给她？把他带到布克那里，并表现得如亲戚般熟悉的那位塔尔究竟何许人也？塔尔有那么一种似曾相识的感觉，让事情看起来显得更加合理。在他那一身富裕商人的漂亮布尔呢后面，似乎隐藏着一个可怜巴巴的捣蛋鬼。

解释或许是这样的：柯阿和纳斯的死摧毁了他的防卫，他们的死亡宣告了他自己的死亡；而丝丽和艾托的婚姻破灭了他心中秘密的希望：牺牲自己的生命和力量来保卫孤儿寡母。

安科和克洛十分自豪能为一位显贵效劳。阿提回到
H46后，就受到拉姆的长时间接见，拉姆向他转达了大总
管的祝贺以及大人阁下的勉励。阿提同意把纳斯的报告还
给其遗孀，让氏族免于直接介入此事，由此得到了氏族
的嘉奖。"这件事让我们实在很尴尬，"拉姆承认道，
"它使得我们难以面对阿比–吉尔伽以及公正博爱会。大
人阁下对此一点儿都不知道，大总管也一样，他们向来不
过问那些琐碎小事，这份美差也就归了我。但我们确实接
到过两份报告，官方的那份，我们应大统领的命令返回给
了他，而另一份，不知道由谁寄来的，一个心不在焉的公
务员，或是一个秘密的朋友，为了我们的利益，而我们却
不知道该拿它怎么办……如何解释它出现在我们当中？我
们在公正博爱会中的朋友会怎么想？他们对我们是如此信
任……我们当然可以毁掉它，但那样做合适吗？这毕竟是
一份罕见的材料，一份考古调查报告，关于一个独一无二
的景点，一份历史遗产，十分珍贵，尤其因为它是最后和
唯一的样本，其他的都已经当着阿比的面，还有大统领以
及全体尊贵者的面被烧毁……由此产生了那个十分自然的
想法：把它还给他的遗孀，这对于她，还有她的后代，将

是一份遗嘱、一份回忆……总之，但愿能善始善终，那样我们方能心安。"

拉姆确实很有一手，让一切变得简单明了，从天而降又从小门溜走的第二份报告这件事，还真的需要一点点的光明来照亮。

标签还是那样，阿提作为氏族之外、出身低微的外乡人，既不拥有辖地，也有没财富，更没有显职高位，不能获得一个那么高级尊贵的地位。大人阁下和大总管都很遗憾。这里头没有丝毫的轻蔑，礼节惯例自有其规则，更何况阿提并不寻求什么荣耀，但他应该喜爱接近那些戏剧人物，看他们统治世界，欣赏他们美丽的宫殿。他想象那些宫殿装饰得气派非凡，画龙雕凤，浓墨重彩；也许相反，简单得精彩绝伦，令人一目了然。

他们高谈阔论了好长时间，气氛很严峻，流言四起，让人们苦恼不堪，人民从中得不出丝毫幸福。他们不得不承认现状。确实，空气变得比以往任何时候都要陈腐，更酸涩，世界末日的氛围一开始就死死地粘住了阿比斯坦。两个人都同意这一说法，即风气不正并非表面现象，而属于事物的深刻本质，但他们是在说相同的东西吗？拉姆的语调中带着一种转向未来的真正能量，让人明白，国家很快就将摆脱它那陈旧的厄运，得到翻天覆地的变化，

新的阿比斯坦会需要新的人，而在这一情况下，阿提若
是愿意的话，可以在氏族内部赢得一个令人艳羡的显位。
他具有自由和尊严的深刻意识，正是这种意识，造就了国
家政体的伟大效力者。阿提则始终沉默，他点了点头，咬
住嘴唇，以帮助自己思考。他到底想要什么，希望得到什
么？他问了问自己的心，自己的头脑……但什么反应都没
有来……只有童年的某些回声，但显然都无法实现……他
朝天空高高举起双臂……但什么都没找到，他也不想要什
么……说实在的，他还当真想把他从阿比斯坦那里得来的
全都还回去，怎么着，反正他既没有工作，也没有家，没
有身份，没有过去，没有未来，没有宗教，没有习俗……
真的什么都没有……除了来自行政方面的忧烦和各氏族的
死亡威胁……他可能会满足于有一丁点儿剩余的时间，用
来呼吸天空那自由的空气，嗅闻大海那催情的气味。他觉
得自己能够去爱它，这大海，带着一腔实实在在的激情，
尽管它是那般任性，那般爱背叛。拉姆很乐观地以为，阿
比斯坦会改变。母鸡将会长出牙齿，会用阿比朗语歌唱。
实际上，并没有任何人也没有任何东西能让它改变，阿比
斯坦在尤拉的手中，而尤拉本身就是永恒不变的代表。

"写下的已然写下"，在他的使节阿比的书中已经这样写
下。

拉姆求他好好想一想。"我晚些时候再来看你，我有

很多事要做，用不了太长时间就会变化的。"他站起来对他说，拍了一下他的背之后，又补充了一句，"最好还是别出营地去冒险……在这里你就像在自己家里一样。"他开玩笑地说着，但发亮的眸子里闪耀着一道强烈的硬光，他的嗓音就像是在高唱战歌。

这天早上，安科和克洛两个人一起来到他的房间，对他说，比奥就在门口，带来了一个异乎寻常的消息："陀兹阁下特意邀请您前去参观他的博物馆。"他们同声说道。

"博物馆？……那是什么东西？"

这些可怜的鬼人不知道……阿提也一样，他也是第一次听到这个词。那不是阿比朗语，因为依照高级专署最新颁布的一道法令，可以如此判定。那道法令针对的是阿比朗语以及以尊贵者阿拉为首的阿比朗语化委员会，这位著名的语言学家是多语言主义的死敌，认为后者正是大逆不道的相对主义和不信宗教的根本来源。根据那道法令，来自一种还在使用的古老语言的那些普通名词，依据它们是作前缀还是后缀，应该带有不同的符号，*abi* 或 *ab*，*yol* 或 *yo*，*Gka* 或 *gk*。生物和事物，一切都属于宗教，名词也是如此。因此，应该把它们标记出来。至于"博物馆"这个词，那或许是一个例外，法令预料到了这一例外，或者说在一段时间里容忍了这一例外。但它或许来自于众多古老语言之一，那些语言虽然被禁了，但依然在一些天高皇帝远的地方流行，东一地西一地的。对它们而言，既不存在什么日课书，也没有什么词典。同样，在私人生活中，人们还是喜欢怎么讲就怎么讲，尽管这样会很冒险。因为，孩子、仆人或邻居说不定会揭发的，而辖地是唯一私有甚至是至高无上的地方。

"这怎么就算是异乎寻常了呢？陀兹这人，我认识他，我在他位于A19的家中喝过咖啡，还在他昏暗的货栈里住过。您可能不熟悉那里，因为您从来就不走出辖地。"阿提想着，披上了他的布尔呢。

"但是……但是……他从来没有邀请过任何人去他的博物馆……只有一次，在一开始，那是为了开幕式，当时请了他的兄弟们，大人阁下和大总管，还有他的侄儿，领导一切的拉姆大师，之后，就没有人……从来没有任何人……"

是的，这就变得非同一般，令人向往了。

比奥显得更激动，这个可怜的跑腿人还希望能把自己融化在阿提的影子中，跟他一起进入博物馆，最终看一看那么多年以来收集到里头的展品。在营地中，人们总能看到有卡车进出博物馆，运来一些大箱子，带走一些包装物，运来一些工人，然后又把他们转到遥远的城市。在干活的时间，他们得在房子里面忙碌，根本不能把鼻子伸到外面去。

空气中确实飘荡有欲望。穿越领地时，阿提看到人们的脸上充满了亲切的好奇感，他们的目光像是在说："你真有运气啊，哦，外乡人，你将看到我们永远看不到的东西……为什么是你，而不是我们这些族内的人？"

比奥和阿提迈开大步走了一段路，整整一个小时，这让他们的腿有些酸。他们先是穿过一幢宽敞的楼房，那是配给电力中心和水电站的技术人员住的，比奥自豪地告诉他这一点。然后，他们走过一个工业区，那里有不少声音嘈杂和人员忙乱的车间，再后就是一大片空地，被围得严严实实，大人阁下的军队就在这里操练演武。按照比奥的数学计算，这片地的面积可以容纳下至少三个村子。最终，他们来到一片巨袤的绿色空间，中间矗立着一座辉煌的白色建筑，四周围绕着一片美丽无比的草坪。阿提后来从陀兹那里亲口得知，它本是一座庄严辉煌的古老博物馆的第5个复制品，叫做"卢浮"或"卢佛"的宫殿，在第一次大圣战以及叫做里格①的北方联合高地地区被阿比斯坦兼并期间，曾被彻底摧毁。他将知道，唯一抵抗住阿比斯坦的武力的国家，是英社国②，因为它由一个叫老大哥的疯狂独裁者管理，战争中曾扔空了它的整个核武库……或者叫做英社克③，但它最终还是倒下了，淹没在了它自己流出来的鲜血中。

陀兹就在那里，半坐半躺在一把奇怪的坐椅上，一块四角绷在木头上的篷布。阿提听他把它叫做"长椅"，实在很笨。坐下来是不是很舒服？可得好好试一下。陀兹微微一笑，在他狡诈的目光中，像是有某种东西在说："我可总算是得到了你们，柯阿和你，我对此很遗憾。但如你所知，我的用意还是不坏的。"他的目光黯淡下来，一种苦涩地咧嘴扭曲了他的面容。阿提明白，他是在想柯阿，而从某种程度上，他对发生的事很有些后悔。

他轻轻地拍了拍阿提的肩，推他朝大门走去。"欢迎前来怀旧博物馆！"接着，他一挥手就把那个可怜的影子比奥挡住了，弄得比奥身子扭动着，偷偷朝那道半开半闭的沉重大门瞥去一眼。他能看到什么呢？什么都看不

① 原文为"Lig"。
② 原文为"Angsoc"，与奥威尔小说《1984》中的"英社"（IngSoc）拼写相近。
③ 原文为"Ansok"。

到，一个空荡荡的白色衣帽间。门冲他的鼻子关上了。

"请进，亲爱的阿提，请进……欢迎你来……我邀请你来到我的秘密花园，希望你能原谅我对你们施加的粗暴……同时，我也承认，因为我需要你……我让你在时间中和悖论中旅行，帮助我实现我自己的追寻，我已经到达了这一点，我怀疑一切，而且先从我自己开始。我们坐一会儿吧……是的，那里，就在地上……我希望你能有所准备，以适应你将看到的……你不知道博物馆是什么，因为它在阿比斯坦是不存在的……我们国家就是这样，它生来就带着荒唐的想法，认为在《噶布尔》来临之前存在的一切都是假的，有害的，都应该被摧毁，抹除，忘却，甚至连另一位①也一样，假如他不屈从于《噶布尔》。在某种程度上，博物馆正是对这一疯狂的拒绝，是我对它的反叛。世界存在着，无论是否有《噶布尔》，无论你否定它或是摧毁它，全都无法抹除它。相反，它的缺席反而让回忆更加强烈，更加在场，渐渐地变得有害，因为它可能会把这一往昔理想化，神圣化……但同时，你兴许也会感觉到，博物馆就是一种悖论，一种欺骗，一种同样有害的幻象。

"重构一个消失的世界，始终既是一种使之理想化的

---

① 原文为"l'autre"。

方式，又是一种再次拆毁它的方式，因为我们已经让它摆脱自己的语境，移植到另一语境中，由此把它固定在静止不动与寂静无言中，或者，在让它说出和做出它兴许既没有说过也没有做过的事。在这些条件下参观它，就如同在瞧一个人的尸体。只要你愿意，你就能瞧它瞧个够，你将用这个人生前的照片来帮你自己，你将读到人们所能写的关于他的一切，但你永远都不能感觉到他的内心以及围绕着他的生活。在我的博物馆里，有某一历史阶段的很多东西，那便是20世纪，如其同时代人所称呼的那样。这些物件按照它们的功能和用途来展放，你还能看到一些男人和女人的蜡像复制，逼真得足可以假乱真，力求体现他们日常生活的种种细节，但始终将缺少这一东西，这一运动，这一呼吸，这一温度，而这一切将使这群像成为并始终停留为一种静物。无论想象有多么伟大，它始终无法给予生命……比如说，我刚才坐过或者躺过的那把长椅，它就让你吃惊不小吧？它就属于它那个时代，诞生于某一种生活概念……假如我对你说假期、闲暇、业余爱好、让大自然为人类服务、人定胜天；假如你知道那都是些什么；假如你能在当时的深度上感受到所有这些东西，你就能看到长椅本来的样子，而不仅仅是被4块木头绷住的一块布，如你刚看到它时肯定会想的那样。

　　"我更希望，假如你愿意，参观了这个博物馆之后，对我说一说你的感受，这些场景会启迪你什么样的思想。
我看它们太久了，以至于在我们之间产生了一定的间距，
而一开始它可能并不存在……有时候，我感觉到这就像是
在参观路上碰到的一处墓地，我看到一些坟墓，读到一些
名字，但我对那些死者一无所知，对他们活着时的情况，
对他们所经历的地点和时间一无所知。

　　"你应该能回忆起，这一切是被我们的宗教和我们的
政府所严厉禁止的。正因如此，我才把博物馆建在这里，
建在我的辖地，而不是我所生活的A19……也正是因为如
此，我总是在跳蚤市场的旧货地摊中工作，还非常秘密地
在古董店中工作，而这极其有损于我的兄弟布里和维兹。
他们觉得，我都撑不起台面来。我也很对不起我那年轻、
聪明、极有抱负的侄子拉姆，我让他加班加点地工作，
来确保我的安全，方便我的经济活动。我假装看不到这
一点，好让他不再添枝加叶……我已经被认为是A19的教
父，而实际上是他的打手在我周围控制着一切。我在旧货
和古董市场中找到了满足，得以摆脱阿比斯坦，秘密地实
行我的计划，把20世纪放进我的博物馆。快来吧，开始参
观往昔、渎圣和幻象吧……我在馆外的另一端等着你，我
不想影响你。"

　　博物馆包括一系列或大或小或宽敞或狭窄的大厅，每

个展厅都对应着人类生活的某一个阶段，而人类兴许都始终视其为一个个自在的世界，各为整体，彼此独立，这导致陀兹用紧锁住的门来分隔开一个一个大厅，而开门的钥匙则隐藏在大厅中某个杂乱的地方。要前往下一个展厅，前往生活的下一个阶段，就必须找到钥匙。可人们并不能掌握自己的所有时间，生活是动荡的，它不会等待。通过创造出这一困难，陀兹想把参观者（但除了他自己还有谁？）放在人的自然状态中，这样的人并不知道自己的未来，而总是在紧迫和困难中寻找它。

第一个大厅讲述了分娩、诞生和婴儿期。分娩室明显充满了真实感，令人身临其境，几乎能听到产妇的号叫声，还有新生儿的第一声啼哭。在陈列柜上、桌子上或者在地上，可以看到那个时期的日常物件，摇篮、夜壶、推车、学步车、摇铃……种种玩具。墙上，图画和照片显示了日常生活，在父母亲关注的目光下，孩子们在玩耍、吃饭、睡觉、洗澡和画画。

随后几个大厅的主题则为青少年期和成年期，这两者又分别按照社会阶层、时代、职业和环境的不同而归类。其中之一给阿提留下格外强烈的印象，一场激战的模型，表现得非常真实，泥泞不堪的战壕，交错纠缠得令人难以置信的铁丝网、铁拒马，筋疲力尽、准备冲锋的士兵。绘画与照片显示了战争的其他种种面貌，被毁的城市，冒烟的屋架残骸，死亡集中营里骨瘦如柴的囚徒，公路上逃难避敌、形容枯槁的人群。

在另一个展厅中，展放着体育锻炼与休闲娱乐的装备，而墙上悬挂的照片上则可看到一个电影院、一个滑冰场、一次热气球飞行、一次滑翔伞飞翔、一个射击场、一个马戏团等。游戏、成绩、强烈的感受，则是这一阶段的蜜糖。这些东西自从胜利和大清洗起就在阿比斯坦消失了。阿提自忖，陀兹到底是从哪里又是如何找到它们的，而且，花费了多大代价。

有一个昏暗的房间专门用来展现折磨和处死的刑具，还有一个房间则用来表现经济运动，商贸、工业、运输。在相邻的大厅里，有一个充满亲和力的设施，很像是阿提和柯阿在离叛者隔离区看到过的装置，一个柜台，一个动作轻盈如杂技表演者的男孩在桌子之间来回跑动，一些人迟钝呆板地在消费，一些举止怪诞的人为自己的纹身、小胡子、搬运工一般粗壮的胳膊而自豪，他们招呼着可爱的女人。大厅深处，狭窄的楼梯悄悄地消失在黑暗和神秘之中。墙上，一幅石版画很明显地用作了该设施的广告。贴在墙上的一张细料版纸卡片上用法语写道："法兰西酒吧：搭讪轻浮女子的古式风流者"。

版画有署名："疯子雷奥·勒福尔（1924）"。美好时期的古董。

　　倒数第二个大厅是关于衰老与死亡的。死亡只有一种，但葬礼仪式却多种多样。阿提很快就看到了棺材、灵车、火葬场、殡仪馆以及一具解剖学的骷髅架，它似乎在嘲笑他的处境，但眼前的这一切并没有给他什么启发。

　　阿提没有看到时间在流逝，他从来没有进行过一种这样的旅行，整整一个世纪的发现和提问。渐渐地，他回想起自己在穿越阿比斯坦时曾有过的感受，从西恩到阔扎巴德的无休无止的旅行。一个活生生的博物馆，好几千查比尔的大地，一连串无边无际的地区，有名称的地点，荒漠、森林、废墟、废弃的营地，被一些看不见但同时又象征性地像挂了锁的门一样密封的边界（尤其是假如人们忘了在通关证件上盖戳）分隔开。民族、传统习俗、居住方式、生活用具、劳动工具的极大多样化，渐渐改变了他对阿比斯坦以及对自己生活的看法；来到阔扎巴德时，阿提成了另一个人，他认不出来任何人，人们也认不出他来了，只是听说过他而已。他是肺痨病人，西恩来的可怜虫，在尤拉的保佑下侥幸死里逃生的人。人们等待的博物馆就是这样的吗？像一本书那样说出生活，为愉悦而模仿生活，改造人们？一些物品、图板、照片、演出，当真具有这种能力，能改变人们对生活和对自己的看法吗？

　　旅行终了，阿提在一个空荡荡的大厅中看到了陀兹。后者给他解释了此中的象征意义：阿提是从一个空荡荡的大厅进入的博物馆，又从一个空荡荡的大厅出的博物馆，这就是两种虚无之间得出的生命图像，创造之前的虚无和死亡之后的虚无。生命受制于界限，它把握的只是它的时间，简短，被切成彼此间没有联系的片段，除了人们从头至尾始终拖带在身的那些片段。曾有的不甚确切的回忆，将有的依稀朦胧的期待。从此一到彼一的过渡并不十分明显，那是一种奥秘。有一天，嗜睡成癖的漂亮婴儿消失了，这事并不想警示任何人，代之出现的，是一个爱动又好奇的小孩，一个小精灵。这丝毫不让当母亲的有什么惊讶，她又拖着两只笨重又无用的乳房。再往前去，将有别的替代者出场，依然同样诡秘，一个笨拙迟钝又忧心忡忡的老好人，将出其不意地替代站在那里的灵活敏捷而满脸微笑的年轻人，而随之，出于真不知道是什么戏法，患偏头痛的家伙将把位子让给一个驼背弯腰又沉默寡言的人。更令人惊奇的还是在最后，一个身子依然温热的垂死者突然代替了冷冰冰地钉在他窗前椅子上的哑巴老人。这是多余的改变，当然有时候也很受欢迎。

　　"生命流逝迅疾如斯，我们什么都看不到。"人们在奔赴黄泉之路时将会这样想。

陀兹和阿提带着一种真正的忧伤，高谈阔论了一个下午。陀兹整日里怀恋着一个他并不认识但他认为自己已正确重构起来的世界，它犹如一个静物，而他现在特别想为它吹入一口气。它到底有什么用？他们俩一致认为，这一问题毫无意义，空乃世界的实质，但它无法阻止世界之存在，并用某种东西充实自身。这是零的奥秘，它存在着，是为了说明它并不存在。从这一观点看，《噶布尔》就是最佳的回答，对世界的绝对无用，只能回答以存在物对虚无的绝对而又令人宽慰的服从。人本虚无，留于虚无，身为尘埃，归于尘埃。在阿提这方面，他以另一种方式围绕这个问题，产生了这样的想法，世界之终结始于其诞生，生命的第一声哭叫同时是死亡的第一声喘气。随着时间与痛苦的推进，他已然坚信，一种恶持续的时间越长，终结就来得越快，而生命就越早开始新的轮回。这并不是带着满脑子的问题等待，而是加速进程，带着对一种新生命的希望死去，毕竟要比活着时绝望地自视已死更值得。

他们很真诚地承认，阿比斯坦的大不幸就是《噶布尔》：它让人服从神圣化的无知，并把这种服从当作对空无之固有暴力的回答，而且把人奴役到让他对自我否定的程度，完全彻底地自我毁灭，不让他以反抗来作为自己创立世界的方法，而这方法至少能保护他们免遭周围疯狂的传染。

《噶布尔》的故事一度让陀兹十分感兴趣。他生于其中，故而看不到它，《噶布尔》是他呼吸的空气，是他饮用的水。他把它装在脑中，恰如人们把布尔呢披挂在自己的背上。但从很早起，他就感觉到别扭。还在学校里读书时他就发现，公共教育是一种灾难，是所有灾难的来源，是一种如此阴险狡诈、势不可挡、难以躲避的东西，恰如死亡。它把他变成了一个有意识的小小领导者，带着巨大的痴迷，易怒，喜欢强迫别人，生吞活剥黑色故事和儿童传说，把荒谬离奇的诗篇、愚钝的口号、侮辱性的咒语背诵得滚瓜烂熟，而在体育操练方面，他成了所有杀戮与私刑的完美执行者。至于其他的选修科目，诗歌、音乐、制陶、体操，他则不留更多时间和精力去对付。作为尊贵者的儿子，尊贵者的兄弟，兴许有朝一日还会是尊贵者本人，他还有责任盲目地跟随对自身行为和机制自信满满的引导者。为改正行为举止和接受再教育而稍稍学了一点《噶布尔》，他丢失了希冀和期许，《噶布尔》不是为了唤醒不幸者，它就是船底的一堆压舱物，是用来让船彻底沉没的。而学校在这方面毫无用处，可怜的女士教着别人让她教的东西，她做得还算不错，很少有人能幸存。太迟了，《噶布尔》已经把它的催眠术传播到了人民的肉体和灵魂深处，成了统治他们的绝对主人。需要有多少个世纪才能让他们摆脱迷惘，这才是唯一真正对路的问题。

他若无其事地为自己打开了一条禁路，一头闯了进去。那样的路实际上只有一条，溯时间之流而上的路。《噶布尔》为未来的所有世纪而殖民了当今，正是在往昔中，在它降临之前，人们才能摆脱它。在我们之前，人类可不全都是这样的，他们是一些野蛮动物，有局限，无诚意。他有些迷失在路上，而历史本身则迷失在了丛林中，那里没有一条勇敢者的小径，它们全都被切断，被抹除。最能吃苦的历史学家们会一直追溯到2084年，再也不会更前，不会超过它了。若是没有神圣的无知，没有这种彻底麻木不仁的头脑，又如何能说服这些可怜的人，告诉他们说，在阿比斯坦诞生之前本没有别的，只有尤拉那个永恒又不可认识的世界？事情再简单不过了，只需选择一个日期，并把时间停止在这一刻。人们都已死去，陷于虚无，他们将相信别人告诉他们的话，将为他们在2084年的再生而鼓掌。他们将别无他择，只有活在《噶布尔》的年历中，不然，就得回归于他们原本的虚无。

对往昔的发现差点儿就让陀兹送命。那么有学问的他，竟不知道还有2083年存在，也不知道还能追溯得更早。对那些只看到地面是平的且有边沿的人来说，一个圆形的大地是一场令人眩晕的戏剧。"我们是谁？"这个问

271

题突然就变成了"我们曾是谁？"人们想象自己一下子成了别人，被黑暗和丑陋所覆盖。某种东西粉碎了，支撑世界的界石。现在，这可怜的陀兹被扔到空中，像众多古老的幽灵之一。没有人能把时间重新置于其线性和一致性之中，假如这些东西已断裂成这样。陀兹就始终做不到这一点，他位于昨天和今天之间的某个地方。

经过不懈的努力追寻，有一天他终于成功地突破了时间的障碍，追溯到整个20世纪。真的是惊世奇迹，一个信仰者在其生前是无法摆脱《噶布尔》的强烈吸引的。他被其美妙所紧紧攫住。实际上，他发现了任何人睁眼就能望见的首要真相：世界之前是世界，世界之后还是世界。他发现了一个如此丰富的世纪，什么都不缺，几百种语言，几十种宗教，有如此繁复的国家，有种种文化，种种矛盾，种种疯狂，有无羁的自由，有无法克服的危险，但同时也有众多严肃的希望、臻于完善的机械、窥伺着防止偏移的志愿者观察家、经验丰富的被剥夺权利者①、努力终有好报的愿望善良者。生活充满了丰饶与贪婪，善良与险恶，在此，在本世纪，它充分证实了这一点。它只缺少一样东西，即仅用机械方法跑去占据星星。

---

① 原文为"refuzniks"。

他还发现了不久之后世界模样的最开端，假如没有什么能让万物复归其位的话。其实，大家早就感觉到了，但它们被缩小、降低、相对化了，由于迟钝、恐惧、算计，由于空气的多孔性，或者仅仅因为发警报的人缺乏敏锐性和大嗓门。他看到了2084年的到来，以及随之而来的一次次圣战和一场场原子大屠杀；更有甚之，他看到了绝对武器的诞生，这武器根本无需购买和制造，它不是别的，就是身上充满可怖暴力的全体人民的热情。能预见的，都清清楚楚地看见了，但是，说"从来没有这个"的那些人，还有说"永远不会有这个"的那些人，没有人听他们。就如同在1914年，如同在1939年，如同在2014年、2022年和2050年，回头重来。这一次，在2084年，是真的了。旧世界已经不复存在，而新世界，阿比斯坦，在地球上展开了它永恒的统治。

当瞧着过去，看到了历史上在我们之前的那些人正面临危险的时候，我们该做些什么呢？该如何警告他们呢？该如何对自己的同时代人说，命运之剑已经投出，恰如以往那样投出，昨天的不幸将很快落到他们头上呢？当他们的宗教不让他们相信自己的死亡，当他们坚信他们在天堂中的位置会被保留，恰如豪华宾馆中一个套间在等待着他们时，又该如何说服他们呢？

　　他很惊讶地发现了《噶布尔》的起源。那不是来自自发的一代。很简单，没有什么神奇的，那不是尤拉教导下的阿比的创造，像我们从2084年以来严肃又认真地教授的那样。它来自远方，来自一种古老宗教的内在紊乱，以往曾为荒原和平原上的很多大部落带来声誉与幸福，但它们的弹簧和齿轮早因过分剧烈又生硬地使用，因缺乏有经验地维修和认真地引导，在一个个世纪的进程中折断了。《噶布尔》之所以诞生，正因为某一宗教对此太缺乏关照，这个宗教是之前种种宗教的总和与精华，自以为代表了世界的未来。

　　谁若病了谁就虚弱，就受无赖的捉弄。一些历险者聚集在一个叫"信使兄弟会"的帮派中，感到末日从四周向他们逼近，于是决定在旧宗教的碎屑上创造一个新宗教。好主意。他们从旧宗教那里借来有力量的东西，增添到新宗教中去。它以话语的新颖、讲究策略的游戏、商业促销以及富有战斗力的进攻性来吸引众人。他们的后继者做得更好，修订了重大的象征，发明了阿比和尤拉，撰写了《噶布尔》，建造了克伊巴和神之城，创立了公正博爱会，给自己加上了奇客①的称号，其意思是尊贵者（以取代不太雅的称呼"信使兄弟会"）。一旦拥有强有力的象

---

①　原文为"chik"。

征，有了一支好军队，他们马上就跟一钱不值的旧宗教断绝联系，它也就会在老翁老妪中，在某些迷途的博学者中苟延残喘，慢慢死去，那些博学的人相信复活的奇迹，相信永恒青春的可能性。这实际上是要让人忘了这一切，而去追踪种种的怀恋，而怀恋是很危险的，它会渴望让死者复活。

"这显然是工作上的一种假设，在各种宗教中，在各种军事战略中，始终都有很多秘密和洗脑，说实在的，它们是同一件事不同的两面……必须继续思索下去。"陀兹补充说。

阿提意识到自己心中一种奇特的情感，对一个曾让他相当牵肠挂肚的问题，他没有丝毫兴趣。陀兹所说的他关于历史的工作，他关于生活的思考，自身就是一个答案。假如他决定要提出来，那是因为机会就在眼前，而且它不复再来。

"告诉我，陀兹，你一定读过纳斯的报告……能不能给我讲一讲？"

"嗯……我真不知道该对你说什么好……这是国家机密，我自认为并不太了解它们，除了是大人阁下的兄弟，我并没有任何官方的职位……而说实话，这很复杂……实际上，是这样的：报告并不存在……从来就没有过纳斯的报告，这是一个虚构计划中的一个虚构文件……它是逐渐写成的。纳斯出差回来后，知道发现这个村子会带来什么危险，便向他的部长私下里作了个口头报告，如我想象的那样，部长命令他严守秘密，不得向任何人透露……他会这样对他说，说他会有所发觉，有所闻见，有所思索。然后纳斯就失踪了，而只是在那个时候，人们才开始谈到一份报告……然后，则是那份报告……如通常的那样，一个想法老被人念叨，也就成了现实……纳斯的报告出现了……人们称它为纳斯报告……它在自身周围创造出一种氛围，一种传说……到了这时候，就必须好好对待这件事。对这个并不存在的报告，人们造出了几份复件，把它们转给了那些尊贵者，以便能在公正博爱会中展开讨论……由公正博爱会或机构局中的不知哪一个所写的这份报告，随手胡诌了一些故事……那村子便成了敌者的一个前哨基地，著名的德摩克就躲藏在那里，异教徒们在那里建立起了一个根据地，隶属于巴里斯，等等。我奉大统领之命，带上一批专家去了这个村子，想把这事弄个水落石出……布里指定我组织一个委员会，每个氏族都得派出代表在其中担任委员。委员会主席是塔特，大统领的办公室主任。我们撰写了一份技术报告，它马上被认为包含了绝对秘密，而它本身则成了纳斯报告。我可以开诚布公地对你说，我们在那村子里确实发现了令人惊诧的东西，可以说，村里曾居住过一个共同体，他们的生活方式很具实验性，而他们的行政方式的基础则是每个人的自由判断。这对我们中的很多人来说是无法理解的，他们想不明白，既然没有紧紧围绕着一个头领的先锋小集团，没有一个宗教和一支军队，人们又如何可能组织在一起。这个故事显示出阿比斯坦的整个悲剧，我们发明了一个如此荒诞的世界，自己得每天都更为荒诞一点点，而这仅仅是为了重新找到我们前一天的位子。总之，很简单，人们最后虚构出来一个报告，好说出让我们害怕的是什么，我们不想听到谈论的又是什么。历史把我们带入它的疯狂中。另一个戏剧性的后果是，这件事分化了公正博爱会，改变了它内部的力量关系，而在我们这里，这是必然的，它意味着：战争。"

经过一番如此海阔天空的穷聊和如此激奋昂扬的指点时政，两位阿比斯坦灵魂的探险者终于又回过头来提出了唯一真正的问题："那现在，该怎么办呢？"

陀兹有一个构思已久的计划：他将继续追寻，并且认定，他的追寻总有一天会有用的；当意愿善良的人们认识到自己的价值并起来行动时，他们将找到他那么艰难地收集来的材料。剩余时间里，他将帮助他的侄子拉姆，那个活像个想当哈里发的执迷不悟的阴谋家。其实，他根本就不想当一个哈里发，而是要当一个改革者。就是说，一个真正的革命者，要实现他的改革，而不仅仅是高唱战歌。拉姆跟他有不少的共同思想：取消公正博爱会，废除机构局，开放神之城，把克伊巴变成一个千年博物馆，解构一个永生不死的阿比的绝对神话，唤醒人们，创建一个代表大会以及一个对它负责的政府。这是一些令人激奋的工程。人民兴许将为之而死，他们珍惜他们的神明和他们的不幸，但孩子们会留下，他们内心充满天真，很快将学会梦想和打仗的另一种方式，我们将号召他们拯救地球，勇敢地跟军火商战斗到底。拉姆有可能变成一个可怕的哈里发，这个他知道，因此他想提供一个过渡，让顽固而又称职的竞争对手们统统露面……他的想法是，假如所有人都想成为哈里发，而不是只有一个哈里发，他们就将互相抵消，不得不互相妥协，以求继续做好生意。他们最后将明白，失败并不是被杀死，而战胜也并非一定是杀死另一个……不该阻止他们去梦想，相反……那些不梦想的人才是最危险的，他们的心灵已然冰冷。

…………

陀兹继续阐发他的想法。想法都很好，很现实，但实现不了，这他知道。他企图说服自己。拉姆想要的革命将在血泊中结束，不会有任何改变，阿比斯坦依然还是阿比斯坦，并将始终是阿比斯坦。尊贵者以及他们的子孙——

他们早已自视为尊贵者，要取代他们的尊贵者父辈——他们同样在梦想，通过阴谋成为哈里发，以取代前一个哈里发。谁会同意让位给一个更好的人？谁都要比他们中最优秀的人更好，每个人都是人民所期待的天才。

他突然停了下来，意识到自己说得那么多，是因为他心底里没什么可说。他说的话，实际上他一个字都不相信。他问道："那你呢，阿提，你想做什么？"

阿提没什么可想的，他明白，他知道了他很久以来想知道的，好几个月以来……从他住进西恩疗养院以来，他就在一刻不停地幻想这个。他知道自己的选择很糟糕，无法实现，无可救药，它将引导他走向一种可怕的幻灭，非人的痛苦，一种确定的死亡……但这又有什么关系，这是他的选择，一种自由的选择。

陀兹等着他回答：

"是的，告诉我……你想做什么，你想去哪里？"

"亲爱的陀兹，你以为拉姆在他的革命实现之前会允许我……离开辖地吗？"

"是的，当然……我敢担保。"

"你以为，假如我求他把我放在阿比斯坦的某处，他会同意吗？"

"为什么不呢，假如你的行为中没有什么能危害他的计划？在这一点上，我会努力让他同意的……"

阿提沉默了一会儿，然后开口说：

"你再告诉我，陀兹……不久前，你还问过柯阿和我，问我们是不是认识德摩克……他并不存在，却胜似存在，或者正相反……我也想问你一个类似的问题……"

"我记得的……我洗耳恭听。"

"你是不是听人说起过……边界……你了解它吗？……"

"边界？……什么的……啊，边界……是的，我了解……人们说起过，就好像对不太乖的孩子说到狼来了，这是个玩笑，一种狡猾的计谋，为了吓唬走私者、盲流、未经准许私下里到处乱走的人……人们对他们说，有一天，敌者会从那里突然冒出来，前来掐断他们的脖子……"

"边界有没有千分之一的可能真的存在？"

"百万分之一的可能都没有……大地上只有阿比斯坦存在，你知道得很清楚……"

"真的吗？"

"这么说吧……这里那里，也许会有一个岛存在，不受阿比斯坦的法律管辖……"

"还有隔离区……我见过'悲伤七姐妹'的大隔离

区……人们把它叫做隔离区，但它是个国家……尽管很小，但毕竟是个国家。它的人民由活生生的男女而不是由蝙蝠变异体组成……那里确实有一道边界，被严密守卫着……我说的还不是把神之城密封隔开的边界中的边界……也不是把阔扎巴德的60个街区还有阿比斯坦的60个省份非正式分隔开的那些边界……"

"这一切都算不上什么，亲爱的阿提，大海中的一滴水而已，时代错误，愚不可及，机构局无能的体现，它玩火玩久了，搞得草木皆兵，只会把一切都分割为小小的一块块……至于离叛者，那是……嗯……他们都属于阿比斯坦……人民和制度都需要他们，必须有这类幻景来疏导仇恨与愤怒，强化这样一种想法，即他们是一个纯粹的高等人种，正受到寄生虫的纠缠与威胁。这已经老掉牙了……你到底是怎么想的？但我想我已经明白……那仅仅只是一种疯狂！"

"是的，正是这样，亲爱的陀兹……我想让拉姆派人把我放在乌拉山脉西恩山的某处……那里，边界有百万分之一的机会存在……假如出于奇迹，它当真存在，我就会找到它，穿越它……我将亲眼看到你如此忠实地再现出的这个20世纪……"

"这也太疯狂了……你怎么会相信这个？"

"我有一千个理由相信它。我相信它，因为阿比斯坦生活在谎言之上，什么都逃不脱它的造假。它既然能改变历史，也就能虚构出一种新的地理。对那些从未离开过自己街区的人，你想让他们相信什么都行……陀兹，自从我认识你以来，我越来越相信它了……你真的相信你的20世纪，你让它复活了，它就在那里，那么美不胜收，那么短小精悍，在这神奇的博物馆里……你了解那个世纪，看到它的居民们掌握着科学与技术，尽管有种种矜持，某些德行还是允许他们保留了多元化，并生活在痛苦之中……而说到科技手段，阿比斯坦倒是不缺：它到底是从哪里来的呢，既然我们并不制造它？……某处不是有一道边界，可以允许它一直走向我们这里吗？……亲爱的陀兹，你真的相信，在阿比斯坦存在着一些善良者，他们有一天会认识自己，行动起来，来拯救他们的国家、他们的灵魂……你就是这样的人，离神之城那么近又那么远的，这可怜的A19，很多人也都这样想……我为什么就不相信，20世纪的这些人并没有全都在圣战中，在大屠杀中，在集体灭绝中，在强迫改宗中被消失干净？……为什么我不觉得自己是一个善良者（我承认如此），能行动起来，建立并维护我们的世界和另一个世界之间的一种联系？……是的，为什么不呢，亲爱的陀兹，为什么不呢？……我知道，在西恩的疗养院里，我当场就听说了，有时，整支整支的商队就消失在了这个……边界的后面……假如他们迷路了，他们最终也会找到路，再走回来的，不是吗？……而假如这个所谓的边界是编造出来的，专门用来吓唬小孩子和走私者，那是因为，人们知道这事早就存在，难道不是吗？兴许在某处，在乌拉山冰冷的边地，还残留着小小的片段……我想尝试历险：走到我曾走到之地，这是我能做的唯一选择……在这世上的这种生活对我来说已经完结，我愿意，我希望在另一边开始另一种生活。"

陀兹沉默了一会儿，然后，他的嘴唇颤抖起来，回答阿提说：

"我会问拉姆的……是的，我会做的，为了说服他，我会做一切。当你到了另一边，你就想个办法托人告诉我一声，帮我完善我的博物馆……有一天，我兴许会给它注入生机的。"

一阵长长的沉默，很长很长，接着，阿提又说：

"亲爱的陀兹，就是为了不像白痴那样死去，请快快地告诉我三件事：首先，当柯阿把阿比为祝贺摩卡比柯霍打发那么多年轻人去战场送死而写给他的信拿给你时，你为什么哈哈大笑？"

"摩卡比柯霍是我家的世交，我们都知道他对荣誉有无限的兴趣。他让全国人民都知道他写了那封信，并交给了大统领，好让阿比署上名。负责恩赐与封圣的尊贵者布里，根据自己的工作，并鉴于这一承认，推荐他去竞争封圣宣福，而且总有那么一天会得到它，那种事总是进行得很慢。还有什么别的？"

"你怎么这么快就知道，我们刚刚在崇信广场上受到了沙乌什的打击？这问题让我好不烦恼。"

"如我对你说的那样，拉姆在我周围采取了整整一套保安措施，所有接近我的人都被扫描，稍有疑问就被拒之千里。你们都是我的受保护者，假如可以这样说的话，由此，你们都被监视了……被谁，我不知道……你们的女邻居，她的丈夫，我的全职随从穆，还有谁？是我的经纪人戴尔前来叫醒我，告诉我你们都始料不及地落入了灾难之中。"

"这一用在大总管办公室信号系统中精雕细刻的语言到底是什么语？"

"你都注意到了这个？……真是了不起……《噶布尔》之前的圣书就是用这种语言写的……一种很美、很丰富、很具暗示性的语言……由于更倾向于诗歌和雄辩术，所以它被阿比斯坦抹除。相比较，人们更喜欢阿比朗语，它着力于义务责任和严格的服从。它的构思得到了英社国的新语①的启迪。当我们占据这个国家时，我们当时的领导者发现，它那非同寻常的政治制度不仅建立在武器上，还建立在它强大的语言上。新语，一种在实验室里发明的语言，它能在说话者心中消灭意志与好奇。我们那时的首长把三条原则作为他们哲学的基础，这三条原则指导着英社国政治制度的创建：'战争即和平''自由即奴役'和'无知即力量'；而他们又加上了自己的三原则：'死亡即生命''谎言即真相'和'逻辑即荒诞'。这就是阿比斯坦，一种真正的疯狂。

"布里和维兹指责我怀恋20世纪，但他们却怀恋这一语言及其魅力……他们常常在家中写诗念诗……但是，请注意，这是国家秘密，不应该走出辖地……你满足了吧？"

"并不完全，但必须给另一种生活留一些秘密，假如这种生活存在，假如允许说出这些秘密。"

---

① 　原文为"novlangue"，明显影射了奥威尔的小说《1984》。

尾 声

　　在尾声中，我们将得知阿比斯坦最后的消息。它们是在不同媒体中采集到的：《克伊巴之声》、《纳迪尔1站》-阔扎巴德、《阵新》，名叫《英雄》的信徒志愿审判者报纸，《摩卡吧之声》、《博爱公民会》、《军队杂志》等。最好带着万分的谨慎来对待它们，因为阿比斯坦的媒体首先是为氏族服务的精神操作工具。

信息首先是由《克伊巴之声》给出的。实际上，它只是重新传播了一下"拉斯"，即公正博爱会主席团办公室的公告：

神圣克伊巴的办公室今天上午发布通告，最为尊贵的杜克大人阁下，信仰者们的大统领，公正博爱会的主席，分散在阿比斯坦60个省份中的众大人的唯一主人，贵体略有微恙，他将缺席一段时间的露面出场。

在其缺席期间，公正博爱会的领导职务将由尊贵者布里大人阁下代理。奉至圣之神的使节阿比及公正博爱会全体一致之紧急命令，每一个人、每一个机构，都被要求忠诚地服从他，并努力做好一切，以方便他的使命。

本公告由公正博爱会全体特别会议正式公布。

代签人：信仰者之代理统领、尊贵者布里
同代签人：办公室主任、次尊贵者塔特

一个星期之后，《纳迪尔1站》-阔扎巴德通过一个静止的画面公布了下列新闻，画面中有一个竞技场，里面正在执行一场集体处决：

我们得知，但还有待于道德与神圣司法部的确认，有250名罪人已被由公正博爱会的大陪审团公布的宗教法令宣布处死。首先，谨向我们英勇的机构局人员致敬，这些人员在如此短的时间里，便成功地把他们揪出并挫败。他们向代理大统领尊贵的布里大人阁下提出的缓刑上诉一旦被驳回，就将在星期四的大祈会之后，在首都的好几个竞技场中被斩首。据离克伊巴不远的某一消息来源，这些罪人兜售了在阿比斯坦神圣大地上从未出现过的最无法相信的、最可怜兮兮的、最滑稽可笑的谣言。须知，鉴于大统领杜克健康状况突然恶化，他当晚就被元首专机转送到一个陌生的地方，他们用"外邦"这个无关紧要的词来表示它。在那里，他将得到在阿比斯坦无法提供的一些特别医治。何等的羞耻！那外邦到底是什么？是哪里？是谁？每一个阿比斯坦人不会有丝毫犹豫，全都会朝这些危险的马库夫念出由大陪审团宣判的正义判词。全体人民吁请大统领以轻蔑的方式驳回他们的缓刑上

诉。斩首本已是一种很大的宽容了，相同的败类应该
被判处尖桩刑、五马分尸、下油锅。愿尤拉重新赐予
大统领杜克健康的身体，并保障我们的代理大统领布
里的健康。

在最新的一次报道中，《阵新》报告了下列的消息：

根据来自战争与和平部的一条消息，激烈的战斗
眼下兴许正在阿比斯坦东南部的荒漠地带展开。我们
的情报人员认为，这些战斗动用了自由的民兵，而后
者则受到跟政府成员多少有联系的某些阶层的控制。
这些战斗是不是证实了不久前大肆传播的一种流言，
说是公正博爱会正在举行秘密会议，准备推选新的统
领？根据另一条消息，形势变得格外复杂：公正博爱
会将一分为二，并将在两个秘密地点召开两个秘密会
议。人们明白，在这些条件下，军队——每个人都知
晓它的厉害——依然留在军营中。它将服从谁呢？它
接受的可是互相矛盾的指令啊！在下次消息通报中，
我们将提供种种决定性的情报。我们的报道员眼下正
向当局的一位重要人物收集情报。那些消息无疑将以
更多的细节为我们提供佐证，证实公正博爱会机场的

一位搬运工人昨天夜里——恰在本报截稿之前的几分钟——向我们反映的情况，说是由公正博爱会办公厅指定的一个医疗队刚刚登上一架飞机，准备前往眼下人们谈论甚多的那个外邦，以证实我们的大统领的确已经去世，并运回他高贵的遗体。愿尤拉保佑他进天堂。

《军队杂志》发布了总司令部的下列公告（未经签署）：

面对威胁阿比斯坦稳定局面的一波波流言蜚语，军队统帅部在此强调，军队听从于作为国家最高机构并在代理大统领尊贵者布里的权威领导之下的政府和公正博爱会之命令。军队断然否定有激烈的战斗在地球上的某个地区展开，军队的情报系统并没有观察到任何战争迹象，只有地方负责人之间一些惯常有时还很极端的冲突，我们的武装力量与走私者之间的一些摩擦，动乱者与维安力量之间的一些小接触，或者互为敌手的歹徒之间的一些武力清算。总司令部号召大家恢复镇定，冷静听从以信仰者的代理统领尊贵者布里为首的公正博爱会的唯一领导。

在《博爱公民会》ALC（公民会自由联合会）的一篇
蹩脚文字中，这一又长又奇的故事钩沉出笼。要知道，这
份烂菜叶报纸的蹩脚记者实在是无知透顶，如阳光一般明
显的是，文章是由报纸的值班的影子人物写的。

被公民会三番五次地痛打过的，正是某个叫阿福
尔的职业流浪汉。然而他就是屡教不改，他来到公民
会H46的第8区的营帐中，揭发说，前两天看到一个几
星期以来一直被通缉的逃亡者，就在他的区，S21，
那人名叫阿提。他很惊讶地看到对方离自己居住的区
那么远，便盯上了他。他说那位阿提由一个陌生人相
陪，一个很要紧的人。他看到他们俩进入了一个本分
商人白铁皮器皿制造商布克的家。阿福尔受其小偷小
摸、冒冒失失的本性驱使，走进了这家中的小花园，
透过窗户看到了奇怪的一幕，见那个叫阿提的逃亡者
正跟白铁皮匠的正派妻子交谈得起劲，他送给她一份
礼物，就包在一条漂亮的丝巾中。因为那家的丈夫并
不在，所以他怀疑是通奸，希望自己能在下一个酬日
得到双倍的奖赏，因为他不仅揭发和指认了一个正遭
通缉的逃犯，而且撞见了一次通奸罪。他会有好日子

过了。公民会是知晓一切的，因为它就活在人民之中，赢得人民的彻底信任，它想把这个故事弄个一清二楚，但逃亡者阿提及其同谋却消失了。布克先生被传唤去要求说清楚，他大喊冤枉，说在他看来，塔尔是个富有商人，曾提议购买他的铁锅与水盆，还说愿意跟一家隶属于尊贵者迪亚的企业签订10年的合同；塔尔还在庆功宴上带来了他的一个表兄弟，后者是偶然经过H46的，名叫诺尔，而不是阿提。

公民会向主管者提交了报告，但是，像往常一样，始终就没有得到感谢，也没有听到此事的相关后文，后来，听说有两个行踪可疑的人进入了神之城，其中一个被一些自由沙乌什打死在A19。于是，他们这事与逃亡者及其同伙联系起来，在一份写给当局的补充报告中，提出了一个假设，认为H46的骗子以及A19的歹徒是同一伙人，而且，基于这一事实，他们认为有必要把有关卷宗转交给A19的公民会。他们也这样做了，但后者无法在调查中走得更远，被沙乌什打死的那人的尸体消失了。没有了尸体，就没有了罪证，没有了案件；至于另一个家伙，他也彻彻底底地蒸发得无影无踪。另外，还得很遗憾地说明，在A19中，公民会的特权受到了街区总督和警长尊贵者布里颁布的法令的严格限制。

看来，在我们国家，安全问题大概到了如此程度：一个危险的逃亡者会从某一街区自由地跑到另一街区，一个正直的白铁皮工匠会被假商人抓住，一个普普通通的人会被陌生的沙乌什活活打死，他的尸体会在人们需要它出来作证时莫名其妙地失踪，而在一个偏僻处被玩耍的孩子一而再再而三地看到，他的同谋会突然蒸发而不留下丝毫痕迹……高层领导对此无所作为，既不宣布进入紧急状态，也不组织搜索，更不逮捕任何人。阿比斯坦的司法多好啊！真应该好好问一问，在这个国家里当一个公民到底有什么用！

《摩卡吧之声》则发表了一份呼吁书，吁请人们提高警惕。它这样说：

最近这段时间，我们见证了一个新现象，实在让人颇觉不安：一些不知来自哪里的人在国中流窜，呼吁在我们神圣宗教的实践中要更正统一些。眼下，这些人在那些小小的摩卡吧中四下奔走，因为他们没有或没有好好被监视，人们看到他们在所有的门洞中大胆活动，神出鬼没，而神主才知道阿比斯坦拥有多少这样的缺口。很清楚，有一个主子在训练这些聪明的猴子，他们会说同样的话语，连用词也几乎差不多。
可惜的是，我们年轻的信仰者似乎还很赞赏这些谩骂
抨击，这些演说在号召他们拿起武器，杀死正直的人
们。人们不无恐惧地发现，这些恶魔身上携带了随时
会爆炸的炸弹，一旦被发现，被逼得走投无路，他们
就会当即引爆。这一魔鬼式的自卫措施使得任何刑侦
都变得不可能，根本就别想知道他们到底是什么人，
从哪里来，为什么人工作。**摩卡比联合会**要求其成
员，尤其是那些在小小的**摩卡吧**里主持祈祷的人要加
倍提高警惕，一旦发现有嫌疑是这帮恶魔者，就坚决
悄悄地向警察部门举报。它最后还号召那些CJB，即信
徒志愿审判者，加强对街道上年轻人的控制。若是放
松了这一点，它就不得不从他们手中收回在公共场所
行使宗教警察职能的许可。他们满可以在自己家里，
对自己的孩子行使这权力，这就足够了。家里如有一
只猫，晃来荡去，舔来舔去是远远不够的，还得让它
抓耗子。

信徒志愿审判者的报刊《英雄》转载了《摩卡吧之
声》的那篇文章，但让文章反过来针对报刊：

　　《摩卡吧之声》呼吁我们提高警惕。好吧，我们
很赞同这一点。事情确实在我们不知不觉之中发生，
这一点我们知道。但它说的不只是这一点，还说我们
注意力不集中：指责我们任由恶尽情泛滥，因而成
为反对我们神圣宗教的我不知道什么阴谋的同谋。它
指责我们，我们这些把时间花费在帮助我们的同胞、
我们的宗教警察还有道德检查上的普通信仰者，指责
我们没有跟恐怖主义作斗争，而那帮野蛮人想让恐怖
主义在我们的国家生根发芽。我们是不是还应该成为
军人与警察？我们知道该为我们尊贵的**摩卡比**做些什
么，但在这一问题上，我们对他们的报纸要坚决地说
一声"不"！既然它叫做《摩卡吧之声》，或者叫摩
卡比之声，两者反正都一样，它就是他们的代言者，
反过来，我们倒要指责它缺乏警惕心和严肃性，因
为，谁在向大众教授我们的神圣宗教？是**摩卡吧**，就
是说，是他们！谁提高了在街区和分区中的信仰者的
道德水平？还是**摩卡吧**，就是说，还是他们！谁能合
法性地宣布里哈德[①]并发起一次大规模的风俗与精神
的卫生行动？始终还是**摩卡吧**，就是说，还是他们！
他们做了吗？他们在做吗？他们会去做吗？在这三个

---

①　原文为"rihad"。

问题上，答案都是：不。那么，就拜托他们不要再做无端的指责了。我们是志愿者，日日夜夜在为我们的宗教牺牲自己，我们愿意这一切得到承认和尊敬。认真的听取者，向你致敬了！

一份油印的传单，由西恩地区的一个富裕商人免费出版，并靠一些赶马帮的在国内流传。它讲述了以下这个颇像是山里传说的小故事：

德鲁人村子的公民卫队报告，一架标有尊贵者布里徽记的直升机，被发现在著名的西恩疗养院西北方的齐博山口附近飞行。我们原来根本就不知道，得到尤拉帮助和保护的尊贵者布里，我们如今的代理大统领，还会对这一地区感兴趣。我们本来会为他来到我们当中而欢呼鼓掌，并怀着博爱之心和崇敬之情为他创造便利。但是不，直升机只是盘旋了一阵，在一片高地上放下了一个人，带着他的高山旅行装备。此后的每一天，卫兵们一再地看见他，发现他穿戴得煞是奇怪，不妨说煞是古老，东跑西跑，行踪飘忽，仿佛在寻找什么东西，一段踪迹全消的小径，一处传说般的废墟，一条秘密的通道，兴许是禁入之路。出于对此人行为的浓厚兴趣，德鲁人的村子派出一队年轻人，想找他盘问，看看他是不是需要帮助，假如他不怀好意，就坚决把他赶走。他们没有找到他，哪里都找不到，他失踪了。他们依然在周围找啊找的，把这消息传达到了最为偏僻的村庄。依然没有任何踪迹。德鲁村的人最终得出结论，认为那个人来这里是为了寻找那条著名的边界，而假如这位老兄没有死在一条沟壑的深底，或者没有被一条激流冲走，没有遭遇一次泥石流、一次道路塌方、一次雪崩，那他兴许就找到了那条边界，或者，他已经夹着尾巴跑回了自己的家。年轻人一边欢声笑语，一边围着火堆喝茶。此时，雪花开始纷纷扬扬地从天飘落，带着一种新的活力，抹除了人类的一切踪迹。人们被迫留在家里，彼此讲述着自己以及父母是如何四处找它，寻找那条神秘莫测的边界而始终找不到。他们今天敢肯定地说，它并不存在，至少，在他们这里不存在。它应该在山口的另一边，在东南，在布德人或者拉克人的领土上，在古尔山的顶峰之外，或者在别处。因为布德人和拉克人也几乎确信，它是从德鲁人那里经过的，或者要经过高高的山顶，在与山鹰一争高天的谢尔人那里。

　　这个关于边界的故事颇为奇特。如果说，边界并不存在，当然，这一点是肯定无疑的，但关于它的传说却是存在的，并始终在流传。我们遥远祖先们的祖先已经说起过它，但是在我们世界屋脊的高山上，边界是分割善与恶的界线。游牧人和走私者，他们心里都很明白，没有一条边界能分隔开一座山跟另一座山，一道山口跟另一道山口，一个游牧人或走私者跟另一个游牧人或走私者。边界就是他们之间的联系。如果说，有时候，有的马帮商队失踪，而另一些则被攻击和歼灭，他们也清楚地知道责任在于谁。那是马帮商队自己，是那些跟神圣法则相左、从而遭遇到偷盗与罪孽的人。

译后记

终于翻译完了桑萨尔的小说《2084》。连续几个月以来，我的思绪总是陷于那个虚构的未来国度阿比斯坦中，这一下，终于从未来之政治乌托邦中逃脱出来，回到同样纷繁复杂的现实世界之中。小说已经从一份法语的PDF文本，变成了A4纸的汉语打印稿。

但，总觉得还应该写一点什么。

一、作者桑萨尔

首先说一说作者。布阿莱姆·桑萨尔（Boualem Sansal，1949~　）是阿尔及利亚法语作家，生于乌阿色尼斯山区小村庄泰尼埃-艾尔-哈德，现居首都阿尔及尔附近的布迈德斯城。

桑萨尔曾就读于阿尔及尔的综合理工科师范大学，具有经济学博士学位，后来教过书，从过商，又曾在阿尔及利亚政府的工业部担任高层，20世纪90年代受到阿尔及利亚总统穆罕默德·布迪亚夫遇刺及伊斯兰原教旨主义兴起的刺激，改投文学创作之路，主要创作小说。

他的文学作品在法国和德国受到了广泛欢迎，并获得不少文学奖。1999年他出版的第一部小说《蛮族的誓言》即获得小说处女作奖和热带奖；2000年他的第二部小说《空树中的疯孩子》获得了米歇尔-达尔奖；2007年，桑萨尔获得爱德华-格里桑奖；2008年出版的《德国人的村庄，或席勒兄弟的日记》又为他带来RTL-Lire大奖以及另外三个奖；2011年，他获得德国书商和平奖。2011年，桑萨尔出版了小说《达尔文街》，讲述阿尔及利亚战争中一个家庭的故事，作品有很强的自传性。次年，该作获得了阿拉伯小说奖。2013年，法兰西学士院为他颁发了法语共同体大奖。2015年，他的《2084》获得了法兰西学士院的小说大奖（与海迪·卡杜尔的《优越者》并列）。

由于桑萨尔的书经常批评祖国阿尔及利亚的状况，因此在国内引起了一些人对他的争议。但他始终居住在祖国，认为自己的国家需要艺术家们打开通向和平与民主的道路。2003年他发表的第三部小说《对我说说天堂》，描写后殖民化的阿尔及利亚社会，对权势的批评性很强。由于小说强烈批评了当局，尤其是坚决反对教育中的阿拉伯化倾向，桑萨尔被解除公职。几年后，《留邮局自

取：阿尔及尔，致我同胞的一封充满愤怒和希望的信》
（2006）发表，但遭到政府的禁止，他自己也受到恐怖
威胁。

桑萨尔的其他作品有长篇小说《哈拉佳》（2005），
根据他自身的经历写成的，而且以两个女性人物为主人
公。他的短篇小说也很多，有《噪音》（2001）、《无
名的女人》（2004）、《真相都在我们失落的爱情中》
（2005）、《简单的人寻找幸运的事件》（2005）、
《一切幸福都抵不上移动》（2005）、《可怕的消息》
（2006）、《我的母亲》（2008）、《克里希-苏-布瓦的
约会》（2008）等。

随笔方面，桑萨尔的作品也不少。《对记忆的小小赞
扬：四千零一年的怀念》（2007）是一部柏柏尔人历险经
历的史诗故事；《以安拉的名义管理》（2013）是对阿拉
伯世界中伊斯兰化和权力渴望的思考。

他的《德国人的村庄》已经译成汉语（由武忠森翻
译），由允晨文化在台湾出版。

二、《2084》这部作品

小说名为《2084，世界之末日》，简称为《2084》。

我不打算在此更多地分析小说的主题和现实意义。如
果用一句话来概括这本小说，那我会不带任何评论色彩地

简述如下：2084年之后，一个叫阿比斯坦的国家在地球上开始了其永恒的统治。

当然，作为译者和最早的中国读者之一，我对《2084》是有一些专门思考的。毕竟，小说中对专制国度的种种描写，会使人情不自禁地联想起我们在阅读和生活中曾经熟悉的种种现象。但是，正如《1984》并不是专门影射和批评某个专门的国家那样，《2084》也并非特别针对某个国家，我们根本不需要自作多情地把小说中的虚构与当今世界的现实对应起来。

小说开篇的"敬告"中写得极其明白："这是一部纯虚构的作品，我在这里描绘的彼佳眼的世界实际上并不存在，也没有任何理由会存在于将来，这就跟文学大师奥威尔所想象的并在他那本叫《1984》的白皮书中精彩绝伦地描绘过的老大哥的世界一样，它并不存在于他那个时代中，也并不存在于我们的时代中，当然也真的没有任何理由要存在于将来。"

这个国家的议会叫"公正博爱会"，决策机关叫"机构局"，唯一的神叫尤拉，国家的领袖叫阿比，是尤拉的使节即代表。其指导思想的根本宗教叫"噶布尔"，而记载其宗教学说与信徒行为准则的圣书叫《噶布尔》。

这个叫"阿比斯坦"的国家在哪里？它不在世界的任何地方，但又在任何地方，在世人的心中。影射显然是普世的。

　　小说的主人公叫阿提，他先是因患肺结核病被送往偏僻至极的乌阿山的疗养院，好不容易痊愈后，返回首都，重新熟悉那个极其专制的制度和毫无个性色彩的生活。他想发现国家的终极秘密，并竭力亲身实践，去冒险探寻其原因，这当然是绝不被当局允许的。也正因为这样，他的同路人好朋友柯阿，还有他认识的考古专家纳斯都死于非命。纳斯发现了颠覆国家信仰根基的秘密，即见证"噶布尔"神启的所谓圣地原来竟然是假冒的，结果"被自杀"；而柯阿，尽管出身显赫，其祖父是国家的功勋，但因与阿提一起闯荡禁区，力图发现什么残酷的真理，结果死于非命。

　　其实，阿提也没有做什么，他只是"在整个国家中到处旅行"，曾因患肺结核病被送往十分遥远的乌阿山区的西恩疗养院，从那里死里逃生之后，历尽千辛万苦，返回首都阔扎巴德，后来，他又伙同隔离区的人一起走私，非法穿越阔扎巴德的30个街区，以求进入神之城。"这些事实本身，以及他从此地消失又从彼地露面的能力，已经极大地增强了他那邪恶妖魔的形象。他是天字第一号公共敌人，所有警察都想抓住他。"

2084不是小说故事发生的年份，而是那个时代之前的一个标志性年份，它可能是神主的使者、国家的缔造者阿比的诞生之年，也可能是"他获得突如其来的神圣光明之启蒙的那一年"，总归，小说的故事发生在那之后，远远在那之后。正是在2084年前后，"信仰者之国"被称为阿比斯坦，至于为什么会如此，这是一个秘密，永恒的秘密。谁都知道，"2084对国家而言是一个根本性的日期"，但同时，谁都不知道这2084"究竟与什么相关联"。

实际上，其中的因果关系很简单：种种丑恶现象普遍存在，但国家为自己生存的需要，必须对这一切进行保密。谁若发现真相，就会动摇信仰，从根本上动摇国家的根基。这样的人就得被消灭。道德健康委员会每个月的15日都要对行政工作人员作例行的道德审查，在每个人的价值手册上打分，如发现有什么违禁的言行苗头，那就有好看的了！

阿比斯坦国需要守住这个秘密，于是就得愚民，就得强调信仰，让人盲信，只许信，不许怀疑。这就是统治的诀窍。而即便是"信"，也建立在不许不信的悖论逻辑的基础上。用他们的话来说，就是"别去寻求相信，你们说不定会迷途在另一种信仰中，只需禁止怀疑就好了，只要一再重复地说，我的真理是唯一的和正义的，这样，你们的脑子里就将始终有它"。再说得简单一些，就是以下这

305

条座右铭："屈从即信仰，信仰即真理。" 而诸如此类的座右铭，在阿比斯坦一共有99句，人们从孩提时代起就得死记硬背，烂熟于心，而且得一生一世反复诵读。

如上所说，桑萨尔作为一个有独立思考精神的作家，对宗教本身总是持质疑的态度。在《2084》中，他虽没有点明某种现存于世的宗教的名，但他把批判的矛头指向了普遍意义上的宗教。阿比斯坦国为维持永恒的统治，就得依靠某种所谓的神圣宗教，而书中唯一的、至圣的、极端的宗教的代名词，就是《噶布尔》，那本所谓至圣的圣书。小说的嘲讽和抨击的对象，也正是阿比斯坦国的统治根基——噶布尔教。

三、《2084》与《1984》

一读到《2084》这个书名，脑子中第一反应就是乔治·奥威尔的《1984》，紧接着，又是日本作家村上春树的《1Q84》，智利作家罗贝托·波拉尼奥的《2666》等。

应该说，桑萨尔的《2084》跟奥威尔的《1984》是有直接关系的。这个关系就是，《2084》通过对《1984》形式结构的某种摹写，写出了作者对未来某个专制主义国家的描绘和思考。

《2084》与《1984》确实存在内在联系，其互文性是明显的，可以说，《2084》是对《1984》某种形式的致敬。

先举最简单的一个例子，在小说《2084》中，直接就出现了"1984"的字样：当年，西恩疗养院矗立起来时，镌刻在要塞那宏伟大门半圆形拱顶上方石头上的一条碑铭，显示了数字"1984"，恰好"位于两个风化得面目全非神秘难解的符号之间"。

在《1984》中，我们经常读到并为之惊愕的一个句子是："老大哥在看着你。"而在《2084》中，同样的警示在提醒公众："彼佳眼在观察你们！"老大哥的原文为"Big Brother"，而彼佳眼的原文为"Bigaye"，两者何其相似！作者甚至还在《2084》中特地解释说：彼佳眼是一种俚语中的一个词，说的是类似"老大哥""老家伙""好同志""大头领"的意思。

在《1984》作品的最后，奥威尔以大量篇幅"附录"了一篇"新语的原则"，不厌其烦地描述了所谓"新语"的构成规则和使用特点，而在《2084》中，作者桑萨尔对阿比朗语的描述，也是不惜笔墨的，而且，也安排在故事叙述的最后面，即"尾声"之前。桑萨尔在书中强调：《噶布尔》之前的圣书是用一种很美、很丰富、很具暗示性的语言写的，它因更倾向于诗意化和雄辩术，而被阿比朗语所代替，阿比朗语的概念则得到了《1984》中"英社的新语"的启迪，它尤其致力于强调公众的"义务责任和严格的服从"。而这语言，完全"有能力在说话人心中消灭意志与好奇"。

至于权势者为维护统治而实施的洗脑，在两部作品中，有着异曲同工的描写。在《1984》中，洗脑的过程可分成这样的五步。一是，让人害怕那个制度；二是，让人不敢说它不好；三是，让人经过被蒙骗之后回头来肯定它；四是，然后自觉不自觉地相信它；五是，最终爱上它。而在《2084》中，洗脑的过程则要远远地简单得多：一是盲信；二是服从。盲信神主尤拉，从而确信自己永远是这世界上最幸福的人；服从阿比的统治，从而以为这个制度永远不会出错。我们在《2084》中读到，阿比斯坦的人民没有别的思想准则，只有《噶布尔》这样一本圣书，而圣书《噶布尔》从头到尾宣扬的就是两个字："盲信"。宗教上的盲信，必然导致制度上的屈从。从《噶布尔》到阿比斯坦国，再到公正博爱会，再到机构局，就形成了一个思想—政治—司法—执政合一的专制体制。而这体制，则彻底建立在"盲信"的基础上。我们只要随便一找，就能在阿比之书《噶布尔》中找到这样的"教导"让人来盲信：

"人并不需要知道何为恶，何为善，他只需知道，尤拉和阿比保佑着他的幸福。"

"神启是整一，唯一，统一，它既不要求增加，也不要求修改，甚至也不要信仰、热爱或批评。只要道义和臣服。尤拉是万能的，他严厉地惩罚狂妄自大者。"

"狂妄自大者将遭受我怒火的雷击，他将被摘除眼球，砍去四肢，被火焚烧，他的骨灰将随风撒扬，他的家人，无论前辈还是子孙，都将经历一个痛苦的终结，死亡本身也无法让他免遭我的制裁。"

屈从当然不是信仰，因为信仰是要作选择的，选择则需要人们作比较，学会去区别。而"屈从即信仰"实际上是不要信仰，只要盲信，它不让人思考，只让人背诵口号。法国哲人帕斯卡尔说："人是一支会思想的芦苇。"另一位法国哲人笛卡尔则说："我思故我在。"而在阿比斯坦国，屈从而不思的人，已经失去了人最根本的特性，妄活在世上，不配为人。

而主人公阿提要做的，其实不是别的，只是怀疑，只是不盲信。他要获得一种质疑的自由，哪怕为得到这一自由，自己会在残忍的世界面前碰得头破血流。阿提总结得非常好："知道自己是奴隶的奴隶，永远都将比他的主人更自由，更伟大，哪怕这主人还是世界之王。"当然，只要有人怀疑，国家体制就显现出了纸老虎的本质。靠盲信和屈从而立住脚跟的国家制度，是根本禁不起质疑和批评的。

　　《2084》与《1984》的互文性还明显地体现在一些词汇的选择与运用上，例如纳迪尔这种电子墙报（电屏），再如，小说的最后，作者借一位叫陀兹的20世纪古老文明研究专家之口，道出了阿比斯坦思想路线的三原则："死亡即生命""谎言即真相""逻辑即荒诞"。而这，分明就是对《1984》中"英社"政治制度创建三原则"战争即和平""自由即奴役""无知即力量"的影射和发挥。无所不在又始终不露面的神主尤拉，则让人不由自主地跟那位"老大哥"联系在一起。

　　但《2084》也很明显地显现出别的互文性来，如主人公阿提长期居住的乌拉山区的西恩疗养院，其形象活脱脱就是托马斯·曼笔下《魔山》中瑞士阿尔卑斯山那所肺结核疗养院，而阿提与柯阿通过老鼠洞穿越阔扎巴德进入神之城阿比府的经历，让人不由联想起英国作家刘易斯·卡罗尔《爱丽丝漫游奇境记》的有趣描写。相信每一个读者在读《2084》时，都会发现种种让自己感兴趣的互文性来。

四、作品的语言形式及翻译

　　《2084》充斥了大量人与物的细节描写，叙述节奏很缓慢，情节的展开很拖沓，对话也很少，读起来免不了让人感觉很是沉闷，不太流畅，但这大概也从写作形式上应和了主题所要特别体现的某种永恒的、单调的专制统治。作为译者，我个人认为，小说的语言还是很漂亮的，冷峻的讽刺，苦涩的幽默是其特色，某些重复与排比，则加强了比较对照的力度，在译文的处理中也比较容易得到保留。

我在处理这些叙事手法时，也尽量以"形似"来确保"神似"，保留原文中就有的种种排比和重复。但限于水平，不知道能否做到忠实传神。

为显示阿比斯坦的独特性，表示它与当今世界的各种文明有所区别，小说作者生造了一些似是而非的词汇，来指称阿比斯坦文明中的种种因素，例如，在国家中监视平民的思想监察，叫"V"，与正统思想作对的宗教叫"大异教"，而有不同思想的人叫"马库夫"，意味着"看不见的却又无处不在的离经叛道者"，而反叛者的那一帮，叫"契坦"，它的首领叫"巴里斯"。至于大地上无所不在的电子墙报，则叫"纳迪尔"。同样，为了显现阿比斯坦政权机构的荒唐可笑，显现其张牙舞爪的纸老虎本质，作者用一些相当复杂的称谓，虚构了一些政府部门，例如，纳斯工作的那个部，叫"档案圣书及圣记忆部"，同样复杂唬人的还有"道德与神圣司法部""协议和典仪并纪念活动司"等。而基层的民众参议组织则叫"街区最佳信仰者民议会"。读起来是如此的拗口，即便仅仅是流利地念出其名称来，也并非易事，似乎就是故意要让普通读者望而却步。

　　与政府机关及公众组织名称的繁复相比，语言中另一种简化现象倒也令人深思。小说中提到，阿比斯坦地下流行的所有语言通常只剩下一个音节，最多只有两个音节的词。有的人兴许会认为，随着时光流逝，文明进展，词语会变得越来越长，含义和音节也越来越多，但事实正好相反：它们缩短了，变成了象声词和感叹词之类的短词，更像是原始的呐喊，根本无助于阐述复杂的思想。桑萨尔的这番议论其实用意深刻，他通过这些象声词一般的短词的运用，大概想说明这样一种推理逻辑：单词的简单化，会走向语言的简单化，而语言的简单化，会导致思维的简单化，最终，消除思考，避免怀疑，彻底走向沉甸甸的沉默。总之，词语的长，用来吓唬人；词语的短，用来糊弄人。

　　这些词汇给作品蒙上了神秘的面纱，也给阅读和翻译带来了困难。读者难以理解之处，正是译者难以转达之处。

　　而译者对"福日"（Jobé）、"大祈会"（Imploration）、"酬日"（Joré）、"割裂"（Césure）、"切除"（Résection）、"值册"（Liva）、"矫管"（Core）等概念的转述，也不知道有没有说清楚，有没有误解作者本来的意思。为求更理想的译法，我在译稿中对一些新造的词，除了译出相对的汉语，还在它们第一次出现时分别作了注释，在注文中提供了法语原文。在此，还恳请方家指正，期望再版时能有所改进。

余中先

写于厦门大学进贤楼公寓

2016年9月28日台风"鲇鱼"来临之日初稿成

国庆节假期修改毕